一念之间

宋清平◎著

安徽师范大学出版社

责任编辑:侯宏堂
责任校对:刘　佳
装帧设计:丁奕奕

图书在版编目(CIP)数据

一念之间/宋清平著. —芜湖:安徽师范大学出版社,2016.12(2024.6重印)
ISBN 978-7-5676-2726-0

Ⅰ.①一… Ⅱ.①宋… Ⅲ.①中国文学-当代文学-作品综合集 Ⅳ.①I217.2

中国版本图书馆CIP数据核字(2016)第311603号

YINIANZHIJIAN
一念之间
宋清平　著

出版发行:安徽师范大学出版社
　　　　芜湖市九华南路189号安徽师范大学花津校区　邮政编码:241002
网　　址:http://www.ahnupress.com
发 行 部:0553-3883578　5910327　5910310(传真)　E-mail:asdcbsfxb@126.com
印　　刷:阳谷毕升印务有限公司
版　　次:2016年12月第1版
印　　次:2024年 6 月第2次印刷
规　　格:700×1000　1/16
印　　张:22.75
字　　数:300千字
书　　号:ISBN 978-7-5676-2726-0
定　　价:89.00元

序：大珠小珠落玉盘

初次与清平老师接触，那要追溯到十年前的新疆之行了。知性的外表、非凡的谈吐、幽默的点缀、智慧的闪烁，让我对清平老师印象深刻。人生的旅程真是神奇，兜兜转转至今，非常幸运地和清平老师在翰文学校做了同事。一墙之隔，让我领略到清平老师在工作中的兢兢业业的精神，也更看到了清平老师对人的坦诚、直爽和一颗永远向往文学的赤子之心。

实际上，对于清平老师，虽然我在职位上高她一级，但是，对于她，我是心怀敬畏的。她是一个在这个时代极为稀缺的女性，品格上的高尚，精神上的执着，胸怀上的大度，还有不曾在尘世中偏离的公正之心，都让我对这样一个在外表上看来柔柔弱弱的女性心怀敬畏。清平老师找我给她的文集《一念之间》作序，我还是相当忐忑的，怕我一支拙笔表达不出对清平老师心血凝成的文集的赞许。

先说说我为什么给序起名叫“大珠小珠落玉盘”吧！这“大珠小珠”就是清平老师自谦为一念之间的文采智慧的结晶，而“玉盘”就是清平老师自己——剔透晶莹、熠熠生辉。教师的工作是繁忙的，清平老师在学校身兼数职，除了耕耘在三尺讲台之外，还要忙碌于办公室事务的琐碎之中。更难得的是，清平老师除了工作中的风生水起之外，家庭美满，教子有方。儿子于去年被保送到清华大学。在这样忙碌的环境中，清平老师利用自己点点滴滴的时间聚沙成塔，积文成书，怎能不让人钦佩呢！

在这部文集中，我们可以阅读到那如歌年代、真情永远、喜儿长成、爱情亲情……或用感恩真诚的声音唤醒我们对逝去岁月的追溯，或用纯美感性的文笔荡涤我们在俗世凡尘中的心灵，或用诙谐犀利的幽默拨动我们有些平淡的思绪，或用深刻隽永的智慧滋润我们渐趋枯萎的灵魂。

一念之间，实为精诚所至。是为序。

黄联盟

(翰文教育集团董事长、翰文学校校长)

于丙申年初冬

目　录

contents

1/ 一念之间

2/如歌年代

3/我们的爱情

4/明亮的亲情

5/喜儿长成

6/ 读点书，看见自己

7/ 走出去看天

8/讲几个故事

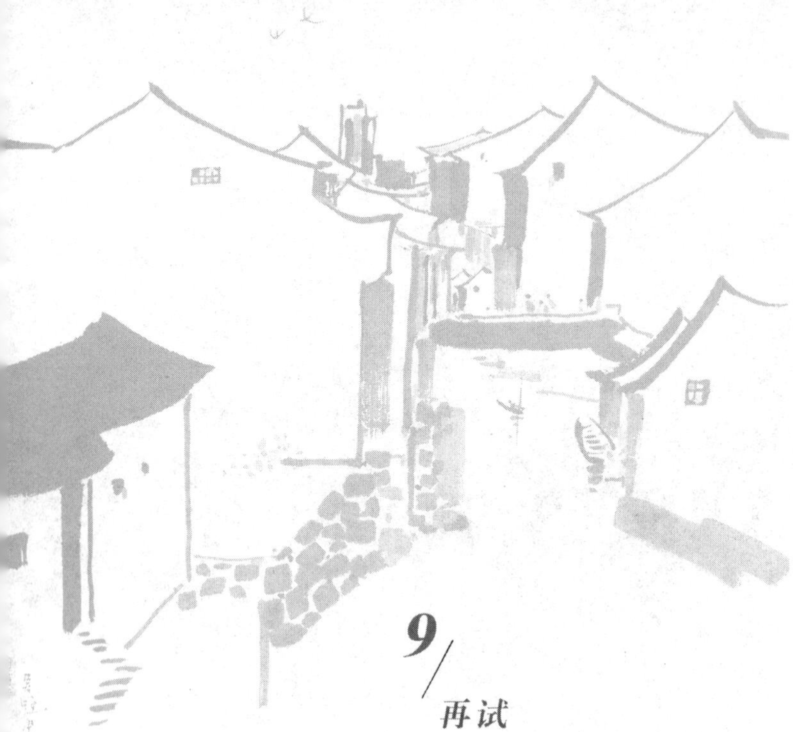

9 / 试一试，再试一试

10 / 真情永远

尾声/一点诗情

1/一念之间

此刻，身是自由的，心却是空茫的。总想写点什么，总也找不着落笔的点。不禁想起村上春树创作《且听风吟》时的窘迫，不知从何写起，不知真正想写什么，像风的轻吟，随性而为。那么，接下来的文字，也让它如风随心，起舞轻吟吧。

如风随心

看着窗外暮春的太阳，有点夏天将至的意思。风平树静，长空浩渺。白云像一匹一匹绸缎似的，铺洒在蓝天之上，轻轻地游弋，蓝天也便在灿烂之时有了些许宁静。今天还真是个艳阳天，是献给劳动者的嘉奖吧。幸逢这样一个春深似海的五一，或许可以休闲一下，来一场说走就走的旅行，看繁花似锦，舒疲乏之身；或许可以慰藉亲情，风尘仆仆回趟老家，看一看父母，品一品父母因你归来的满心欢喜；或许可以像我一样，窝在家里，独享自由的呼吸，咬文嚼字给心灵找一处安放；或许这些“可以”你都不可以，你正坚守在你独一无二的岗位上，过着名副其实的劳动节，为你点赞：嘿，劳动快乐!

此刻，身是自由的，心却是空茫的。总想写点什么，总也找不着落笔的点。不禁想起村上春树创作《且听风吟》时的窘迫，不知从何写起，不知真正想写什么，像风的轻吟，随性而为。那么，接下来的文字，也让它如风随心，起舞轻吟吧。

生于60年代末的普通人家，读书后，单知道五一国际劳动节这个说法，并没有去想这个节日深层次的含义。那时，劳动是一个最普遍最朴实最平常的词汇，家家户户但凡有劳动能力的人甚至包括几岁的孩子，都会竭尽所能去劳动。大人们靠劳动顶门立户养家糊口，孩子们靠劳动减轻大人们的负担，一年三百六十五天，一睁眼几乎都是劳动的样子，习以为常无他想法。在劳动中长大，在长大中学会劳动。且行且劳动，直至今天，对五一这个劳动者的节日才有了更加清晰的领悟：劳动创造了生活创造了世界！劳动让一个一个普通人家走向小康，劳动让一代人比一代人生活得更幸福！劳动者最美丽！

自从五一成为法定假日后，对五一又多了一份美好的期许。可以好好利用这个休假，拾掇拾掇心情，收拾收拾屋子，以明朗的心境拥抱夏天。

想起来，这是我第二个身心得以解放的五一。去年五一，儿子去清华生科院读预科了，我过了第一个轻松的五一；今年五一，他大一快结束了。时光如风，风过无痕呀！前天他与我视频，告知五一他们班会组织去老山公园游玩。我遂百度搜索，了解到老山公园是一座郊野公园，以林为体，郊野休闲，和他的专业有联系，挺好。植被纷繁，姹紫嫣红，这个季节去，最美不过！公园周边是著名的老山山地车赛道，是奥运会的比赛场地呢。体育元素的融入，希望能对不爱运动的他有所诱惑。

昨晚十点多，等来挚友的电话，她的儿子在昨日的自主招生中以第二名的好成绩跻身附中理科实验班。其实，孩子的实力应该可以更好的。棋逢对手，留有余地，对接下来的高中学习生活未尝不是件好事！我们共同看着孩子们长大，见证他们的成长，为他们的每一次进步与登高欣慰和自豪！孩子们正像春天的百花，一天更比一天绽放得夺目，我们纵然银丝潜藏，鱼尾纹爬上眼角，又有何憾呢？生命的轮回自带一种美丽，淡然处之。

也不知学校五十多名孩子昨日战绩如何。师生都付出了努力，这就够了！像风儿拂过丛林，见识过那儿的葱郁；像风儿掠过海洋，见识过那儿的辽阔；像风儿窜过山岩，见识过那儿的静默……经历了，开眼了，就是一种收获！

近一年来，喜欢上旅美著名作家严歌苓的作品，一下子买来她的一堆书，稍有闲暇就扎进去，疯魔一般。这个与我同时代的女性，因为生活际遇的丰富见多识广，因为饱览群书的灼见厚积薄发，因为洞察世事的深邃人情练达，她笔下的人物群像栩栩如生：故国的亲切恍如邻里，异国的也于异域风情里隐藏了我们熟悉的人性，语言诙谐幽默张弛有度，集女性的细腻和男性的睿智，读着读着就融进了字里行间，仿佛自己就是故事里的亲历者，悲伤着人物的悲伤，快乐着人物的快乐。假日也便在这样的无我之境中悄然流逝。

四月九日注册了博客。欣喜之余更多的是新奇，看看上面名家甚众，我一无名小卒，岂能惹人关注。按捺不住寂寞，第一天发了三篇博文，第二天竟狂发五篇博文，以期有人关注。真有些老妪聊发少女心的可笑，大半生了，竟不懂得细水长流好饭不怕晚。如此不淡定，还得修行呀！第一次看到有人关注了我的博客，喜欢、收藏了我的博文，送了“金笔”鼓励我，我的一颗心落到了原位。想想也是，我之所以在日志以外开通博客，只不过是想在不同的平台上发布这些文字，激励自己把这一爱好继续下去，也好老有所依老有所乐。

这些天迷上一部电视剧《欢乐颂》。五个女孩的青春、爱情、奋斗与迷茫，好像让我看到了年轻时的自己，像一头倔强的牛不顾亲人的劝阻只身来到异乡求学，毕业了就留在了这座城市，四处求职头撞南墙不回头不放弃，漂泊打工住蜗居，咬碎牙往肚里咽，有泪水往心里流，坚持代课到转正，柳暗花明又一村。从一个人走成一家人走过大半生。如今，儿子也像我和他爸当年，走向更远更大的城市，不久的明天，他也会经历《欢乐颂》中王同学一样的打拼与挣扎，希望他不要有王同学的虚荣与不自信，脚踏实地，奋力拼搏，做真实的顶天立地的男子汉！强大自己，一切都会好的！

晚上有一场喜宴。一位老同事的公子毕业于“985”名校，毕业后被杭州淘宝总部录用。几年下来，事业、爱情双丰收，内敛的老同事夫妻二人一点神没烦。收到他的请柬，由衷为他高兴。养儿如此，父母何求！其实，生活往往就是这样，父母管得越多，孩子越是好像总也长不大，所有的事你得无期限地去烦去担。反之，早点放手，生活是最高明的老师，只要孩子心性向善，他们会在生活中百炼成钢的！

这个五一，会在对一对新人喜结良缘的祝福声中结束。

如风随心。夏至未至。明天更美好！

2016年5月1日

在夜的歌声里醒来

夜　晚

夜里三点多突然被电视里的歌声给唱醒了。微微抬头，原来正在播放上个世纪八九十年代电影里的经典老歌，每一首歌，每一句唱词，伴着舒缓的旋律，仿佛温情的絮语，轻轻呢喃；又像淙淙流淌的山泉，柔柔地拨动我心。《烛光里的妈妈》《太阳岛上》《天之大》……睡意全无，用心聆听。夜，愈发的安详了。

忽然想起，昨晚十点多回到家，疲累至极。洗洗，就把自己甩到床上。但还是迫不及待，打开电视，莫斯科红场阅兵正在进行！庆幸，没有错过。中国海陆空三军仪仗队的英武雄姿，让世界见证了一个强大的中国！令每一个中国人为之骄傲！就这样，在自豪感与幸福感中，沉入了梦乡，而电视节目依旧在上演。

在夜的歌声里醒来，思绪格外清晰，突然发现，虽说还是九日的夜里，但已是寅时，母亲节到了！其实，三天前，我就在期待着这个日子。期待着心爱的儿子会以怎样的方式从2 000多公里外传递问候！一条短信，一篇日志，一次视频，不论是什么，我都高兴。

我亲爱的孩子，我要谢谢你！是你，给了我一个世界上最动听的名字——母亲；是你，让我的生活从此多了一份沉甸甸的责任；是你，让我陷入甜蜜无边的牵肠挂肚；是你，让我的人生更为圆满！我是那样无怨无悔，任劳任怨地做着一个母亲应该做的一切，仿佛沙漠中的骆驼，负重也要日夜兼程，只为爱我所爱！在这个母亲的节日里，我要谢谢你！谢谢你让我学会付出和欣赏，谢谢你让我修炼成一个幸福的母亲！

昨 天

昨天，是很久以来我过得最为多彩的一天。上午，在华强中学听了上海海滨二中校长徐谊关于学校发展规划怎样制定的讲座，受益匪浅。特别是他提到自己的儿子，清华在读两年了。他说五一去清华看他儿子，在咖啡厅秉烛夜谈。他问了一个问题：读清华两年了，你认为清华给了你什么？他没说他儿子的想法，倒讲出了自己的见解。归纳为两个词：荣耀！责任！他说，一座清华，就是一部中国近代史。从清华学堂，到清华学校、国立清华大学，再到清华大学，清华走出的人，就是中国的脊梁！邓稼先、李政道、钱学森、朱自清、季羡林、钱锺书、梁思成、林徽因、茅以升等，哪一个没有抒写中国百年历史的传奇！这是每一个清华人的荣耀！作为一名清华学子，应当担负起社会的责任！虽说科学是没有国界的，但科学家一定是有国籍的！学成以后，该为哪个国家服务就是义不容辞的责任。听了他的见解，我深为感动。我不得不敬佩他的思想和境界，不得不敬佩他的胸怀和视野，跃动着一颗滚烫的爱国之心。是啊，我的儿子也刚刚去了清华，这些见解我得写出来，给他看；见面了，再说与他听。百年清华，荣耀与责任同在！

再回头来说说华强中学吧。站在校门外，没看出来学校有多大。一进校门，才发觉别有洞天。好风光不显山，不露水，犹抱琵琶半遮面，每走一段，正疑为此路不通，却惊喜曲径通幽，又一处好景致！师生书画作品、英语作品、佳作美文、学生活动、师生风采的展板，随处可见，布置精巧，文化意蕴就这样自然而然地飘溢出来。人操场，小广场，停车场，分散在校园中。大大小小的缤纷花圃，绿色植被，格局巧妙，避开了学生通行的路，得以繁茂地生长。方形小砖块地面，衬托得校园愈发静谧。这样的校园环境，堪称求学的好地方。校训就更实在了：爱华、立志、勤学、自强，校名巧藏于其中，独特中尽显智慧！

下午，我和好友一同走进了赭山旁新开张的华亿分店。我俩在衣着上的眼光近乎一致，都喜欢简单大方，端庄得体，舒适自然。明天就是母亲节，我们得把自己捯饬一番，美美地犒赏一下自己。一边挑选，一边笑谈其实买衣服就是浪费，可又感叹女人的衣橱里永远少一件，天性啊！我们选购了自己喜爱的礼物，在心满意足中匆匆赶往陆和村。期待着晚上品茗谈天的美好时光。

坐在二楼蓬莱厅，点了一壶瓜片，续了两杯，与好友浅尝起来。那个惬意呀，舒缓了一天的疲惫。絮语着，另一小姐妹优雅地走进来。点了各自喜欢的晚餐，吃罢，开始了真正的畅谈。

说来不可思议，今晚的聚会，我与她俩年岁相差一个八年，一个十年！称得上忘年交啊，竟然没有违和感，相谈甚欢。我突然有一种错觉，仿佛重返20岁。我们聊自己所教的学生，聊我们的青春岁月，聊各自生活中经历的那些难忘的人和事，聊家庭和孩子。时光在我们的千千絮语中，匆匆流逝，一如低眉蹙首之间，大半生都已走过，感慨万千，唏嘘不已。我们都不算是俗气的女人，我们都有自己的故事。感谢生活，感谢生命里的贵人，甚至感谢青春岁月里的疼痛！生活原本就是一场充满酸甜苦辣的百味盛宴！

意犹未尽，夜渐酣。散了。

多彩的一天，还在延续。至凌晨！

岁月静好！爱我的，我爱的，你若安好，便是晴天。

2015年5月13日

丝袜·女人

记不清第一次穿丝袜是哪年的事了。印象里，从穿上丝袜的第一天，就再也没穿过其他材质的袜子。冬寒夏炎，春暖秋凉，一年四季，就这么天天穿着。只因喜欢。

冬天，丝袜之于女人，那穿的就是一种不为人知的感觉。或藏于毛皮鞋，或藏于长长的靴子里，无人相知，明珠暗投了。即便如此，女人们也会有意无意间，云淡风轻地说一句：我从不穿厚袜子，穿丝袜不冷啊！话语里就仿佛飘出一缕仙气，透了一分高贵。其实，我挺认同这样的说法，冬天穿丝袜，确实不冷。

当然最喜欢夏天穿着丝袜的感觉，舒适倒在其次，喜欢它冰肌玉骨的透明、丝滑、质感，渗出优雅、洋气、娇媚的女人味。夏天，毫无疑问是丝袜的主秀场。各种各样的丝袜，色泽不一，长短不一，美化着女人的长腿和美脚，为女人的美丽加分。写字楼里，大街上，有女人的地方，就有魅惑的丝袜，变幻着一道道流动的风景。每当看到穿着丝袜的美女们，我总会投去欣赏的目光。长腿美眉，那薄如蝉翼的丝袜包裹着的美腿，袅袅娜娜地从身边走过，仿佛杨柳扶风，不胜娇羞；又恰似张爱玲笔下的一代名伶，风华绝代，风姿绰约。也喜看脚蹬一双单口尖头皮鞋的美女，穿着丝袜的高高的脚背，柔嫩筋骨清晰可见，凸显出来，走着，站着，坐着，各有各的风姿，怎么看，都晃人的眼，撩人的心，别有一番情思漾心头。

想必，没有女人是不喜欢丝袜的。物美价廉，携带轻便，容易洗涤。现在，一年四季都穿丝袜的女人比比皆是。但丝袜固然好看，舒爽，倘若搭配不得当，也会失去它原有的风情。譬如穿黑色丝袜，就要慎重考虑鞋子、裙装的款式和颜色，还要考虑自身的腿长腿短、腿粗腿细，真是因腿而异。比较而言，肉色丝袜，可搭配的余地就大多了。

丝袜透明、极薄、滑爽，既是它的优点，也恰是它致命的弱点。一不留神，不知什么时候，它就滑丝了。它娇气又任性！你防不胜防！你想，你穿着美艳的裙装，洋气的高跟鞋，满面春风地走来，却听见一声友好的提醒：美女，袜子破了。好心情立马崩溃！

每个女人想必都经历过这样的尴尬，我也遭遇过。多年前，听说指甲油涂在上面，可以巧妙地凝固不慎滑丝的地方，足以遮陋。我信了，特意买来一小瓶指甲油，以备不时之需。遗憾的是，指甲油涂在上面，丝顷刻就变硬了，纠结成壳。若指甲油是带色的，丝袜上就更像白皙的脸蛋上长了一颗朱砂痣，碍眼到气馁。丝是不再下滑了，但却多了硬伤，还是破坏了丝袜的美感。指甲油遂被弃之。再出状况，干脆将丝袜脱掉，不肯将就。

丝袜从某种程度上讲，就是女人的一个标签。生活条件好了，我就习惯了在包里带着整打的短丝袜。若穿长丝袜，包里必备一条新的！这样，出门也好，上班也好，踏实。前不久，和一小姐妹逛商场，她一低头发现丝袜破了，不禁念叨起来。我轻轻说了句：来，找个地方坐一下，换一双。我从包里掏出整打丝袜，抽出一双。她骇然，随之惊喜！

精致女人，品质生活，丝袜情缘！

2015年5月21日

飘窗外的春天

别出心裁地把电脑置于镂空方凳上，架在床沿，只为面朝正东的飘窗。此刻，温柔的阳光弥漫在宽大的飘窗上仿佛春水荡漾，曼妙地涌入眼眸，蔓延周身竟至流淌进心里。飘窗一角明亮得像一片海。被子舒坦地躺在窗台上，像久别重逢的恋人扑进阳光的怀抱，沉醉不知何处。

放眼望去，飘窗外长长的九华大道车流如水，间或小堵。左右干道相向而行，川流不息，在五一广场向团结路东西两边分向而行。狭长的九华大道一侧，鳞次栉比的高楼大厦显得壮阔浩大，在如洗的长空下静默肃立，演绎一个个飘窗里的故事。时值新春，坐在十楼的家中，看飘窗外的春天，显然看不出走进自然里的真实，那些新绿那些嫩芽那些已经开放的新鲜的花朵，想必正你不让我我不让你吐故纳新争着抢着和春天开始一段轰轰烈烈的恋情呢！著名的银杏大道此时不见扇面的银杏叶，远远的只看见银杏树光溜溜的，或许枝枝丫丫间芽头已冒，只因视野局限在高楼窗户里无幸一览。近处的行道树看得清楚，墨绿深黄暗红，交错分布，颇有层次感；花圃里有红的黄的蝴蝶花，开得正起劲。她，是否也该趁大好春光走出家门，去大自然晒晒太阳找找春天：任春风吹拂发丝，任花草迷离眼睛，任春燕啁啾耳膜，任春天里的所见愉悦心扉？春天，你说呢？

迎来新春工作日后的第一个双休，赶上气温骤然回暖的好天。春光莫负！洗晒洒扫，捋捋心绪，都在飘窗内的一方屋宇进行。倒是自在怡然，一时心绪南山跑马难以收拾，不知所言意欲为何，又或者茫然不知所言。这种情绪似曾相识。该不是刚刚执教了朱自清先生的《匆匆》，也陷入迷茫徘徊叹惋中去了吧？我们的日子为什么一去不复返呢？一袭长衫清瘦文弱的朱自清先生彷徨无奈的身影在心头闪现，可眼前明明春光大好春意盎然！这样的春天这样的春光不是去了又来了吗？

不觉就想，属于她的工作日已然超出一周。这些日子里，她完成一桩又一桩文案，心里倒是轻松了许多。工作之于她，早已驾轻就熟就像一个老司机只要知道目的地就会自由驰骋不偏不倚准确无误到达终点，不管山高路远不管崎岖平坦一样纵横捭阖，难不住！她对自己挺满意。也是趁着完成工作的闲暇，赶在正月十五以前，拜访了一众亲朋好友，心下安慰。二十多年来，单就给予她关心与扶持的长辈，也有一群人吧。

曹妈已是耄耋之年，满头银发，思路清晰，现与未成家的孙子一起居住。她去看望曹妈的那一天，曹妈一个人在家。见了她，就满面笑容拉着她的手不放。那时刚过正午，她是从单位直接去的。曹妈说："这个时候来午饭没吃吧？我煮面给你吃。"她说好！老人家点火烧水煮面，不一会儿，一碗热腾腾的面条还加了两个荷包蛋就端到她的面前，又取来裕溪口酱菜。她问有辣椒吗？曹妈笑答："有红辣椒片，我腌的。"她欢呼。曹妈拿出一大瓶腌制红辣椒片，用小碟装了一些，浇上麻油，送到她跟前。她香甜有味吃起来。曹妈又为她沏上一杯绿茶端过来，坐在她身旁，慈爱地看着她吃面条，慢条斯理提醒她小心烫。吃饱了，她和老人家一起靠在沙发上，慢悠悠地唠嗑着。那个午后阳光也很好，暖融融地照进15楼的客厅，她和曹妈说着笑着就说起多年前的往事。那时曹爸还健在，曹妈曹爸和儿孙住在一起，一家人幸福和乐。那时她刚刚成家，小两口没少来蹭饭吃，这一蹭就是二十多年，这情谊也流进了长长的岁月里。每年春节，她都要去看看曹妈，看到老人家好好的，心里就安了。赶得巧，爱人会陪她一起去，儿子在家也和她去过。去年儿子上大学，曹妈一家三代同堂前来道贺。聊了近两个钟头，怕老人家累了，告辞。曹妈就把那一大瓶辣椒片拿给她说："丫头，这瓶辣椒片今天你来才开瓶，你喜欢吃就带回去。过些日子我再为你腌制，腌好了我打电话给你，你来讨。"她说别麻烦了，您老年纪大别累着。曹妈笑说："我现在就是时间多，不累，我慢慢做。"曹妈送她到电梯口，她张开双臂抱住老人家。老人家同时张开双臂，抱住她！她在曹妈耳边轻轻说："曹妈，您一定保重！您好好的！"曹妈说："放心。你每次来看我，我真是高兴！好丫头！"带着满满的温暖，她一路走一路想：曹妈一家、薛伯一家、恩师夫妇、杨爸杨妈、范爸范妈等，都在她的心里站成列，是她在这座城市的亲人！二十多年，关爱着她温暖着她见证着她的成长！为这群善良的长辈祈福：好人平安！

渐进正午的苍穹越发得浩渺无垠，眼前幻化出周五下班路上迷人的图景：当车子驶向雕塑公园大道时，正前方的天空蓝盈盈的，绵延到目不能及的远方。几片彩色的风筝像轻飘的云朵一样透过车前玻璃出其不意闯入她的眼帘，一直就在她的正前方飘着舞着，像撩人的精灵，在她的下班路上旖旎成一段绚丽的归途！

忙趁东风放纸鸢！目光追逐着几片风筝，思绪飞向不知名的天涯……

情不自禁想起亲爱的儿子。

想必京城的春天也来到了吧。儿在休息天会离开寝室走进户外吗？抑或到运动场打打球跑跑步流流汗散散热？还是游览一番京城的名胜开阔一下眼界平添一丝历史的豪情？思绪又回到19日上午送别的车站。第一次去新火车站，上到高架，"芜湖站"三个大字高高地悬挂于半空，傲然独立于城市一方，霸气宣告芜湖已进入高铁时代！遗憾的是，安检时不让送行的人进站。儿只好延缓进站，和她立于站外门厅一侧。

儿定定看着她。她顾不得离愁仍旧絮絮叨叨叮嘱儿到校后专心治学，让精力回到书本回到课堂回到真实火热的生活，多与同学打交道多锻炼身体多走出去看看皇城的文化，读万卷书更要行万里路，打开眼界开阔胸襟，把学习和生活过成春天的颜色，一天比一天鲜艳！儿静静地听着，间或轻轻地"哦"一声，算是对她不厌其烦絮叨的回应。离发车只有最后半小时，她说："就到这儿吧，你该进站了。搞好学习保重身体！"儿紧紧抱住她！泪水在她的眼眶里打转，强忍着不让它滑下来。儿通过安检，一手推着行李箱，一手不停地回转向她挥动着。跨上电梯，儿背对着上行的电梯，面朝她不停地挥手。电梯缓缓上升，儿的身影终于消失在看不见的转角，她才满怀离愁而去。想必这样的离别此后还有几许？只希望别离一次儿成长一回，最后成长为他自己希望的样子！

周五晚，她收到儿的信息：我们班明天去爬长城！她心下甚慰，回复：太好了！

飘窗外的春天，她会看着你一天一天姹紫嫣红起来……

2016年2月28日

散了 & 聚了

活到几近知天命，偶然某天的某个时刻，突然就想起大半生的旅途上，相遇过的许许多多人。从儿时的玩伴到读书的同窗，从青春的闺蜜到中年的知己，从故乡的老友到异乡的新朋，从单位的同事到工作的拍档，从远方的亲戚到身边的近邻，从年岁相当的故交到忘年之交的密友，从同性挚友到异性之谊，从困境中得到帮扶的贵人到有能力施以援手相帮的友人，人生路上该遇见的遇见，有如生活的百般滋味，尽数体尝。有的渗透进岁月年轮，刻下永生难忘的印记；有的只是沿途的一段风景，悠悠白云般飘过；有的相遇得虽迟，可一旦相遇，便如高山流水，应和成趣。有些遇见，走着走着，在一个转角，散了；有些遇见，不期而遇，闻弦歌而知雅意，再也不离分。散了，缘尽；聚了，缘到。散或聚，都是生活的常态。天下大势分久必合合久必分，人心的疏离与相通也必然走不出这一定律。散了随缘，聚了珍惜，如此甚好！

小时候，家家户户都是自家盖的房子，形成小县城独具特色的居民区。那时，每家每户孩子都多，四五个是平均数。家门口从不缺少玩伴，每个年龄段都有一帮发小，成天聚在一起玩耍，小纠纷不断，但不管怎么打打闹闹，不伤小伙伴情分，最多一两天就和好。那时日子清苦却真的开心，懵懂地以为儿时的这些小伙伴到什么时候也不会分开。可是，一年年长大，看见家门口的哥哥姐姐求学了工作了嫁娶了，突然就不住一起了，不常见面了甚至几年也不见回家来，恍然觉得有一天自己和小伙伴也会分离，就像纷繁的动物世界一样，小动物们总要离开妈妈离开小伙伴独自去适应环境，适应自然，独自生存，锻炼成长。这一天很快到来，当这一切都成为现实，心却也没有那么不舍那么疼，反而更多的是兴奋是期待。儿时的小伙伴陆续分开，在离散中寻觅各自的归途。

初中那会儿，有几个相处得不错的女同学，只要到学校，就腻在一块，谈学习，谈小女儿家成长的秘密，谈班里学习最好的男同学，也谈家里的大事小情。几个人的家虽说都不住在一起，即便上学绕道也要相邀一起说说笑笑走到学校，放学就更是一起离校，走到该分手的地方还依依不舍，有说不完的话。一起乐，一起愁，轮换着穿谁的好看衣服，不分彼此。几个人好到像亲姐妹似的，后来竟连父母之间也熟悉起来，走动得像亲戚朋友一样。那时，曾也天真地以为，邂逅在豆蔻年华的纯真友谊，永远也不会相忘。可谁又真正地知道，永远有多远！长大后，她离开了故乡，时空的阻隔，让一切都在悄悄地改变。最初的几年，她春节回到故乡，还能够见着她们。慢慢地，有一层隔膜在心上长了草，生活内容的迥异，心境也变了，陌生不可避免地在空气中弥散开来，见了面，不知从何谈起的尴尬只能以不时的微笑遮掩，长久分离给曾经美好的少女时代蒙上了时间的尘埃。一声轻叹：回不去了。

青春年华，也遇见了心心相印的闺蜜。那时的情那时的暖那时的逆境与奋斗，都化作夜空中多情的小星星，一直闪亮在彼此的心头，时隔经年，依然会在夜深人静的时候或在某个闲暇的瞬间调皮地眨着眼睛，拨动心弦。这真值得庆幸，岁月并非无情到彻底，只要有心，情谊不老！

二十多年人在异乡，异乡已然成为故乡，像血脉亲情，千丝万缕，浓稠到化不开。一路上崎岖坎坷，一路上风光无限，一路上遇见了所有。散了，聚了，都是美好，都是缘！

遇见了恩师与师母。此后的学习、工作与生活，再也没有走出他们的视线。他们从年富力强到垂垂老矣，仿佛她的再生父母，牵挂着她，看着她一步步找到生活，一步步实现自我，一步步走到今天，幸福满满！

遇见了良缘遇见了他。金风玉露一相逢，便胜却人间无数。此后的一切一切，都与他紧密相连，分不清枝缠叶，叶绕枝，枝叶同体，枝繁叶茂。

遇见了亲爱的儿子。当你在母腹中伸胳膊踢小腿的时候，她便开始了与你的神交。和你一起看电影，和你一起听音乐，和你一起读书看美景，和你一起感动着生活的感动。从咿呀学语到蹒跚挪步，从稚嫩孩童到有志少年，从小小读书郎到青春学子，17余年爱的相守，也终于止步于你的成长。你长出了飞翔的翅膀，与她，是时候散了。纵有一万个不舍！就让这份不舍化作心灵深处的一道彩虹，穿越一次次视频、一条条信息……

遇见了单位的同事。从街道幼儿园到厂矿幼儿园，从私企到事业单位，从完小到九年制学校，走过不同的环境，遇见性格各异的同事。见惯了来来往往世态炎凉，你方唱罢我登场：人在人情在，人走茶凉的；得势门庭若市，失势门可罗雀的。人不在情仍在的，实为难得！道不同不相为谋，走着走着，散了；幸运遇见同道之人，不管路途多远，相伴而行。

遇见了忘年知己。在工作中相遇，在光阴的故事中沉淀，走成生活的知己心灵的密友。这些忘年，或年长于她，或年少于她，有同性，有异性，相知相伴相扶相携，谱写生活让人眷恋的骊歌。

长长的岁月像一条河。她和所有的遇见汇聚在这条时间的流里，流着流着，分道扬镳不离不弃抑或深度交融，都是美丽都是缘！因缘聚会因缘散，生活好美！

2016年4月17日

恋上高跟鞋

在眼下这个什么都快节奏的时代，“90后”的小美女们也都逐浪滔天地跟着时尚走，平底鞋，乞丐裤，双肩包，一束马尾或秀发披肩，跑起来一阵风，随性又洒脱，自在又舒服。在大街上或是随处看见她们，不免小小地羡慕一下她们的任性，年轻无敌！自己就没有这样的勇气，穿着平底鞋满大街信步。就是外出旅游，也要想方设法找来一双既舒适又美观的尽可能带点跟子的鞋，弥补一下低海拔的窘迫。羡慕之余，又情不自禁替她们稍稍惋惜，若是蹬上高跟鞋，时尚里显出精致，摇曳里滋生曼妙，应该是更美的景致吧！

20岁的时候，80年代末吧，自己就无可救药地喜欢上高跟鞋。那时小县城的商店里摆放的高跟鞋也就凑合着，谈不上款式、色泽，只是单调的黑色，中高跟，粗粗的，玲珑中有些笨重，但还是忍不住喜欢。第一次穿上高跟鞋，是那种有一根鞋带的，从脚背上横跨，一个褡裢扣住，走路挺跟脚。脚背凸起来，脚跟踮起来，身体重心前倾，浓缩的个头仿佛一下蹿高了，突然就联想到亭亭玉立、婀娜多姿等形容女孩的词语，那种感觉妙不可言，像邓丽君的歌声甜美了心扉，自我陶醉窃喜一番。那时，高跟鞋的后跟上时兴打上响钉，小碎步“叮叮”“叮叮”响一路，似乎欲扬先抑，又似乎兴奋的鼓点，喧响的都是神气，有点夸张有点招摇。其实，自己爱上高跟鞋，一半是因为好看，穿上它，整个人立刻显得挺拔起来，有精气神起来，也莫名地有自信起来；另外一半原因源自身高的苦楚，说得文气点，就是小巧玲珑了点，站到人堆里就淹没了，得倚仗高跟鞋垫垫，迷惑别人的视线，让自己看起来也不是太矮。其实，欲盖弥彰呀，这点小心思又能瞒得过谁呢，自我安慰吧。

踩着高跟鞋踩过长长的岁月。高跟鞋也紧跟时代的步伐，更新换代愈发娇媚，简约时尚美观大气。如今，高跟鞋亦然演绎成自己心中完美的样子：单口，鞋头尖尖的，鞋跟高高的细细的，皮质舒服，色泽明艳，立在大商场透明的橱窗里像一只弧度精美的小船，一眼看上去就想穿到脚上。无需一秒钟，高跟鞋精彩演绎的群像便在眼前纷至沓来：百乐门的舞女，一双双染着风尘的高跟鞋在舞池里旋转，摇碎一地灯红酒绿纸醉金迷；《罗马假日》里奥黛丽·赫本典雅的高跟鞋诠释了权力的至高无上与荡气回肠；海归精英安迪，穿着精美的高跟鞋在办公室里策划方案指点江山，大气干练时尚简约；大美女樊胜美，烈焰红唇高跟鞋，挤在大上海的地铁里，也有一番虚张声势的风情……不禁想起杨澜的一篇文章《你必须精致》里描述了这样一个场景：一个看起来就像伊丽莎白女王一样尊贵和精致的英国老太太，她裙子下着了丝袜，穿着漂亮的高跟鞋，以她这样的年纪，却仍然把这样的鞋子穿得非常迷人。面对这样精致的老太太，谁能不为之侧目不为之心动不为之礼赞呢？杨澜写道："穿高跟鞋和使用口红使我得到了更多绅士的帮助。"是的，现代社会，作为女人，你必须精致，必须有一种昂扬的生活态度，这是女人的尊严。高跟鞋，你是有使命的呀！

最初的高跟鞋因为鞋头不尖，跟也不细，穿起来脚不累，多少风光了自己不算短暂的青春岁月，也满足了自己小小的秘密。穿过各种款式的高跟鞋，行走矫捷，带着风呢。那份轻松驾驭真好。然而，岁月正在不断变化着的高跟鞋中"咔嚓咔嚓"地走过去，目不斜视头也不回。高跟鞋越做越精致，自己眼见着就到了英国老太太的年岁，身子似乎沉重起来，穿上高跟鞋隐隐失却了年轻时的轻盈，时间长了，脚也微微地痛楚了。可是，痴心不改，只要出门，只要在外面走动，就必穿高跟鞋。现在会备一双老北京布鞋，放在办公室里坐下来换换脚，缓解一整天都穿高跟鞋的劳累。常听同事说，上年纪了，穿高跟鞋不舒服了，只能穿半粗跟、坡跟或干脆穿平底，我笑笑。也有朋友见我依然天天蹬着细高跟，不急不缓，仪态方正，问我累不累。我自嘲：没办法，穿平跟，扑通一声，好像整个人掉到坑里，心理上无法接受。这辈子最大的遗憾就是这个低海拔！就冲垫垫个子，也得忍着累和痛，何况它能带给我愉悦和自信呢。美，是要付出代价的！哪个光鲜亮丽的背后，没有痛楚的隐忍和坚持！朋友又笑说：别太贪心呀，再给你高个子，那还不飞啦！看你到六十岁还穿不穿高跟鞋？我调侃：六十岁我还活着，高跟鞋，必须的！

前两天，一个年轻的美女朋友来学校找我，我眼前一亮：长长的牛仔喇叭裤，尖尖的细高跟皮鞋，小蛮腰大长腿一览无遗，窈窈窕窕，风姿绰约。当即大赞：好看！我喜欢！美女大笑：我妈看不惯我穿成这样，说高跟鞋，裤腿这么长，裤管又大，拖天扫地的，不方便。可我就是喜欢，先生也喜欢。我说：真好看！长裤脚半遮鞋面，走动起来，轻抚脚背，露出点点鞋尖和鞋跟，有三寸金莲的含蓄，亦有都市美脚的灵动，古典而时尚。你和你先生都是好眼光！穿高跟鞋，搭配甩裤、喇叭裤最有韵味。当然，裙装、丝袜搭配高跟鞋，那是另一种美丽。彼此称心快意，相视欢笑。

其实，女人，不论高矮，不论年岁，穿上高跟鞋，每一投足之间，传递的都是满满的对于生活的激情和热情，袅袅婷婷，顾盼生辉，更有女人味！

这一生，恋上高跟鞋，心里欢喜！

2016年5月14日

尊重是别人给的

前几天，调走高就的老同事来单位办事，端茶倒水，寒暄问好。恰在此时，另一同事看见，高声招呼，热情豪放，快走进来递烟打火。一时间烟气缭绕，弥漫在本就促狭的一块空间。办公室三人都在，眼眨眉动，吸着二手烟，忙着手头事，无心顾忌烟雾戕害。大家多年的同事，理解办公室就是这样，忙起来那叫一个没边，说昏天黑地一点不为过，自然不会见怪。于喧嚣间她忙于打印一份材料，刚站起来，手背碰到豪放派正冒红光的烟头，惊地一叫。豪放派连说对不起，要来察看她手背烫着的地方。她忍着痛说没事。当时没觉得，几分钟后明显红起来，面积扩大了，似乎更疼痛。她迅速找来肥皂抹上。那两天，豪放派倒是挺关心她的手，他是无心，怎好责怪呢？她只是握紧拳头，把手背绷得紧致，在他眼前晃一晃烫红的皮肤。他哪里知道，手是女人的第二张脸，几十年她宝贝着这双手，下过水、做完事，必定立即涂上护手霜，慢慢揉搓，渗透肌理。即便是驾车等红灯时，她也会抓住这个间隙，活动手关节，按压双手，做着她的护手操呢。此刻，虽已无痛感，但在这只看似不沾阳春水的手面上，烫面仍就醒目。

儿他爸看见，以为是烧菜不小心烫的，责备里透着心疼。她随意说出实情，不曾想一向宽以待人的儿他爸竟然说：你办公室那么小，怎能让人在里面抽烟呢？你不知道吸二手烟的危害有多大呀！她无所谓地说：别人要抽，难不成我叫人家不抽呀！都是同事，说出来多尴尬，搞不好还影响和气。再说，碰到人家来办事，给男同胞打根烟，相熟的就直接点燃，自自然然的事儿，我能说什么！儿他爸又说：现在都倡导无烟办公室，你们可以立个规矩呀，抽烟就到外面抽。她不赞成，说：除非别人有这方面意识。否则我是张不开口叫别人去外面抽。尊重是别人给的，而不是你要求来的。儿他爸较真起来：你第一次请别人去外面抽，人家可能是不高兴，但最起码表明了你的立场。两次一讲，别人也就习惯了，就不会在里面抽了。再说，你一个女同胞怕烟味，很正常啊，相信人家会理解的。说不出口，你可以在办公室挂一个牌子：无烟办公室！抽烟请去外面！像你这样，从来不提要求，别人当然在里面抽，多损害健康啊！很多事情不能毫无原则，不能因为触及他人的颜面，即便是正确的做法你也违心不说不做。人人都像你这样，这个社会文明和谐只能是奢谈，文明与和谐的进程只能是蜗牛爬行。她没想到儿他爸竟要动用政治理论了，赶紧抽身，不然这场对话谁也说服不了谁。因为在她眼里，办公室里抽烟，并不是什么原则问题，更谈不上触及底线。儿他爸小题大做了。

其实，她从心里认同儿他爸的观点，说得有道理。人人都知道吸烟有害健康，吸二手烟尤甚，很多公共场所也都有温馨提示：请勿吸烟！然，人人心知肚明的一件好事，照章办事却是不领情的。好比酒喝多了伤身，可就有人嗜酒如命；刚扫干净的地，就有人视而不见，张口污渍；为了少走几步路，就有人不惧危险翻越隔离带……我们的社会不少法不缺规，可就是有那么多那么多我行我素！积习难改啊！上令下行，法不责众，利益当头，常常说一套，做又是另一套。还是以烟为例，香烟的外包装上题字：吸烟有害健康！但它可以堂而皇之成为交际的良媒，它也可以成为许多人解压的良友，它还可以和孤独的灵魂做伴。它如此之好，怎奈它何？可怕仍需要，有害仍依赖！它有几百年的渊源！

对于这样一种自相矛盾的神物质，你可以拒绝，可以远离，但你无权要求别人依着你的意愿呀！办公室里抽烟，不去论短长，受得住受着；受不住你可以主动离开一会，何必坏了别人的兴致呢？说到底，尊重还是别人给的，不然就矫情就无趣了。

2016年5月28日

赞赞孩子

在这个六一儿童节的晚上，我突然童心大发，想用一些文字来赞赞孩子，谢谢孩子们多年以来，在我的工作和生活中，带给我的感动和惊喜，带给我的柔情和爱意，带给我的温暖和力量。花开花谢，春去春回，我见证了一批批孩子的成长，也幸运地一遍遍重走童年路，感受着孩子们的酸甜苦辣、喜怒哀乐，和孩子们一起幸福成长。

特别喜欢看见刚入学的小学生。六七岁的孩子，刚刚走出幼儿园，那份萌萌的看什么都新奇的劲头特让人欢喜。只要看见他们，我都会情不自禁地笑从心里浮现到脸上，他们就像清晨的露珠，晶莹透亮，忽闪着纯洁的光辉。他们注视着你的眼睛，是一泓清亮的水，浸润你的心田；他们对你展现的笑脸，是一轮火红的太阳，灿烂你的周身；他们喊你的声音，也如花开一般，明媚你的日子。看到他们，我仿佛又看到年幼时的儿子，心甘情愿地沦陷到爱的河流中，任性漂流……

很多年前，我曾教过一年级小同学，记忆深刻。那时，总是会有声音问我：老师，下节课你还来吗？脆生生的声音里，我听出了一分期待，那是喜欢我来上课；放学了，排成长长的队伍，背起看起来比他们身体还要大的大书包，俨然战争年代打游击的儿童团，一遍又一遍地挥舞着他们的小手，一个劲地喊着："老师，再见！"心里头那个甜呀，稠得化不开！

桂花开了，孩子摘下自家树上的一大束桂花，欣欣然捧到我的面前：老师，送给您。那数不清的金黄的小颗粒，像极了小星星闪闪亮。刹那间，芳香满室！

做眼保健操，总有一些“小调皮”不安分，我悄悄地出现在门口。小调皮们一下子端坐起来，可爱又娇憨，吐了吐舌头，迅速用手蒙住眼睛，像模像样地做起操来。嘿，这一招真灵，两次一试，小调皮们再也不敢贪玩了！

一个小同学没吃到午饭，他却没有对我说。午后，我偶然知晓，轻轻摸着他的头说：“你不告诉老师，怎么这么傻呀。”他只是哼哼着，说不饿。我赶紧想办法为他找来吃的。小小的他，宛如嫩弱的花苗，正长着身体，饿着肚子怎不让人怜惜？

时常，放学时间，我会站在办公室的窗前，远远地看着操场上一年级的孩子，排成两排长长的队伍，两两对齐，有的还手拉着手，背着大大的五彩缤纷的书包，小鸟般欢快地向校门口飞去，心头就没来由暖暖的。有一种说法，说当你越来越喜欢小小孩的时候，说明你正步入老年。这种说法不无道理。而我想说的是，纵然我正在渐渐老去，我的心依然清净而热烈，甜美而真诚，无私而无畏。因为，我生活在孩子们中间。

赞美孩子！

2015年6月1日

我的2015

这是2015的最后一个周六。连日来的阴雨天终于藏起了任性的脾气，太阳仿佛过足了懒瘾一出来就豪气冲天把万丈光芒洒向大地，进九的冬日刹那间好比三月阳春，温暖得灿烂。仰望苍穹，近处呈现一片好看的天蓝，没有一丝微云。心也为之开阔。极目远眺，那些高楼与树影直达天际，依然罩着一层淡淡的雾霾，天空也便由蓝转向蓝灰直至向灰色明明灭灭地变幻，少了些许阳光下应有的明亮。所幸瑕不掩瑜，这样的阳光这样的天气在冬日里无疑是令人欢喜的。

今天本不该在家的。昨晚去医院给师母送汤。70岁的师母，一生辛勤工作勤俭持家，做事手脚麻利不逊男子。可没想到危厄潜伏，疼痛一年不能走路查不出病因的双腿日前居然被诊断为双侧髋骨缺血性坏死，必须更换髋骨。考虑到年纪大了，一次手术完成只怕难以承受，医生建议先换一侧髋骨，年后再手术换另一侧髋骨。想想骇然！平安夜当天，师母做了手术，手术顺利，好人平安！我端着肉圆子汤小心地一勺一勺地送进师母的口里，心里却是泛开了酸楚的泪水，汹涌着暗地里打卷。这个二十多年待我像妈妈一样的人她躺在了医院的病床上！她打着点滴依然还在发烧，虚弱而苍白的脸浸出不正常的红。头发白了，老年斑散布，皮肤松弛起皱了。我细细地看着她，这些岁月留下的痕迹刺痛了我的眼睛灼伤了我的心。想起刚认识师母的那会儿她也正与我今天的年岁相仿，一切好像就在昨日，然事实却是经年已逝。岁月无情唯愿人间有爱！我握着她的手，她的手心因为湿热汗涔涔的，两只手就这样紧紧地握着，传递着彼此爱的温度。我陪着她断断续续说着话。我说双休日到医院陪她。师母说周六姑子来，和老师两人照料足够了，让我在家好好歇歇。我说好，那我周日来陪护。回家的路上，车子像蜗牛爬。爱人开着车，我坐在一旁，城市夜晚如龙的车流如花的灯海不管不顾闯进我的视野。一轮满月不期而至，似乎也来凑个热闹。我知道，这是冬月的十五，也是圣诞节的夜晚。车子向前移动，月儿也跟着移动，坚定地在我的面前和我保持着直线距离，好像明了我的心愿。我定定地凝望着她，疑惑这轮满月里承载了许多的内容，不似往日有朗朗光辉。我猜是圣诞老人住在里面吧。圣诞老人您把欢乐赐给天下人，也一定会把健康赐给师母的！

周六早早起了床。今天公婆回老家。帮着他们把行李准备好，有一搭没一搭唠唠嗑。难得的好天，别辜负！掀了床单放到洗衣机里。猛然发现地板上一层细细的浮尘，一声轻叹：一屋不扫何以扫天下。拿来吸尘器拐拐角角吸起尘来，也得让吸尘器饱餐一顿了。在电流的轰鸣中，吸尘器风卷残云，浮尘片甲不留，再难无孔不入肆意妄为。我竟微微出汗，猛抬头，看见墙镜里的自己满面红光，顺嘴一呲，奖励自己一个笑脸，顿感劳动真是个美丽的颜色，它能让人精神焕发！我想，何不让这样的劳动时刻再多一些？无奈老腰不给力，累一点就会疼痛，不敢随性。可是这个适合洒扫的休息天，我却心猿意马想着要做另外一件事，那就是给自己来个年终总结。卫生慢慢搞吧，总结这一年的过往是我此刻最想做的事，由着心吧。

2015，于我而言真的是极为特别的一年。工作依然是忙碌和充实的，依然是以最好的状态呈现最好的自己。工作以外的时间，我的生活内容和生活方式在这一年改变得像一个真正的革命者。彻底而执着！

这一年，养育十七余年的儿子羽翼渐丰在最好的年华飞越千山万水看世界闯世界去了。我，据说看上去不老却成了人们口中常说的空巢老人。

这一年，我们夫妻像刚成家那会儿，又回到了二人世界，从最初的失落到渐渐适应并安然享受，走过了一段从不适到默默消化的心路历程。一个人在厨房忙晚饭，儿子的笑脸会固执地闯进脑海，对他的思念顷刻间便如春水泛滥，化作泪奔；菜烧多了，儿他爸会说：要是儿子在家，菜就不会剩了。没有儿子跟我抢肉吃，这肉吃起来没味儿。儿子来电话了，儿子要求视频了，那一晚心情会愉悦到做事不晓得累，都想从心里笑出来……时间真是个治愈伤感的好医生，我们开始学习面对，学习淡忘，学习做自己的事。因为我们都知道，此后的日月，两个人的相伴，就是我们的生活。能够这样相守也即是最温暖最幸福的日子，唯愿它长久再长久一些。我更加深刻地领悟到人生最真最好的还是夫妻，年轻时是我们俩，走向年老时还是我们俩。相依相偎，牵手一生！孩子，只是我们人生路上的一个阶段，是我们生命旅途中的一片风景，是我们生命里应尽的责任和义务。可这是有期限的，十七八年而已！他们就是银行里的一张定期存单，到期就得取出来。走过这个阶段，看过这片风景，尽过这份责任和义务，纵然有再多的不舍与牵挂，也要顺其自然顺势而为挥挥手说再见。

这一年，因为空巢因为思念，我把它们统统化作流水般的回忆，逆流而上追溯几十年岁月的波痕，一路漂流一路欢歌不知疲倦，采撷到许多动人心魄的瑰丽的花儿，叠加成近十万字的日志，自娱自乐，抚慰并纪念那些芬芳的岁月。友人读到了，或感同身受或开心一乐也算一桩美事。生活美得让人只想沉醉！不论她曾经逶迤曾经平坦曾经欢笑曾经泪流！她馈赠于我的是一次次意外之喜！我忘情地拥抱着她们，视为珍宝，不敢有一丝慢待。

这一年，也因文结缘，收获了一段别样的犹如亲人般的情谊，忽如清风徐来拂拭心田，美妙而惬意，奇特又欣喜！我们常感叹人生的机缘真是奇妙，先前认识好些年，却真的是无缘对面不相知。非得走过路过看过听过寻觅过，时间对了突然间就不期而遇了。惺惺相惜相视一笑：众里寻他千百度，蓦然回首，那人却在灯火阑珊处！可能，热爱生活情趣相投的人即便经历九曲十八弯冥冥之中早晚总会相遇的吧。感谢生活！

这一年，老朋友依然如故，忙忙碌碌中绵延着醇厚的情谊；这一年，亲人们和乐安康常态生活，足够聊以自慰了。

走过2015，我将步入人生第四个本命年。祈愿本命年顺遂！

2015年12月27日

出门像一场仪式

假日里的某天，正蜷缩在家里蓬头垢面衣衫不整久未见天面色苍白的她接到电话，去单位参加紧急会议。突如其来措手不及，不啻山雨欲来，惊得她如旋风一般，拿起毛巾奔到卫生间钻到水龙头下，任哗哗的水流打着漩涡四散地飞溅在头发上皮肤上，迅速洗浴起来。那个十万火急呀，祈祷动作快点再快点，千万不能迟到，大家都到了就等她或者会议已开始了她中途进去都是尴尬的场景。可是，她心里知道，就算是出现了以上两种情形中的任何一种，她还是须净化好自己才肯出门。没办法，多年的习性使然，已沉淀为一种必须，一份坚持，积习难改呀。想象不出究竟遇上什么样的特殊情况才能让她抛开这样的做派，不管不顾抬脚就可出门。到目前为止，还不曾有过。洗浴一新，她对着梳妆镜用电吹风呼呼地吹着头发，电流呜呜的轰鸣声掩盖了她内心的急迫。短发就是难伺候，每洗必吹！高风柔风轮换吹，直到她看见镜子里的发型渐渐成为她满意的那样，遂关了电吹风。快速把衣服穿好，静心静意画好淡妆，看看镜中的自己又恢复到日常出门时的样子：神清气爽，端庄得体，她心头快意，给了镜中人一个笑脸，算是对她临阵不乱保持仪容的嘉奖。拿起包，款款出了门。驾车赶到单位，谢天谢地，大家正往会议室走。坐定了，她才悄声对旁边的小姐妹耳语：这一趟门出得那是一个手忙脚乱惊心动魄！小姐妹笑说：你这样出门，像一场仪式，太隆重了。

像一场仪式！但不是隆重而是庄重！对自己郑重对别人尊重！像一场仪式！这个说法太准确了！当即她就在心里敲定：待时机成熟，一定码一篇文字，说说几十年数不清的出门像一场仪式的那些事！

也不知道，出门像一场仪式，是始于何年何岁何种情境。真要追溯，可能还是源于家庭的教化。儿时，家里孩子多，家境清贫。那个年代，小城的工人家庭几乎都是一穷二白清汤寡水的，可能日子穷得只剩下干净了。记忆里，父亲尤爱洁净，上班一身洗得发白的淡蓝色工作服，蓝色的工作帽，白棉纱手套，纵使和冷硬油污的机床打交道，也是最大程度保持了洁净；下了班就更是洗浴干净，乌黑浓密的头发梳得一丝不乱，抹些水质发油，光泽闪亮，用外婆的话形容就是苍蝇飞上去都要翻几个跟斗。即便是戴了棉纱手套的，父亲也要擦上香皂，细细地搓揉双手甚至用软毛刷洗刷指缝，父亲的双手永远白净修长。父亲皮肤生来就好，整个人给人的感觉就像当下仪表考究的机关公务员。父亲的的确良衬衫和涤卡长裤总是按折缝折叠齐整，放在枕头下压着，穿到身上挺括，尤其是两条裤腿膝盖以下齐脚面的折缝，线条分明形如刀片，说可以削苹果丝毫不夸张。那时家里没有电熨斗，父亲曾用搪瓷缸装满开水熨烫衣服。父亲的皮鞋天天擦得锃亮。父亲的做派如新鲜的空气，滋养着他的儿女们。从记事起就常听父亲说：女孩子家，整洁是第一。头发要梳光，衣服要干净，人要清爽。不知不觉中长大，不管穿的衣服材质如何粗陋，姐弟几人都干干净净的，出门就更加要洗洗脸扎好小辫换身干净衣服。母亲和父亲生活了一辈子，耳濡目染潜移默化，也像父亲一样讲究。如今年逾古稀的母亲，一个人的衣橱比年轻人的还要排场，上衣一件件用衣架撑起挂好，长裤一律中缝相对，用带夹子的衣架夹好垂挂，整齐有序地排列在橱柜，如同一个小型服装柜组。如今母亲来她家里小住，不辞辛苦也要带上多套外衣，但凡出门，定要梳洗一番，重新换身衣服，对着镜子左看右看，问她：我这样出门行吗？她总是笑说：行，太行了！大街上最整洁最清爽的老太太！母亲大半生为儿女们操劳，立在高分贝的满是油渍的纺麻机器旁，没条件没时间穿到好衣服，现如今老了，对吃也没兴趣，唯一的喜好就是穿点好看的衣服。做儿女的当然得满足母亲这点小小的喜好了。她和姐姐，经常为老母亲添置款式、颜色、质地都不错的衣服。母亲开心对健康有益呀！母亲康健，儿女的福气呀！

上高一的时候，她第一次穿上了的确良短袖印花衬衫。记得是粉红色，衬托得她一张脸水红粉嫩，欢喜得像得了珍宝。20岁那年，她在家乡的小学里当代课老师，工资微薄。她从不舍得花钱买零食吃，一分一厘都攒起来买衣服买鞋子买女孩的必需品。还记得那时的她，一头秀气的自来卷长发时常变着花样：扎成高高的或低低的马尾，梳成两根麻花辫，编一根独辫子，戴一枚红发箍让秀发自然地披着。她最喜欢夏天了，她尽可以穿上心仪的天蓝色淡黄色乔其纱连衣裙，穿上长筒丝袜，登上半高跟黑皮鞋，出门去上班，走在不算宽阔鲜有车辆的城关马路上，目不斜视，娇小却是骄傲的身姿摇曳着一路青春！心里那个美啊！

时光流转，来到他城。生活的视野拓宽了不知多少倍：见惯了来来往往你方唱罢我方登场，遇见了生命里该遇见的，得到了不敢希望的。生活之于她，像极了办公室里一株盆栽——绿宝，不娇气不索取不贪婪不讲条件，不需要多么精心地照料，有土壤有水分有空气有点淡淡的阳光有适宜的小小矫正，就顺势而为向上努力地生长，长成一道风景一扇屏风，枝繁叶茂葱茏欲滴，里面的人尽情欣赏，路过的人有幸被委婉地疏离。变化的是岁月和岁月刻下的沧桑，不变的是对于生活的热爱和坚持。

从年轻到不再年轻，出门像一场仪式，从没有改变。下班一回到家，第一件事就是脱下上班的正装，换上做家务的衣服。所以她出门穿的外衣通常保管得很好，不会与油渍沾边。只要迈出家门，她就不会随便。怀揣一颗虔敬之心，从头到脚甚至从里到外清理一番，一身和谐方可出得家门，这是她的常态。为此，生活不免受到诸多细节的约束：头发不干净没有型不出门，衣服不干净不得体不出门，不化淡妆不出门，夏天再热不穿长丝袜或短丝袜不出门。有朋友曾问：你这样活着累不累？她喜眉笑眼轻言一句：不这样活着才会累！是的，内心不接受的才是真累！她觉得，一个得体的人，一定是个认真做事的人，一定是个尊重别人的人，一定是个热爱生活的人，一定是个被生活拥抱的人。

出门像一场仪式，就要求出门前有充足的时间准备。每一个工作日，她早上都早早地起床，做好早饭，然后一成不变地打理好自己。感觉每一天的自己都像静默了一夜的城市，年轻了有活力了。她就怕突发性事件要出门，来不及准备造成心理上的恐慌，这也是她现在进了家门就不想出门的原因，出门对她而言真不是说走就走那样随性。她也曾半开玩笑地对领导和朋友说：有事召见，早点说，给她留出一段打理自己的时间，别搞突然袭击。她也很害怕不期而至的电话，被告知要到家里来，她会慌了手脚的。偶尔她也突发奇想，家中那个他，见到的多半都是她黄脸婆的邋遢样，她在外的光辉形象他真是难得一见，委屈他的眼睛了。不行，明天一定赶在他上班前捯饬好，让他也见识一下出门在外的自己。如此小小心机偷偷一乐。

其实，现如今的社会，多数女性在公众场合都是一场仪式！艳丽妖娆的，高贵典雅的，落落大方的，就像牡丹国色天香，石榴花艳红似火，莲花出淤泥而不染，菊花端雅大方，不管你是哪一款，你喜欢，你认为得体就好。

2016年3月13日

现实与理想的距离

最近心里一片茫然，灵感可能也放了暑假去旅游，硬要找出一二三点来写，那就得生拉硬拽了。

儿子放假归来，依然由衷地热爱电子图书，看他沉溺其中，活得虚拟不真，不似我想象中的清华学子，博览群书，关注时事，每天走出家门强身健体，像个阳光青年。我忧心他精神世界空虚，不填充生活的养料无以接地气。我点出他的不好，他却笑着轻言：是不是我让您看到了现实与理想的距离？我竟无言以对。也许，这个电子时代，真真的是属于儿子他们这一代人，他们依靠它感受世界的精彩，汲取知识的琼浆玉液，获取生命的无穷愉悦。于我及我辈，却是雾里看花，水中望月，美得虚弱美得朦胧。

天天忙于毕业班的复习，无休止地做题改题讲题，面对日益两极分化的想学习与不想学习的学生，让我感叹现实与理想的距离；越是接近终点，越是对工作即将告一段落生出种种美好的遐想：放暑假了，可以松快松快筋骨，徜徉进书的海洋，码码字，在阅读与写作中找到身心的安放精神的酣畅。然而，眼前突如其来一场烽火连天的兵荒马乱，一连数日不眠不休如泼如注的大雨疯狂地肆虐江淮大地，犹如猛兽咆哮又如大兵压境，我的心也跟着洪涝的疯涨不得安宁，眼看着这片土地和土地上的人民陆续受到侵害，无论怎样也不敢超然物外，熟视无睹。刚刚涌现的那抹绚烂幻灭在压力与紧张共存的洪汛中，虽不能奔到抗洪的大堤上，却可以时时关注汛情为人们祈福。我悄悄叩问：为什么？为什么在我微漠的希冀中，光明灿烂唾手可得的时刻，潜藏着那么多那么多不为人知的无奈、失望甚至隐忧呢？

我忽然想起儿子的轻言：现实与理想的距离。其实，这是个陈旧却永不过时的定律。现实与理想永远存在距离，哪怕微乎其微，也不能达到完美重合。于是，我们便在现实与理想的夹缝中，努力去缩短它们的距离，最大化让现实跟上理想的步伐，穷且一生。

年少的时候，物质的匮乏，让能吃到红烧肉成为美美的念想。那时，就希望家里有客人来吃饭，因为爸妈会想方设法买上一点肉。吃饭的时候，我们姐弟会窃窃地躲在离桌子远远的角落不声不响地吃着，心里却是暗暗地渴盼爸妈能夹一块肉给我们，想象着那一咬油一滋的香喷喷的滑腻，味蕾就像绽开的花朵，越张越大。在这种甜蜜的绮思中慢慢数着饭粒咀嚼，那种感觉妙不可言。通常，多是客人招呼着夹个一块两块肉给我们，爸妈难为情中夹杂着对我们的心疼：一方面肉太少，应该先紧着客人；一方面也想让孩子沾点荤，解解馋。就在这样一种对肉食的渴望与难以食到肉的现实中挣扎，食肉了喜不自禁，食肉未果满心怅惘。这种现实与理想的纠结，让年少时光散发出一股淡淡的肉香，几十年过来，待到物质富足，竟至对食物没有要求，不饿足矣，再也没有了儿时的渴望。

也是因为困窘的生活，仿佛无限拉长了童年时光，像屈曲盘桓的源流，看不见尽头。突然的，就陷入对长大的期盼，觉得长大真好，二十岁最好。于是无数次幻想长到二十岁就好了。这样的念头源于从书里得来的经验，二十岁似乎就是长大的标志，可以不受大人管，可以逍遥自由随心所欲，可以自己挣钱自己花，可以把自己打扮得漂漂亮亮的，甚至还可以邂逅最美最浪漫的爱情。带着这些无人知晓的小秘密小憧憬，独自沉醉于现实和理想的空间，流连，畅想；畅想，流连。然而，当朝思暮想的二十岁真实地来到，长久长久对于它种种美好的期待被残酷的现实击碎成一地鸡毛。二十岁包括二十岁以后的十年，我踩着钢丝走过人生最美好的年华，在坎坷的现实面前起起伏伏，强撑着不让自己坠落。长大了，自立、责任、担当就是现实。相比之下，那些年少时的纯真意念像风中的苇絮被吹得飘飘洒洒，成为不可承受之轻，无处着落。二十岁的梦很美好，二十岁的现实却很忧伤。我再一次徘徊在理想与现实的灰色地带，渐渐向现实靠拢，理想一息尚存。

也曾想孩子大了，生活也有了安定的基础，是时候享受享受生活了，又一次不屈不挠地站上理想的帆船。孰不知，理想永远在触不可及的彼岸！青春正好的孩子奔着远方的田野和诗意去了，我一颗心也被带走了四分之三。信息飞传，每周一次视频通话，我慢慢适应了这样的思念距离这样的约见模式，庆幸人虽远离却又仿佛还在眼前。只是偶尔空闲下来的时候，独自一人在家，斜倚在沙发上，透过阳台巨大的窗户凝神望着外面的月色，时钟的秒针滴答滴答地流转，还是感觉心下微凉。我游离于回忆与现实之间，逝去的点点滴滴如藤蔓般爬上我落寞的心房。体力上轻松了，精神上的苦念却是潜滋暗长。此情无计可消除，才下眉头，却上心头，我知道我很难享受生活了。父母双亲眼瞅着迈向老年，各方面都呈颓势，同样不能置身事外，到了该为他们操心的时候。我已然没有自己安宁的生活，时刻准备着。

住蜗居的时候，盼望住上大房子。无数次暗暗发誓，等我有了大房子，一定把家里布置得干干净净舒适典雅。可真的住进大房子，却是没有这般豪情壮志。腰疼是一个原因，上班业已忙到筋疲力尽，回到家看见大大的房子蒙上了轻尘，桌子上甚至杂乱无章，只不过投以散淡的目光无奈地一笑。偶尔也热忱一回，拿出扫天下的气魄拾掇屋子。可每次都是乘兴洒扫半道收场，总是还没做完就再也做不动了。感叹有心无力，随它吧。理想再一次败给了现实。

年轻时什么都缺，就是不缺健康；现在是什么都不缺，就是健康跟不上，小病小痛如影随形。人生，我该怎样做好这一操盘手？好像永远都在通往彼岸的路上，眼看着就快靠近彼岸，可就是一步之遥，无法企及。永远只差那么点，存着一丝遗憾。一声叹息：现实与理想永远有距离。可能，这点距离，正是留给我们前行的动力。

理想永远是镜花水月，看着很美想着亦很美。可一旦触碰到现实，那距离就像弹簧一般，又被推得远远的，半点不由人。我们努力着，我们想象着，但生活回报给我们的，终究还是现实与理想的距离。当然，这距离或长或短，可大可小。运气好的话，我们可以自己改变；倘若运气不佳，努力过，便无愧于心。

2016年7月7日

芜宁桥志

通了，通行了，通车了！芜宁路立交桥建成通车的消息像七月的季风，到正午已在朋友圈飞得满屏，一片啧啧称赞之声，其时离正式开通也才不足两小时。这条路的通行，凝聚着多少人一天一天的守望，牵动着多少人的心啊！

芜宁桥改建成的九华中路下穿通道终于建成通车！这一天是2016年7月10日，离关闭桥段正式施工整整26个月。

芜宁桥全名“芜宁路立交桥”，是连接赤道铸山中路与赭山西路的交通要道，承载了几代芜湖人的记忆。那时，桥上日夜奔跑着自行车三轮车摩托车小汽车公交车大货车，间或还有行人走在桥上，繁忙到车水马龙，喧闹到热气腾腾。桥下则是轰隆隆驰骋的火车，有时我正处于桥上，听见远处的火车打着鸣笛飞驰过来，真有种凌驾于火车头上的豪迈之感，不禁联想起铁道游击队的英雄们。这半年来，每天下班回来于厨房里忙活，总是忘不了抬头看看这条道路建设的进度，不时有惊喜的发现：这里路面划上黑线方块了，是要铺路了吧？那里切出一弯弧度，是预留的公交站点吧？那儿那儿，沿路两侧的路灯竖起来了，行道树也种上了！我像花果山机灵的猴儿，到处寻觅新鲜的浆果，喜滋滋地独自品味着期待的甜美味道。昨天一个上午，我几次倚窗而立，看着马路中间的隔离栏封了又拆，装上了警示灯；看着交警顶着酷暑指挥车辆有序通行，举着对讲机通告停在路边的车辆尽快开走；看着压路机不辞辛劳地作业，将刚铺上的冒着青烟热浪滚滚的柔软黑色沥青压成宽阔平整的路面……突然就看见下穿通道，在我一不留神间，已经是车来车往川流不息了。我满心愉悦地望着，惊喜注视第一辆公交车的驶来，公交线路也在第一时间恢复！一时心里难以平静，随着人行道上正在铺沥青的压路机，体味一种从巨大喧嚣中迸发出的振奋：芜宁路立交桥虽已不再，它高风亮节地让位，换来了宁安城际铁路和下穿通道，使城区与郊区的交通变得更加快捷，在江城的交通史上抒写了又一个华丽篇章，一定会载入市志。

两年多以前，当听闻芜宁桥即将废弃改造重建的消息，我诚惶诚恐，第一想法就是上班不方便了。它可是我上班最便捷的路径，也是最短的路径。我在这座桥上断断续续走了近二十年，桥的路面哪里破损了一块，哪里修补了一块，哪里又铺设了减速带；桥两边挺立的路灯像哨兵似的，在数不清的黑夜和黎明照亮桥上的行人和车辆；护栏上悬挂了创建卫生城市的横幅、新挂了什么颜色的盆栽植物，逢年过节时又会亮起的喜庆红灯笼，都像流动的风景，点点滴滴印在我的眼里和心里，忽略不掉。在这座桥上，我骑过自行车，骑过红色的小木兰，骑过电瓶车，和友人一起下班同行，欢声笑语从桥头绵延到桥尾，不管逆风抑或顺风，流淌的都是欢乐的气息。

在桥上，我也有过几段刻骨铭心的记忆：下桥的时候，大摆裙的裙摆绞进自行车轮子里，缠住钢丝，致使我狠狠摔倒在桥下坡，半天爬不起来。所幸有惊无险，当时后面没有紧跟的车辆。那次摔跤以后，我也颇有心得，越是顺风顺水，越不能春风得意。常常我也有一种奇怪的错觉，这座桥好像连接着两个世界，好比冰与火。桥那头是冰，山光水色，恬淡安谧；桥这头似火，高楼大厦，霓虹繁华。我每天早上从桥这头走向桥那头，便是由繁华走向淡定；每天下午又从桥那头回到桥这头，便是又复归了热闹。可我本是极爱静的呀！闹中取静才是我更想要的生活。特别是我不曾预料的，八年多以前我居然把家安在了和桥近在咫尺的地方，站在家中的多个部位，长长的芜宁桥便亲热地扑入我的眼帘，一览无遗。我喜欢看它的车水马龙，我喜欢看皓月当空下它的静谧，我还喜欢看桥下一列一列火车长龙一般轰隆隆地飞来又飞走……我也曾做着美丽的梦，开着自家的车慢慢地逍遥在桥上，与桥下的火车并驾齐驱，那感觉一定是美美的吧！可是，我终究还是因为惰性和怯懦，在拿了驾照四年多的日子里，天天搭乘朋友的顺风车，白白耗费朋友的汽油和时间，尽管心生愧意还是眷恋依赖，竟至等来了桥的正式封闭改造。那一天是2014年5月4日。我终究无缘在桥上驾车逍遥。有些机会，错过了就是永远！

桥封了，我和朋友上班都得另辟新路。在经过一番内心的煎熬后，我暗下决心，没有过不去的火焰山。自己开车！起大早，趁路上车辆行人稀少，道路敞亮，慢慢开，一定没问题。六点刚过，我就发动车子，挂个二、三挡，小心翼翼行驶到路上。第一天一切顺利！一个星期下来，紧张感慢慢减退。幸运的是，在朋友的指引下，我觅到了一条当时刚开辟出的宽阔的新路，人车都还不多，更美妙的是，基本环绕大半个雕塑公园，我也见证了雕塑公园从不完善到完善的雕琢过程，一路上风光如画：深春的碧荷是葱茏绿色中最抢眼的，酒红色的合欢花是缤纷夏日最打动我心的，苍黄的蒲苇于金黄秋景中婆娑成一片麦浪，落雪的烂漫冬天铺开无垠的洁白。两年多了，我在这条路上把车子稳稳地开着，不超过60码，听新闻听音乐赏风景，享受驾驭的感觉。常常想，不逼一下自己，不勇敢地试一次，怎么知道自己行不行！另一方面，我也得感谢芜宁桥的改建，桥被拆，我才开了车。在给我带来不便的同时，却带给我另一种重生！

我已然迷上了驾车以来走的这条路，即便它在家与单位之间绕远了不少。我想，以后我得走芜宁桥改建后的下穿通道了，它最近。然而，在我想念雕塑公园大道的时候，我会开车去赴与它的约会。

昨晚，我又立于窗前，凝望这条崭新的路，从我家门口到下穿通道，目之所及，刚好扭成一个妖娆的S形，通道中心一片光亮。在如水的车流中，我恍然又看见昔日芜宁桥坚实静默的风姿：华灯初上，灯火阑珊，桥上游龙一样的车流，于我的视角中，左手驶向桥这头，右手驶向桥那头，穿梭奔驰旖旎无尽……

2016年7月11日

遇见虚荣的自己

遇见虚荣的自己，是在我开通博客之后。只不过短短三月有余，我便决定将自己好不容易才开通并熟练运用的博客关闭。

四九偶得，是我的博客名，源于开通博客那天是4月9日，也恰好是我的虚岁之年。现在想来，以一年一日之偶得，失去确乎必然！

年少时我便热爱文学，在稚嫩的心底藏着一个不与人言的小小渴望，那便是有一天自己写的文字能在报刊上变成铅字，散发淡淡的墨香，滋养读者的眼睛和心灵，让他们真心地称赞一声："写得真好啊！"我深爱张恨水作品"自是人生长恨水长东"的落寞、不甘与抗争；钦佩幽默大师钱锺书的文灿莲花隽思妙语；还有无数文学大家，他们无不阅尽人间百态，而后笑傲生活。我还曾梦想能当一名图书管理员，博览群书，厚积薄发，成为又一个石楠。念想达到巅峰时，我有那么几次拿起笔，在夜深人静的时候，唰唰唰地用笔尖让文字跳舞，还真舞出了一点小动静，舞到了报纸杂志上，也从此舞上了心灵的舞台。我不敢奢望惊艳的成功之花能在我的生命里绽放，哪怕能有很少的人读到我的文字，我就会觉得很开心了。可是迫于生活的压力、工作的繁忙，我很难有时间静下心来，将丰盈的人生果实勾兑优美的文字酿成香醇的美酒。待到结婚生子，更是一颗心掰成几瓣用，直到一年前儿子上了大学才渐渐有了空闲。这时，曾经的渴望又从心底发芽，疯长，渐渐可以触摸它的高度。我想是时候将几十年对文字的痴恋付诸行动了。

我不爱发有趣段子，不爱秀美景美食的图片，只是喜欢将生活中偶尔的灵光一闪或是漫漫回忆中的温柔感动落于文字，指尖轻盈地敲击着键盘，一字一句便随着光标在屏幕上浮现，微小的喜悦也同时跟进，这个电子时代真的很神奇。初时因为可写的东西太多，想写的东西也太多，每当开篇真是文思泉涌，键盘嗒嗒恰似嘈嘈切切错杂弹，那种大珠小珠落玉盘的畅快像岁月的长河破冰了，淙淙流淌，滔滔不绝。有怀旧的泪滴，有感恩的暖意，有欢乐的情愫，有反思的忏悔，无我的状态常常感动到自己，真的是不疯不成魔。受儿子日志的启发，我也把写下的文字陆陆续续发到空间上，成为一篇篇日志，自娱自乐的同时，与好友分享，看他们或感同身受或受到鼓舞，已然一桩美事。看着日志下一个个读过此文的熟悉名字、一个个真诚的点赞、一条条风趣的评论，心中那小小的喜悦便如鼓胀的风帆起起伏伏，回复评论也成了一种乐趣。这时友人说："何不将你的日志发到博客上去呢？毕竟空间日志只有你的好友能看到，而发到博客上却能让更多人看到，你会更有动力写作的。"于是，我打开新浪博客，浏览起一篇篇博文，慢慢活泛了心思，友人的建议甚好。我试着注册，一步一步操作，成功开通博客。那个晚上，我激动了许久，博客会鞭策我在创作的路上坚持下去，不言懈怠。那一段时间，我将自己的日志变成博文，一篇一篇发了上去，那份冲动如同七月的热浪，一天比一天澎湃，一天比一天热烈。我很怀疑，都这把岁数了，竟还可以在一件事上迸发年轻时才有的热情和激情！成绩是喜人的，往往一篇在空间只有几十次阅读量的日志在博客（同步转到微博）上却能达到几百上千次。有人收藏我的博文，有人喜欢我的博文，有人转载我的博文，有人送"金笔"，有人评论支持，博客等级在越来越多的关注中节节攀升，拥有了一批博客好友。我也读到博友的美文，了解更多人的想法，并与他们交流互动。突然间就像打开了一个硕大无朋的窗户，精彩的世界展现在我的眼前。一有闲暇，我就按捺不住小期待点开博客，看到蹭蹭上涨的阅读量，看到越来越多的人读过我的文字，不知不觉间，我年少时的小小渴望仿佛变成了现实，我有些喜不自胜。慢慢地，这份窃喜演变成日日有些焦灼的期待，我猛然发现这种状态与我开通博客的初衷显然是渐行渐远，变味了。

我无法相信这是我自己！每次打开博客，我都迫不及待查看新消息：博文上涨的阅读量，新增的访问者，谁又关注了我的博客……心底那股缓缓滋长的难以言说的激动和快感，就像小时候好不容易从母亲手中讨到一颗期待已久的糖果，那甜甜的滋味直让口舌生津沁透心脾，而且，每吃一颗，心底的渴望就加重一分，更加期待下一颗糖，仿佛一个无底洞，永远不会满足。看到几百的点击量，便想象会有几千；等到有了几千时，还期待着更大的突破。就这样期待着，大涨胃口地期待着！我每天还强迫症般地打开博客签到赚取积分，好让我的博客账号升级得快一点。就这样，我把大量的时间耗费在毫无意义地反复翻看博客上，有新消息了欢喜，关注少了、无消息了怅惘，看着缓慢增长的阅读量，内心的喜悦在消失，取而代之的是浓浓的失望之情。这种纠结的负面情绪，让我对纸质书的阅读量锐减，似乎意兴阑珊，就连写作也不那么快乐了。博客面前的自己还是那个我吗？

开通博客，原本是想激励自己更加勤奋地笔耕，看着自己的文字能引起他人共鸣就会心生成就感，快乐来得很简单。怎么突然之间竟由冷冰冰的数字代表的阅读量和种种新消息左右起自己的心情了呢？看来，博客不知不觉把自己变成一个追名逐利的虚荣女人！是的，虚荣，作为一个年岁已经到了知天命、平日自诩睿智平和从容淡定的女人，我竟还是避免不了虚荣心的作祟。在工作中，我很少在乎功利的诱惑，本以为早就看淡一切，没想到还是落入了名声的陷阱。所幸发现得不迟，冷静下来深思良久，我终于下定决心关闭博客，从那缥缈的虚荣里挣脱出来。现在这个娱乐至死的时代，越来越少有人能够真正沉下心来体会平静生活下的朴素真理，很多人只是想看一个个“有趣”的新闻或段子，短暂的快感之后哈哈一乐，再无痕迹。想来，博客并不适合我，日志足矣！偶得，不得也罢。我这样对自己说。

自我剖析其实并不是件令人愉快的事情，因为我们只会更清楚更深刻地认识到自己的不足和缺点，将往日心中自以为是的歌舞升平繁华景象通通彻底击碎连渣都不剩，只留下丑陋的伤痕。我本知道，其实只要自己像往常发表日志一样从不在乎点击量和评论，只一心一意地写自己的人生，写看见的生活，写遇见的美丽，那么关不关博客根本不重要。但我还是选择将它关闭，因为面对浮华意欲迷人眼的博客，我遇见虚荣的自己，短时间里很难彻底走出来。

不知何时，我才能真正回归内心的平静。或许有一天，我真正可以拥抱静听花开花落坐看云卷云舒的悠然豁达，我会重新打开博客，从容地面对所有，淡定地读文写博，不悲不喜，宠辱不惊。

2016年7月17日

取舍之间

不及细思，在回复一条信息时，就敲出这么八个字：取舍之间，得已是失。

不曾想，这条回复竟然神奇地在心的一角寄居下来，时不时像一朵潜入心海的小浪花，这里翻腾一下，那里狐媚一下，调皮地和我捉迷藏，提醒我别忘了它，别让它寂寞。其实，世事纷繁，“人艰不拆”。看似波澜不惊，实则暗流汹涌。取舍之间，取之道义，得道多助，舍即为得或为大得。反之，取之于利，失道寡助，取舍之间，得已是失。

青山舍弃了喧腾，得到了高山仰止；大海舍弃了静默，坐拥了海纳百川；蓝天舍弃了狭隘，拥抱了雨霁彩虹。四季有寒暑，花开有半夏，大自然的取舍得失明明白白坦坦荡荡。

简单的取舍得失，因为自然而然，或是一己喜好，无伤大雅，更无公害。厚厚的羽绒服没有线条美，但它的温暖足以抵挡冬雪朔风的严酷；飘逸的碎花长裙衬托得姑娘花朵般明媚，但它也潜藏上下楼梯不小心就会被踩着摔跤的危险；国庆假期，选择蜗居家中的，虽有安闲的惬意，却也看不见气象万千的山河，体会不了旅途的蓬勃热浪。万事万物，总在取舍之间，得此失彼。随心顺意就好。

其实，生活的道路上，我们谁又能幸免不在取舍之间选择，谁又能幸免不在取舍之间摇摆，谁又能呼风唤雨得失兼顾！鱼儿放弃了陆地，奔向了河海沟渠，因为水是它的乐园；花儿绽放在枝头，因为它要把绚丽献给自然，哪怕灿烂过后等待它的就是凋零；聪明如人，永远都在趋利避害，化险为夷，这没有错。智者尤善扬长避短，平衡得失。天下熙熙皆为利来，天下攘攘皆为利往，于是便诞生了两害相权取其轻，两利相权取其重的取舍哲学。我以为，无论何时何地何情何境，取舍之间，无愧于心方能心安理得。

二十几岁的时候，我徘徊在学业与前路迷茫的十字路口，像一只失群的孤雁，找不到方向。虽然在无数个寂寞的深夜里醒着，却也清楚地知道不甘心放弃挣扎。那样一头钻进机器轰鸣的车间厂房，一顶女工帽，一只大口罩，一身工作服，一双油手套，没有青春的婀娜，没有女儿家的娇媚，没有缤纷的向往，一眼能把日子看到底，我不要那样的生活，我不能辜负自己！我复读再复读，落榜再落榜，我依旧没有屈服。我去学校代课，拿着一个月几十元的代课费，我居然看见天也蓝了，风也清了，日头也更红了，整个自己也明亮起来。我发现，我喜欢孩子纯真的笑脸，喜欢孩子晶亮的眼眸，喜欢课堂上表情达意的畅快，我偷偷地想，此生若能成为一个“孩子王”多好啊！我找到了生活的方向，然而摆在我面前的现实是无情的，想实现梦想无异于愚公移山。天无绝人之路！偶然，我在《教育报》上看到一则招生信息，义无反顾登上长长的火车只身来到陌生的城市，报名，回家，白天代课，晚上复习，甚至干脆住到毕业于安徽大学当时已在县文化馆工作年长我两岁的闺蜜的单身宿舍，她自告奋勇为我辅导数学。经过两个多月没白天没黑夜的鏖战，我于当年以最高分被芜湖师范幼职班录取。虽然性质是不包分配的，学费也是自理，作为女孩当时年龄已经不小，我还是不听劝告不顾一切九头牛也拉不回地来到了芜湖师范。置之绝地而后生，这一来竟是一辈子！人在异乡，我遇到了待我如父如母的恩师夫妇，遇到了生命里的贵人木子、范伯，遇到了一生珍爱我的他，遇到了一众良友知己，我的人生轨迹彻底改变了。从厂矿幼师到自由打工者再到重新站上讲台，人生就像一叶飘萍历尽风吹雨打，最终落地生根，圆了最初的梦想。我常想，我最可贵的品质就是不轻言放弃，当年面对不济的时运，我没有放弃希望，我选择逃离是为了更好地追梦。故乡离我远了，它是一段酸楚而又亲切的记忆，二十多年过去，我依然乡音不改。我舍弃了生我养我的故土，却留下在那片土地上成长起来的善良、真诚和坚强，支撑我在一路跌跌撞撞投奔的城市，活出了一个全新的自己。取舍之间，失去才会得到。

千里马遇伯乐方有驰骋疆场的机会，也才真正认识自己成就世人眼里的千里马；诸葛亮感念于刘备的三顾茅庐，结束了闲云野鹤的村夫生活，辅佐刘备打天下忠孝一生。良禽择木贤臣择主，将遇良才英雄相惜，自古至今传唱佳话。确实，再优秀的人，没有人拉一把，也会淹没于众生之中籍籍无名，更别奢谈在行业里有所作为有所建树。看惯了众声喧哗，看惯了纷纷扰扰，看惯了你来我往，看惯了起起落落，保持一颗平常心实属难得也最见人品。穷则独善其身，达则兼济天下是高贵者的取舍；人生得意须尽欢，不过是浮华表面的哗众取宠，昙花一现罢了。除非你真强大到无人能敌，可以站在潮头之巅，挥斥方遒指点江山，即便是这样，也得有众人追随和拥护，方可形成一呼百应应者云集之势。孤掌难鸣独木不成林，一呼一应，舍我其谁！

午后看完雷米的《殉罪者》。书的封面上有这样一句话：每个人心里都住着一头怪兽，坏人有，好人也有……掩卷深思感触良多。人心是这世间最深的海洋，人心也是这世间最黑的岩洞，人心更是这世间最暖的力量。亦正亦邪，亦美亦丑。没有利益之争的时候，人心通常都是温情的。一旦面临无可选择的瞬间，人心便会较量而后抉择善还是恶！坏人可能也有一刹那的善意，好人若选择了恶意则深陷道德的评判，饱受良心的谴责。刑警骆少华为了利益和虚荣，为了掩盖误判真凶所面临的追责，徇私枉法，动用私刑，把真凶强制送进精神病院管制长达22

年，而他个人自此成为背负原罪的跟踪者，一生只为盯紧真凶，一生只为守住这个秘密，从血气方刚到白发苍苍，没过上一天安宁的日子。选择了谎言之时，同时失去了杜成的兄弟情；选择了遮天蔽日，得到了真凶一世的威胁与对抗，甚至导致老战友马健最终的牺牲。为了一时之得，付出了巨大的代价。取舍之间，失已经注定。

生活是一只万花筒，里面承载了太多太多看不见摸不着的诱惑。我们没想那么多，做着五彩的梦，想去取想去得。取之有道，无可厚非。若能常怀谦卑之心，常怀感恩之心，常怀敬畏之心，取舍之间，取之于义取之于礼，得失之间，会有大得；反之，取之于利取之于私，得失之间，得已是失。

2016年10月3日

女为自己容

经过小姐妹的办公室，轻轻走进去。叶子正眼睛放光盯着手机屏，粉面桃花，眉眼含笑。见着我，救星似的，把手机往我眼前一晃：好看吗？一款黄得鲜嫩的羽绒服扑入眼帘：好看！我笑。叶子手指又一滑屏，前后款型依次来了个俏丽转身。她又说：这种黄，太鲜，可配我？我笑着拿过手机，放到她脸旁：很衬，年轻穿什么都好！叶子开心极了：那我下单？买了？她又虚张声势地举着手机在办公室绕了一圈：同志们，我真买？大家看也不看她齐心协力一通肆虐：买！买！双11，剁双手！我说：既然中意，买吧。能买来"开心"，值了！她笑着下了决心：下单！

都市女人，最不缺的就是衣服。都市女人，一眼相中的衣服，不管衣橱已经挂不下，只想尽快纳为己有。她们崇尚一些流行语：女人的衣橱永远少一件！女人，就是要多爱自己一点！更夸张的说法：女人，就是要对自己下手狠一点！其实，一句话：难得喜欢，喜欢就买。

我也逃不脱这样的套路。像大多数女人一样，天生就爱穿着，天生就愿意把自己打扮得漂漂亮亮出现在公众的视野。那些年，我收入低，我用自己的方法，始终保持着在家门外的光鲜得体。老同事们常有人赞我讲究，一天到晚一年到头都清清爽爽。我俏皮地笑说：女人的穿着永远看不出低收入。低收入的女人依旧有能力保持自己的美丽。只要你有表达美的意愿，你就可以把自己装扮得符合大众的期待。

和我同一办公室小我十年的她，也是常在闲暇时，浏览手机上的各种品牌旗舰店，自己欣赏不过瘾，还要起身把手机递到我面前，让我饱饱眼福。得到我的共鸣后，心满意足，继续沉浸在欣赏的路上。我不得不感慨，她这样的年纪，正是女人最好的光景，褪去二十岁的青葱与妩媚，多出来的都是恰到好处的知性与优雅，像被风儿吹拂了一春的柳条，新绿过后是各种绿，翠绿碧绿墨绿，浅一点深一分都是那么可人，那么得体，让人从眼里欢喜到心里。想想，我也有过如她一般的年纪，不也是喜欢一年到头蹬着高跟鞋，从夏天的连衣裙到春秋的长筒裙再到冬天的毛呢裙，天天把自己捯饬得彩云一样飘逸，美美地走在阳光之下，心也为之飞扬。

女孩子家从小就知道爱美！小时候那会儿，日子过得苦巴巴的。肚子填不饱没关系，一分两分地攒着，扯一段红头绳，买一瓶雪花膏，喜滋滋地美上许多天。读中学的时候，懂得女孩子家没有好衣服穿不是最重要的，最要紧的是一定要干净利索，豆蔻年华，本身就美，无需刻意打扮。尽管如此，还是对大街上开始时兴的的确良衬衫、花裙子、喇叭裤甚至一把小阳伞投去艳羡的目光，渴望自己也能拥有。过年了，最期盼能有一身新衣服，穿在身上，美在心头，吃饭做事格外小心，生怕弄脏身上的新衣。那份仔细，成为终身的习惯。

第一次听说“女为悦己者容”，不记得是哪年哪月哪天的事，也不记得是从书里读到的，还是从别人那里听来的，当时觉得好有道理。女子爱美，可不就是打扮给在意、喜欢、欣赏自己的人看的？或者是给自己在意、喜欢、欣赏的人看的？不管是别人喜欢自己还是自己喜欢别人，都是女子当窗理云鬓对镜贴花黄的直接动力，没有这些因素，谁还会煞费苦心去讲究仪表，注重仪态，甚至省吃俭用买化妆品，把自己装扮得走过那人、那些人面前，袅袅婷婷的，花枝招展的，风姿绰约的，时尚典雅的，集仪态万千于一身，赢得真心诚意的夸赞，抑或背后无限拉长的内容复杂的目光，心里的喜悦与得意早已浓稠得化不开。

哪个女子不怀春！当爱情在春风里滋长，是女子最美最动人的时光。眼里看不见别人，心里盛不下外事，只看见自己眼里的那个男人和男人看自己的眼神。彼时的美，只为他！

单位里，女人化着淡妆，端庄得体地走来走去走进走出，多半是职业性的。美，打上职业的标签：公司白领，美得时尚活泼；外企金领，美得典雅雍容；三尺讲台上为人师表，美得简约大方……其实，工作的女人自带美丽！

生活里，开个派对聚个会，此时的女人是解放了天性的美，不再收着藏着。烈焰红唇，峨眉粉黛，金灿灿的大波浪披了一肩，白里透红的肤色像剥了皮的荔枝，仿佛轻轻一掐就能流出蜜汁。开着高叉的妖娆旗袍，紧紧包臀的铅笔裙，收腰的时尚长风衣，柔滑的妩媚丝巾，细细的高跟尖头皮鞋，一说话，洁白整齐的糯米牙仿佛黏着沙沙的甜蜜，或伶牙俐齿顾盼生姿，或吴侬软语巧笑倩兮，淋漓尽致展现了女人的天生之美，相互间那点似有若无的暗暗较劲，简直就是百花争艳，满场春色。

凡此种种，都是女为悦己者容最好的呈现。

不知哪年哪月哪天，和先生一起出门，我习惯性打理自己。先生一旁望着，嬉皮笑脸急不可耐：可以了，可以了，你打扮得再好看，还不就是给我看。我不温不火：德行，一边待着。我美给自己看！我美我开心！继续不慌不忙淡定从容地走着自己美化自己的程序，一丝不苟。先生对着镜子吹胡子瞪眼睛深呼吸：女人就是麻烦！出趟门孩子都生出来了！

从那时起，我猛然觉得我颠覆了“女为悦己者容”的说法，我意识里对于“女容”的认识渐渐觉醒：我打扮自己，源自于本心的需要。带给他人美的感受，纯属满足本心需要后的额外效益。我是一个女人，爱美已然是一种几十年的习惯，是一种常态。美美地走出去，并不是只为别人的感官考虑，更多的是让自己接受自己，自己心里舒服，自己更有自信心。那么，这样的自己会从外表美到心里，做什么事都是以最好的状态，投入最大的努力，实现最大的价值。这样的美，是一种积极乐观的生活态度！这样的美，是为自己美！

可能，女为自己容的都市新女性满大街都是。女人，美出了新高度，美成了都市最亮的风景线！

女人，有了独立的天空，可以潇洒走一回：容，不再为悦己者。女人，为自己容！

出门前，看着镜中奔五的自己，虽然容颜不再，原本不高的身形也如冬日的老树一天比一天凋敝，在走向美的路上渐行渐远。然而，我心淡然，纵使外表迟暮，也要披一件绿意葱茏的外衣，抑或穿一件火红火红的羽绒服，以快乐的姿态拥抱绚丽的黄昏。我美，故我在！我在，故我美！

2016年11月13日

意念中的都市人

苍芒二十四岁那年一个初秋的午后，完全还是小城姑娘的懵懂、淳朴与素净，拎着一只没有滑轮的行李箱，风尘仆仆从老家的小县城一脚踏上江城的土地，面上装作不在意，其实心里看什么都新鲜。

读书的时候，南来北往的同学不曾给苍芒带来丝毫内心的冲击，环顾一圈，着装打扮都挺普通，没有特别出色的。若非要说出一星半点能引起苍芒小小兴趣的，就是各地不同的方言和裹挟着方言味的普通话，苍芒偶尔会饶有趣味地聆听，在心里尝试轻微地分辨，实在有趣也悄悄地学舌，偷偷自乐。反倒是一群老师一个接一个在苍芒内心掀起波澜：视唱老师高挑的个头，精致的妆容，天天披着一肩大波浪，长长的细腰风衣里搭配各色款式的裙子，脚蹬尖尖的皮鞋或高筒的靴子，有时戴一对圆圆的大耳环，特时尚大气，一进课堂，未语先笑。她的样子在苍芒的心中定格了许多年，被苍芒视为到什么时候都经典的女人的样子。苍芒总是用欣喜的眼神看着她，上她的课，苍芒格外用功，对自己原先不识谱毫无乐感的小宇宙也忽略不计，那些小蝌蚪似的五线谱突然之间就像长出了脚，从田间地头跳出来，“呱呱呱”地对着苍芒歌唱，变成熟悉的朋友，苍芒学得满心欢喜。心理学老师属于小家碧玉，她在苍芒的眼里是一个矛盾的综合体，单看她做事、走路，她是一个慢条斯理、失火了都不着急的脾气。可她说起话来立刻就像换了个人，打机关枪似的“啪啪啪”，让你不专心肯定听不过来，那是一种刚中藏柔的感觉，竟也让人听着舒服。教钢琴的男老师雄浑的音色更适合唱美声，他自弹自唱的儒雅身影让一众同学深深地陶醉。那时，苍芒就想，这些老师才符合自己对都市人的想象，不落凡俗，有文化，有品位，自己要努力，将来也要这样优雅地活着。

苍芒来到一家厂矿幼儿园。幼儿园的建筑既有城堡的别致，又有写字楼的大气，每间教室大到可以举办舞会，有一方墙全是玻璃镜面，为学习舞蹈提供了方便。苍芒在这里邂逅了一群江城的本土姑娘，又一次开启对都市人的想象。

当时的幼儿园，从园长到教师，清一色娘子军。只有门卫和食堂有男性工作人员。生源基本都是企业员工的孩子，自产自销的办学经营模式。园里的教师最年长的也不过三十几岁，大多都是二十岁刚出头的花样年华，苍芒在里面已算大龄。上班时间，女教师都是化着淡妆的。课堂上，她们是快乐的孩子王，甜美清脆的歌声、惟妙惟肖的讲故事声、亲切温柔的抚慰孩子声、和孩子互动的欢笑声，听不出年龄上的差别。上下学家长来接送孩子的时候，女教师们擅长和家长联谊，莺声燕语，汇报孩子在园里的表现。说到高兴处，眉飞色舞，八面玲珑，像家长多年的老朋友，尽心尽力，贴心贴意，让家长感激地连连点头。课余时间，姑娘们喜欢扎堆，不露声色地嘻嘻哈哈晒一晒小公主的幸福，谈论的话题通常都是谁新交了男朋友，谁好事将近了，谁刚买了最新款的裙子，谁的爸爸出国回来刚送了名包，谁家那位最会挣钱……说者乐此不疲，听者啧啧称赞。都是越说越澎湃，越听越激动。苍芒像一个局外人，敷衍地听着，淡淡地笑着，不做评说。那时，苍芒刚刚开始谋求个人生存，没有资格谈论生活，更别说有闲情享受生活。苍芒只在心里审视这群优越感滋滋往外冒的都市姑娘，可是却真心没有觉得羡慕。

在一群女同事中，有一个人是个例外，她就是梅林。梅林瘦高瘦高的，举手投足轻盈灵动，快人快语，笑起来声音清亮亮的，像热情奔放的海风拂向你。梅林比苍芒长两岁，却怀揣一颗少女心，不似苍芒还像少女的外表下包裹一颗蒙了沧桑的心。梅林的爱人也是瘦瘦高高的，在大学当计算机老师。不明所以，自打苍芒进幼儿园那天，梅林就对苍芒好，隔三差五带苍芒回家吃饭，改善生活。计算机老师随和幽默，打消了苍芒的拘谨。算起来，梅林是苍芒来到江城后最早结识的朋友。休息天，梅林常带着苍芒闲逛中山路、长街、双桐巷，看看都市风情，品品特色小吃，说说悄悄话，留下一段珍贵的记忆。她洒脱的性格和时不时流露的小资情调让苍芒欣赏，但她的某些生活方式也让苍芒陷入迷茫。比如，有一次去她家吃饭，苍芒看着她炒菜，只用素油。苍芒说："你炒菜不放猪油吗？"梅林很科学地说："猪油胆固醇高，对健康不好。我多年不吃猪油了。"苍芒说："猪油多香啊，我前两天才买了猪板油回宿舍炼呢。"梅林居然一脸不屑地说："这年头只有乡下人还吃猪油。你快别吃猪油了。说出去让人笑话。"苍芒心头有一丝不悦，难道摒弃猪油就更像都市人吗？一闪念后，苍芒真的开始告别猪油，免去买猪板油回来清洗和炼油的麻烦。此后大概有那么几年，苍芒乌黑的头发失去了光泽。每到秋冬，手心都会斑斑驳驳脱一层皮。苍芒突然有一天就意识到，都是不吃猪油惹的祸。苍芒又重新吃回猪油，荤素油搭配，头发又乌黑发亮了，手心也再不脱皮。想来，梅林两口子那么瘦，或多或少与常年只吃素油有关吧。

时间就像马路上的私家车，川流不息。在这来来往往的时空里，苍芒相识、相知了一批都市人，有本土的，有外来的，自己也成了半个都市人。亲历多了，见识多了，曾经初到都市时的诚惶诚恐、心向往之、期待融入又固守着本心骄傲的难以言传的复杂微妙，感觉是那么久远的意念，久远到不能准确地表述。细细想来，意念中的都市人，其实就是苍芒心中自以为是地对都市人的种种幻想，因为不了解而神秘，因为神秘而想去了解。走近真实，都市人一样是芸芸众生，市井凡夫，只是某些生活习惯和行为方式存在些许地域差异罢了，没有贵贱、高低、良莠之分。但有一点必须清楚，都市整合了文化和经济发展而产生的新元素，不论你生于本土抑或来自异乡，你都要记得永不间断地提升自己，强大自己，然后该怎么生活就怎么生活。无需艳羡而效仿，无需趋同而改变。关键是自己认同，自己内心快乐！

行走在都市的人潮中，天高地阔，苍芒云淡风轻。

2016年12月11日

2/如歌年代

那个年少的女孩
你就那么清晰姣好地站立在我的眼前
站立在我的心中

骑自行车的那些年

与爱人相识之初，尚不会骑车。那时我只要出门，或者是靠自己的“11号轿车”，安步当车；或者坐公交车。爱人就用他的自行车，手把手地教我学骑车。在他的悉心教授与陪练下，我学会了骑自行车。迫不及待，我去车行选了一款22寸的女式学生车，便于轻松驾驭。刚学会骑车，瘾大，没事就想找个宽敞无人之地，骑上几圈。一段时间下来，我再也按捺不住，一天早上起了个大早，趁路上车稀人少，第一次骑着自行车到了单位，心里那个美呀！

很快，我骑行的技术突飞猛进。可以自由自在地在人行道上轻松与人平行，卖力一点甚至可以赶超行人。那时，二十多岁，年轻，一头乌黑的披肩长发，夏天穿着漂亮的连衣裙，骑车时，习惯用左手轻捏起一角的裙摆，连同车把手一同握着，防止下摆绞于车轮，那幅画面至今记忆犹新，感觉特青春。

我骑车有个秘密，就是不会滑行上车，而要把车停在原地，右腿先跨过车子，再双手扶把用力一撑，坐到坐凳上，两脚迅速踩脚踏，车子就前进了。记得曾经有人问我为何这样上车，我轻描淡写地笑说喜欢这样上，就这样上了呗。其实，别人哪里知道，我天生个矮胆小，滑行上车，协调不好车身，怕摔了，索性老老实实原地上。为此，我骑车也没能力带别人。就连儿子小时候我也没骑车带过他，想起来，挺遗憾的呢。

想起在故乡的时候，家人骑车带我，我都不敢上。很多次，我都暗下决心，要跑着跳上后座。但每次跑了一大段路，骑车人不得不放慢车速，而我跑到车前时，最终还是胆怯了，始终没能追跑着成功跳上后座，生怕在跳往后座的瞬间，上与不上之间，人没稳稳落座，骑车人就骑走了，只落得悬空跌跤的惨剧。以致家人骑车带我，都是先让我坐到后座上，推着我走两步，再滑行着跨上车。现在想来，那要多大的臂力和多好的协调性啊。有一件趣事，今天说起来都忍俊不禁。那次，我和大姐一道出去，又坐在后座上。她骑得很快。有一段路，人车很多，我有些害怕，担心被碰到，就一狠心从后座上跳了下来。而大姐却全然不知，继续向前猛骑。我连声大喊，她也听不见。直到她发现跟我讲话没有回应，稍一回头，才发现把我丢了。她又骑回来接我，我俩笑做一团。

骑自行车，也曾摔得很惨。一个夏天的早晨，我骑车去上班。那天我穿上了一套花色鲜艳的新衣服，下装是一条裙裤，想着到单位就可以在闺蜜中臭美一番，心里正暗自得意，没想到乐极生悲。车过芜宁路立交桥，居然在桥中段发生了始料不及的祸端。由于裤筒特肥，不亚于大摆裙，竟飘飘然绞进了车轮里，连人带车狠栽下去。倒在地上，半天我都起不来，因为肥硕的裙裤腿在车轮钢丝里早扭成了麻花，拽不出来。幸亏路人相帮，才把绞进去的部分拽出来。胳膊、腰腿都剧烈疼痛，而我却浑然不觉，倒心疼起这身新衣服可惜了。那真叫一个傻啊！事后想想真是后怕，若是当时有车辆紧随其后，来不及刹车，可能我在那天就光荣牺牲了。

记忆中，我真正骑过两辆新自行车。它们最终都不是我骑坏的，而是不慎落入贼手。防不胜防！我的爱车呀！

骑自行车的那些年，人生嘉年华。骑着它上班，骑着它满大街小巷跑，骑着它采购生活用品，路再远，物再重，从没觉得累。在骑行中，我找到了自信，原先行动力那么弱的我，其实是只潜力股。挖掘得好，潜能大着呢。我至今难以相信，居然可以学会骑车，居然可以游刃有余地穿梭于街市。每当我骑着自行车，汇入上下班的人流中，我发现，人在异乡的悲凉与空虚正渐行渐远。不知不觉我已慢慢融入了这个城市，找到了心灵的归属。

2015年6月4日

风光的红木兰

一天，爱人喜滋滋地推回一辆小木兰。它的车身是红色的，是很正的那种红。车身小巧，七八成新。原来它是辆二手车，花六百元买来的。爱人说价廉物美，经济实惠，给我骑很合适，骑个两三年不成问题。到时坏了或丢了，都不心疼。

看见这辆玲珑的红色小木兰，我就喜欢上了。我端详着它，它大约五十公分高，立在那里四平八稳，秀气中透着洋味，奔放中不乏矜持。踏板几乎要贴到地面，一只脚踏在上面，另一只脚就可以放在地上，上下便捷，简直就是为我这种低海拔女同胞量身打造的。

爱人教我先开锁，打开站脚，轻给油门，脚踩启动杆，发动机响了，人再坐上去。骑的过程中，油门一定要慢慢加，猛加油门最危险。手刹也要慢慢捏，车停稳了，要记得熄火。

爱人在家门口实地演习了一番，我便上阵了。因为有之前骑自行车的经验，平衡不是问题。最关键的是掌握好油门的大小，懂得平稳刹车，避免急刹车。我坐上小木兰，姿势笔直。双手扶把，左边是刹车，右边是油门，要想轻松驾驭，就得仰仗左右手的精诚合作和灵活变通。左右把手的斜前方各有一面方形后视镜，可以自由调角度，以便骑行时观察路况。我自以为掌握了骑小木兰的技巧，骑上去转了几圈，舒适惬意，好像它是我多年熟悉的老朋友。

第二天上班，我起了个大早，推着小木兰离开了家门，爱人千叮咛万嘱咐，要我路上小心，到单位打个电话给他报个平安。我急不可耐地按程序操作，骑上木兰缓缓上路了。当时才六点钟吧，路上行人稀少，车辆也不多，我大着胆子一点一点加油门，想骑快点。毕竟第一天骑，心里多少有点虚，暗自祈祷一路不要出状况。当骑到一个四岔路口，直行的红灯亮了，我只好松开油门，捏手刹，一脚点地，停了车。当绿灯亮了的时候，我发现车子熄火了，不敢重新打着。就从木兰上走下来，推着它走过四岔路口。靠路右边停下，我站在地上，重新打火，一只脚狠踩启动杆，右手猛加油门。就在我焦急万分的时候，“呼啦”一声，木兰像一股旋风，向前飞去。我被这突如其来的巨大惯性吓得来不及地松了手，人也向前趔趄了几步，跌倒在地。我顾不上摔得疼痛与否，看着木兰被狠狠地砸在地上，后视镜碎了，一边的外壳也破了。我黯然神伤，用力把木兰扶起来，不知道它还能不能骑。还好，一场惊心动魄后，我小心翼翼地又发动起了它。一路上，我再不敢轻敌，历时近两小时蜗行到单位。多险啊，若是当时我坐在车上猛加油门，不也和车子一道“飞”了？

有了上午的历险，下午下班，我在心理上很排斥木兰了。说起来，真得感谢我多年来一位最好的闺蜜。我们两家相距不过一站路，下班通常都是结伴而行。她当时骑一辆摩托车，技术一流。她放慢速度陪着我，一路上给我打气，讲笑话，缓解我的紧张情绪。那天挨到家后，浑身湿透。不过，我还是坚持骑了下来。半个月后，我终于克服了恐惧心理，能在路上轻松骑行了。

我不知道木兰是烧油的。一直都是爱人悄悄地骑去加油。好笑的事情发生了。一天下班，骑到半路上，木兰突然熄火了。我傻傻地又是踩启动杆，又是加油门，可木兰就是我自岿然不动，对我不理不睬。闺蜜走过来拧开油箱的盖子，里面干涸得一滴油星不见。她笑我能把车骑到这样，服了！因为距离加油站挺远，她从后备箱里拿出一根塑料管，一头插进她的摩托车油箱，一头对着木兰的油箱灌油。这次空油事件后，我每隔三天就去加一次油，缺油这等低级笑话再没发生过。

不知不觉，我把木兰驾驭到可以说是纯熟的地步。上下班的路上，我经常捎带着同事，自由自在地徜徉在人海，穿梭于车流，谈天说地，如沐春风。记得一幅最动人的画面：初夏的傍晚，我和闺蜜并肩骑行，车至西洋湖那段新路，黄昏火红火红的落日仿佛是一大幅写意油画，漫无边际地晕染开来，映红了西天，清风徐徐撩拨扑面，心情那是一个爽啊！每次见到这样的情景，我都忍不住高唱起来：日落西山红霞飞，战士打靶把营归，把营归。胸前红花映彩霞，愉快的歌声满天飞……闺蜜总是被感染得哈哈大笑。

也常有同事趁午休时间外出办点事，不想卖力蹬自行车，就跑来借我的小木兰。我微笑着没有二话，把钥匙一扔。借车人笑盈盈地接过去，走了。来还钥匙的时候，会说："车很好骑！完璧归赵！我把油加满了！"多好啊！与人方便，于己快乐。

说起来，这小木兰也不是没有缺点的。比如，冬天难发动就挺烦人。我一小个女子，力气小，而冬天又是那么漫长。通常早上离家，都由爱人发动好，我骑着就走。下班在单位，每遇到这样的时刻，也就只有靠个人魅力了。幸运的是，我一向人缘不错，男同胞见此情景，谁还不主动搭把手呢。当然，路上爆胎也不计其数，能就近修补最好，若一路很难碰到，闺蜜竟然会预备着一根粗麻绳，一头拴在她的摩托车上，一头拴在小木兰上，她在前，我在后，拖着我走，演绎一道流动的城市风景。

小木兰跟着我的几年，风光过，我喜欢它。可它却是命运多舛的。先后好几次，都被交警没收，罚款后才平安归来。稍不留神，交警就认定我违章，有时我也装装弱势，说几句好话，也可逃过一劫。但有时，我就不想示弱，觉得没违章，态度就强硬。最后一次，被交警没收，就属于这种情况。我想木兰也老了，一大堆残缺，不要就不要了吧。我是不是薄情了呢？它最后的归宿居然是跟了交警了。祝愿它颐养天年！

谨以此文纪念我的第二段骑行岁月！红木兰，你永远风光在我的心里！

2015年6月7日

花儿 童年

每当站在高高的教学大楼上，俯视一群群小鸟般欢腾的孩子时；每当闲游在流光溢彩的繁华街市，听见一声声银铃般稚嫩的童音时；每当徜徉在书香飘溢的新华书店，看到一个个捧书醉读的年少身影时，都会把她引向久远的童年时代，思绪在静默里飞扬。

她的童年，那是上个世纪六七十年代的一段流光，从四季花里，散射开来……

冬天，玉树琼枝，银装素裹。三四岁的小姑娘，开始了山茶花般洁白的日月。

荒草顶的屋檐下挂着长长的冰冻柳，坚硬冷酷堪比输血的粗针管，空气里集结着冷库一般的严霜，不依不饶肆虐着寒冷的大地。

妈妈再不能如暖日里带小小的女儿到纺织厂，硬硬心把她锁在家里“弹被子”。像那雪地里白莹莹的小松鼠，她也冬眠了。只要铁将军一把门，屋里静得没丝儿声响。她独自大睁着眼睛，滴溜溜看着白白的帐子、白白的被子、白白的粉墙，仿佛置身于童话中洁白的小木屋，自己就是美丽的白雪小公主。看得累了，闭上眼睛乖乖地睡去，笑眯眯地做美梦呢。

睡意盈盈，一睡就是半天。一睁眼，妈妈正万般爱怜地注视着她，好像从没离开过。

妈妈！她蹦起来，扑向妈妈张开的双手。

像一只快乐的小蜂蝶，她不停地绕着妈妈忙碌的身影飞呀，飞。一边口齿不清地唱着不着边际的调子。乖巧可爱的她，让忙前忙后的妈妈忘却了劳累。

春天，绿水长流，枝发新芽，葱茏的绿色动情地拥抱着贫瘠的小城。此时的小姑娘宛如含苞欲放的映山红，在春风里绽开了娇艳的花瓣。

第一天上学，她起得特别早。身着花布外套，背着新书包，满怀新奇，乐悠悠被妈妈牵着小手去学校。呵，有那么多和她一般大的孩子！说着的，笑着的，唱着的，把她高兴坏了。

你们看，这孩子真像洋娃娃。圆圆的脸，圆圆的眼睛，圆圆的小嘴。头发还是自来卷呢！一个满脸和善满脸笑意的老师看着她说。

一时间，仿佛照相机发现了新焦点，在场的很多人对准她按动了视觉快门。

老师们乐了。妈妈笑了。她却羞了。

于是，春光里，她踏上了求学之路。追着春光，她在希望里奔跑。

夏天，石榴花开遍了小院，那棵老树缀满了石榴。夏日，火红起来，把她的脸也染成了一朵盛开的含笑花。

落霞映红了天宇，西天流动着大片大片的火烧云，空气在晚风中流畅得随性。辛劳了一天的小城，在黄昏的美丽下渐渐逍遥，小城柔美起来。

此时，在城东农场的一隅，扎着羊角辫儿十一岁的她，正一个劲儿地拾柴火。河边的小树上垂着一根断枝，摇摇欲坠，竟散发着魔力，诱引她毫不犹豫地踮起脚，伸长小手去够。冷不防，脚一歪，身子一颤，吓出一身汗。够着了！够着了！她欢乐极了！回过身，父亲竟站在眼前。原来，天晚了，父亲来寻她。刚才的一幕恰巧落在父亲的眼里，烙进了父亲的心里。半晌，父亲才低低地说：三儿，快回家去吃饭吧。以后再别到水边拾柴火。父亲没再说下去，骤然间偏过脸去。

爸，我以后不到河边拾柴火了。她轻声说。

父亲转过身，笑了，笑得酸涩艰难。父亲接过满篮子柴火。夕阳下，父女俩的背影拉得好长。

秋天，茉莉花的芬芳洒满了日子。在一片“暗香浮动月黄昏”的清雅中，她是多么渴望成为一枚芳菲的晚香玉，给清贫的家庭带来欢欣。

课堂上，她睁大双眼看着黑板，几乎目眦尽裂；脑子飞速地旋转，思考一个又一个提问；每晚总是伴着微弱的煤油灯光，做习题，写作文，直到更深露重。终于，在一个红叶深深的日子，她拿到了理想的成绩单，升入了重点初中。生活的小舟转航了。

别了，童年！别了，梦一样如花的童年！

每当课间十分钟，她常会伫立楼栏处，看着云雀斑斓的孩子们嬉戏；每当去美食店，她会放慢进食的动作，饶有兴味地欣赏邻桌享受美食的孩子大快朵颐；每当朋友聚会，她也总会欣欣然看着孩子们在平板电脑上机智灵活地玩着五花八门的游戏。孩子们的快乐牵引着她。默默里，那美丽的白色童话，那夕阳下金色的小城，还有那儿时求知的伊甸园，明艳如花，追溯着逝去的心河漂流。那样芬芳。那样甘甜。

2015年6月28日

让我为年少的你唱首歌

我知道我音色不美
中气不足
对旋律的把握常常也是马跑南山惊走飞鸿
可今晨
心在一夜春雨中苏醒
恁想任性一回
为年少的你唱首歌

你是60年代的小尾巴
该唱给70年代的你

6岁的你
就会把米放进钢筋锅里在煤炉上煮饭
饭锅开了
把一块方形铁板上铺一层煤渣灰
放在饭锅与炉火之间
再把煤炉下面出灰口微封

半个钟头后饭锅飘香

上学了
到三年级时学费仍是2元3角
可你最怕交学费的时候
父亲常常眉头紧锁
叹着气说：跟老师说迟几天
见了老师你恨不得有孙悟空的隐身术
惶惶地等着老师发问怯怯地说出请求
免不了看老师不悦的神色听老师的最后通牒

雪花飞冰凌挂口未开热气呼
寒冬腊月
你没袜子穿的脚光光地套着一双黄球鞋
居然也不觉得冷
衬裤打了一块块补丁
照样穿得温暖穿得踏实
小脸红扑扑像鲜亮的苹果
一天一天走向春天

小学二年级那年
毛主席他老人家去世
举国哀悼山川呜咽天地失色
学校唯一的一间教师办公室布置成庄严的灵堂
黑袖章小白花两眼泪谱写成苍凉不绝的挽歌
在哀乐声中一个一个班级列队步入灵堂
向毛主席他老人家的遗像肃立默哀三鞠躬

失声痛哭无语凝噎默默泪流悲伤成河
在你不谙世事的小小心灵
定格为永远
数度春秋依稀昨日

那时的家庭作业寥寥
只有语文和算术
每天放学
老师在黑板上出两个题
你用笔抄下来带回家
吃过晚饭
你和姐姐围在一张旧桌上
在暗淡的煤油灯下做作业
学习好像打花
自由活动的时间更像主流

课间
你跳房子踢毽子砸沙包悠大绳跳皮筋挖骨头子掰手腕
甚至学男孩子对狙子滚铁环
你记忆力特好说起话来伶伶俐俐
你能把听来的故事看过的文章甚至前夜的梦境
当作故事
惟妙惟肖绘声绘色讲给小伙伴听
引得她们惊喜连连大呼过瘾缠着你下课继续

你最害怕春暖花开去周边农村送肥
你家里没有可做农肥的粗糠灰

你忐忑不安焦急似热锅上的蚂蚁
害怕没有肥料招来老师的责备批评
被视为学农不积极那就是思想有问题
你总是跑去街上烧开水的锅炉房
求着烧锅炉的叔叔掏些粗糠灰
幸运如愿你如释重负
没有或不够量就只有恳求同学匀点肥料了
你戴着鲜艳的红领巾挎着铜水壶拎着一竹篮肥料
走在举着校旗的队伍里
唱着歌来到了农村
把肥送上
找一块阴凉处席地而坐
听贫下中农时而声泪俱下时而幸福欢畅的忆苦思甜报告
风儿轻轻地吹鸟儿欢快地鸣
贫下中农抑扬顿挫充满感情的不忘阶级苦牢记血泪仇
仿佛把你带回狼烟四起战火纷飞苦大仇深的血与火燃烧的岁月
你小小的心不禁幻想你就是一名手握红缨枪的儿童团员
在为八路军地下党站岗放哨
你清醒过后会油然而生长在红旗下生在新社会的无限幸福

记不清什么时节
太阳很好的日子
放学路上
有一段人行道上
晒了一大片酒糟
你一闻就喜欢上那种独特的味道
你竟会闭着眼在那里停留

深深地吮吸那甘甜怡人的气息
氤氲心扉漫过岁月的心河
生成一缕永恒的记忆

闲暇
你两手往地上一撑双腿就翻到了墙上
你可以从脚到头紧贴在墙上倒立许久
你还可以下腰劈叉
肢体柔软仿佛一团面
任意抻拉

你最喜欢去电影院看电影
电影院就在城关古老的宝塔旁
门口设有栏杆检票入场
小孩没超过栏杆高就免票
但要有大人带着进场
这难不倒你
倒使你的机灵超常发挥
你看见面善的大人
就悄悄尾随到跟前
轻轻一声：叔叔阿姨带我进去吧
乖巧牵起他们的衣角欣欣然走了进去道一声谢谢
通常是没有座位的
你就坐在通道的地上
你看遍了当时放映的电影
有的电影重复看几遍也不觉得腻
《侦察兵》《难忘的战斗》《刘三姐》《渡江侦察记》《红色娘子军》

《在烈火中永生》

《野火春风斗古城》《第二次握手》《小街》《神秘的大佛》《杜十娘》《青春之歌》……

你的心中升腾起英雄情结

王心刚达式常孙道临郭凯敏张瑜刘晓庆潘虹王晓棠秦怡谢芳……

成了你的偶像

你对他们演过的电影角色如数家珍

你收集他们的画像小心夹在本子里

你也经常去要好的同学家玩

害羞地留在同学家吃饭

你也偶尔好客一回

带同学来家里玩留她吃饭

逢到星期天

你最喜欢和小你一岁个头比你高的弟弟一起

手拉手欢蹦乱跳去外公外婆家过个大半天

那香喷喷的农家饭蛊惑你的味蕾

那青葱的田野金黄的稻子清澈的河水耕田的老牛采花的蜜蜂

滋养你的眼眸

太太外公外婆慈祥的笑脸喷薄的怜爱箍紧你的心

那里承载了太多你童年的印记

温暖甜蜜芳香涌流

不知从何时起

你常常攒下五分钱的早饭钱

换来一本本小画书

在周日的路边
和弟弟一起摆起画书摊
一分二分地扮起小商人
在快乐的阅读中挣来零碎的小钱
再用这些小钱购买更多的小画书
后来家里的小画书竟有几百本之多

你也曾和姐姐一起
在暑假的早晨
去街边摆上茶水摊
帮着倒茶递水
心头快乐顾不得汗如雨下

那时的夏天
能吃上三分钱一根的香蕉冰棒四分钱一根的豆沙冰棒
你会觉得那一天从没热过
有时一根冰棒
你和姐姐一起吃
你吮一口她吸一口
那份简单的快感凉爽到心里

走过四季走过年少
你是学校品学兼优的红小兵
你是长辈眼里听话懂事勤快的好丫头
你在物质匮乏的年代走过年少
穿行在那条狭长简陋的泥石小巷
一口深邃的古井

养育你水嫩圆润娇小端庄
大杂院式的居民生活
锻炼你一颗善良坚韧不屈服于逆境的心
直至今时今日几近知天命之年
你依然葆有一颗易感的心
读书听音乐看电影感动了
可以泪流满面心怀善念替古人担忧
不相忘于已有恩的贵人
尽己力帮助可以帮到的人
心向朝阳温暖着身边的朋友

让我为年少的你唱首歌
用我不太美妙的嗓音不算优美的韵律
让我为年少的你唱首歌
倾尽一片真情奉献一颗真心
在春雨绵绵的清明假期里
怀念那逝去的美好的年少时光
献给你一首沧桑却是动人的歌

那个年少的女孩
你就那么清晰姣好地站立在我的眼前
站立在我的心中

2016年4月3日

那一年的复读生活

1985年9月，应届高考失利的她来到一所农村集镇中学，一头扑进当时红红火火的高考复读班，开始了第一年复读生活。

那所学校坐落在公路旁，没有大门。一方水塘隔开了学校与公路，水塘边有一条狭窄的机耕路通往校园。第一次去学校，正是满塘荷叶绿汪汪的时节，那绿便在心的一隅明亮了许多年。走进校园，清一色平房，砖墙瓦顶，泥土地面。几排教室排列有序。其中不规律分布着一些民房，那是教师的家，还有单身教师宿舍。学校只有一个小型的篮球场，算是比较夺人眼球的设施。每个晴好的傍晚，总有一群男教师在那里挥汗如雨龙腾虎跃展露二头肌打着篮球，算得上学校的一道风景线了。其余就再没有什么亮点。但那几年，学校风头正劲，一跃成为当时全县高考上榜人数最多的学校之一，简陋的办学条件丝毫不影响它在人们心中的地位，四面八方的学生涌向那里复读，期待鲤鱼跃龙门，蟾宫折桂！

复读班一百多号人，一年下来，她也没能把人认全。印象深刻的是，那些农村同学都长得人高马大，老成持重，甚至颇有沧桑感。她这个来自城关的女孩，娇小玲珑，很长时间，都被同学们看成小孩，很难把她视为同是一个班复读的同学。

一天的复读生活是从清晨六点多开始的。晨读，同学们齐聚在教室里，以自己的方式或大声读语文，或小声读英语，或默默用心读早已规划好的内容，人人如入无人之境，只读自己的圣贤书。七点钟吃早饭。同学们陆陆续续走出教室，手拿搪瓷饭盒，拎着干粮咸菜。记得，当时的三餐，是每个班用几只大木桶盛放着稀饭、干饭，用大铝盆盛菜，晴天放在露天里，雨天放在屋檐下，由几个班干部轮流值班，为同学打饭打菜。同学们自觉地排着队，等候打饭打菜。排队的时刻，也是难得的交流时间，有的同学乘机讨论学习上的问题，一副指点江山舍我其谁的派头；有的同学伺机开点只有他们心知肚明的玩笑，逗得被开玩笑的同学佯装嗔怒；有的同学悄悄八卦别人的花边新闻，随同气流飘入他人的耳膜……苦中作乐罢了。打了稀饭，碰上有小贩来卖馒头、油条的，伙食费够用的同学，就买个把馒头根把油条，三三两两或站或蹲，嘘溜嘘溜喝两口稀饭咬一口馒头或油条，仿佛味蕾和胃囊皆得到满足。有些同学打开干粮袋，放几块从家里带来的锅巴到稀饭里泡泡，就着咸菜，也是有味香甜地吃起来。半个小时早餐时间匆匆而过，大家暖乎乎地坐到座位上，卷入一上午四节课的学习。语文老师是个地道的本地汉子，他时值壮年，不高的个子却硬是做出一副高山仰止的姿态，脖子昂得眼睛总是向上翻，一身豪气，声如洪钟，抛砖引玉引经据典如黄河之水滔滔不绝一泻千里，可他却有一句她非常不喜欢的口头禅“妈妈的”贯穿课堂，好像鲁迅笔下的阿Q，受了委屈就会抛出那一句“妈妈的”。由此，她最喜欢的语文在他的教导下竟然学得意兴阑珊兴味索然。数学是她最头疼最畏难的一门课，可怕的是，那些农村同学一个个好似天生的数学达人，天赋异禀，满分120的数学试卷，他们许多人竟能拿满分，110分以上占了班级的大多数。这种情势像钢针一样扎着她的心，她的数学在班里无疑是要垫底的。每每忆及，恍若口含黄连，有苦难言。她有时怀疑，自己是不是天生的数学脑残，说数学白痴也不为过，好像全然没有理解能力，怎么用力也不得要领。数学之于她，那真是油盐不进软硬不吃刀枪不入，是她一生逾越不过的一面钢化玻璃墙，明明看得见墙那边花团锦簇姹紫嫣红，就是不容她近前观赏一亲芳泽。一年下来，在无数次数学测试面前，她的自尊她的信心也像推土机面前的残垣断壁，轰然坍塌，成为散落一地的尘土任人践踏。牵一发而动全身，一门学科的严重跛腿，仿佛四条腿的方桌被折了一条，再也无力支撑一个平衡，唇亡齿寒，一损俱损啊！午饭过后有约莫一个小时的午休时间。很多同学多半只会午睡半小时，就抱着书本进教室了。下午又是结结实实的四节课。上课、测试、分析试卷、订正错题，穿插进行，大家都不觉得疲累，像一部运行不止的机器，不停地转动更符合当时的情境。晚饭也是在潦潦草草中结束的。七点钟不到，全班就进入了晚自习。鸦雀无声，只有间或翻动书页和刷刷的笔尖声。倘若有同学请教他人问题，也是悄然写在纸上，比比划划进行笔谈。大家都不想打破那全神贯注一心向学的宁静，那样的学习氛围是令人肃然起敬的。班主任还有任课教师偶尔会来转一转，有难题的同学便抓住时机请教一番。九点半晚自习结束，教室熄灯。大部分同学都不会按时结束晚自习，点上事先准备好的蜡烛，继续挑灯夜战。教室里瞬间一片烛火，秉烛夜读的画面动人心魄。很多人会学到脑袋缺氧倦意来袭才肯结束一天的战斗，拖着疲乏的身子回到寝室，端着脸盆，拎一瓶热水到厕所里的水龙头边洗漱。完了，就轻脚轻手爬到自己的床上，一夜无梦。当然，也有同学睡到半夜骤醒，举着手电躲在蚊帐里看书，直至东方发白。

在那一年微茫终至无望的复读生活里，她结识了最好的朋友珍。珍来自农村，家境清贫。但珍生性酷似男儿，豁达开朗，朴实率真。珍文采极好，写得一手刚劲流畅的行楷，潇洒得不像女生的手迹。珍圆圆的脸庞平日里总是荡漾着健康好看的红晕，青春的气息蓬勃流淌，双眼皮大眼睛黑珍珠似的明眸善睐，还没张口那双眼睛就先流露出了意味。那样一段时光，幸亏有珍。在睡不着的夜晚，在无力面对难题的时刻，在内心彷徨无助的间隙，珍像一个姐姐，伴在她的左右，用爽朗的笑声贴心的安慰真诚的鼓励，为她加油为她鼓劲。那时，她称呼表妈的一户离学校很近的谭姓人家，是她常去落脚的所在。夏天的夜晚，下了晚自习，她邀上珍，去表妈家，表妈总是拿出好吃的农家食物，要她和珍补补。洗完澡，她和珍趁着皎洁的月色，在夜风徐徐中，挎着竹篮到村里的一口大水塘边清洗衣服。长长的石块条板，她蹲下搓洗衣服，用棒槌敲打着衣服，夏夜的水塘周围传出声声回响，交织着几声蛙鸣和蛐蛐的欢唱，乡村的夜晚愈发得静谧。珍总是弯下腰或干脆蹲下来，为她一下一下用蒲扇驱赶着蚊虫，絮絮叨叨说着女儿家的悄悄话，那种只属于青春岁月里的闺蜜间的私房话。珍是被家里当作男儿养的，从小到大，田里的庄稼活没少做，倒是女儿家的家务活做不来。多少次午夜梦回，珍戴着草帽卷着裤腿在农田里插秧割稻的形象就那么生动鲜活地立在她的眼前。想必，她也会时常出现在珍的梦境里吧！有一天，珍随她去了她家。在珍的记忆里，那是第一次去城里做客。珍日后多次提起，是她让自己看到了农村以外的天地，打开了自己看世界的眼睛！其实没有那么夸张。第二年，珍一个人独自去北京打工一年，挣得学费，回来后又进了复读班，如愿以偿上大学当教师考上公务员直至进入县政府先后担任多个部门的领导工作，抒写了一个女子单枪匹马孤军奋战从农村包围城市的漂亮传奇。当然，有恩于她的表妈，过世已经多年。只要想到那段经历，就会想起一辈子吃素瘦瘦的但却极其温和的表妈笑意盈盈轻声慢语的样子，那样慈祥那样亲切！

复读班的同学，大多不是第一年复读。第二、第三年复读的遍地开花，最多的已是第五年复读。这些农家子弟，读书读到这般田地，已然高不成低不就。回家务农，一辈子脸朝黄土汗珠摔碎成八瓣的日子，任谁也不甘心！只有年复一年地复读再复读，期盼着也能范进中举。那时，班里年岁大的都已是二十好儿，偷偷有了对象就不稀奇。常常听到谁和谁谈朋友，常常听到谁和谁谈崩了，常常听到谁插足坏了朋友情分，常常听到谁的对象在某某大学谁复读就是为了去追这份感情，如此等等，不一而足。想必，在苦不堪言没有任何娱乐项目的复读生活中，这些淡淡的染了点颜色的逸闻也足以抚慰那些沉重的心灵吧。恰巧，复读的年华都正是情愫开启的年代啊！她也是在那一年，第一次执着地喜欢上一个人。后来的现实告诉她：那年的杏花微雨原本就是一场美丽的错误。女孩的天空要独立！

第一年复读就那样不堪回首地飘过了。回忆那段时日，虽然横亘了三十个春秋，记忆的片段也有些模糊了，但那些人那些事还是令她百感交集。有温暖，三十年依然还彼此牵挂的朋友珍，便是那时结识的；有苦涩，那时的学习怎么学也差强人意，攀越不了高考的那扇钢化玻璃墙；有成长，青春的悸动便也始于那段不合时宜的关键时期，认识了人性的虚伪、欺骗、善良和坚持。有那样一年的经历，足以支撑她日后顽强得如同一株野草，任凭疾风骤雨，任凭艰难险阻，也要朝着太阳的方向走出一条属于自己的金光大道。回过头来看看，那一年的复读生活，也不是那么的不堪！

2016年1月10日

为了生存而活着的年代

小的时候，要说真正会记事儿应该从上个世纪70年代算起。那会儿她一家六口住在土坯墙荒草顶的平房里。倘若能有土坯墙小瓦顶那算得上很体面的居住环境了。当时小城民居大都如此。那时的县城除了少数人在国营单位有幸住上公家房外，普通居民大都是自己盖房自己住。那时也不懂什么规划什么美观，觉得哪里宽敞人气旺便在哪里打地基盖房子，不受局限。要么在门前箍上一个大院子，要么在屋后围上一个小院落，自成一体单门独户。邻里出入最窄也要留下足够板车通行的宽度。渐渐地，城关的住家户也像雨后春笋，遍地开花。像什么鼓楼街、码头上、西门、三拐塘、飞霞郜等都是当时住户密集的区域，这些地方聚集的人口也便成了正宗的城关居民，一住就是几十年甚至一辈子。

那个年代，还没有计划生育政策。家家户户少则三四个多则七八个孩子，一家有十多个孩子也不必惊异。她家姐弟四个。家门口的孩子不论大小都能找到玩伴，因为孩子多呀，哪个年龄段的都有。家门口的小孩子玩得那叫一个热闹！当然小打小吵也是常事，只要不是闹得太出格，大人们之间哼哼哈哈也就过去了。不几日，孩子们还是会玩到一起。

那时的日子只能算活着。为了生存而活着。不论大人还是孩子，不论男人还是女人，能够活着，就是幸福！因为那时就一个现状：穷！那是刻在每一个人心坎里的字眼！

那是个买什么都凭票的年代。以户口为凭，按月供给。粮票油票肉票煤票各种票。

印象最深的是，那时猪肉凭票七角三分钱一斤，她家硬是买不起，妈妈经常把肉票悄悄送给门口邻居或厂里工友。两个月能吃上一次肉，四个孩子高兴坏了，像过年似的。那醇正的肉香鲜美的汤汁便化作无与伦比的美味一丝一毫一点一滴渗进一寸一寸肌肤里直至漫延到肠胃里，弥漫成她成年后经久不忘的味道。一小块肉要含在嘴里慢慢咀嚼，嚼碎了仍要含在嘴里停留一会才舍不得地咽下去。有时一块肉被埋到饭碗底，饭吃完了，细细盯着它欣赏个够，才那么不情愿又是那么渴望地把它放入口中。因为油水少，饭就更吃得多，粮食永远都不够吃。供应的那点粮食怎么也满足不了成长着的一个个身体，就像落花唱着舞着还是追不上流水的身影，总是不到月末米缸比洗过的脸还要干净。忘不了一个风雪交加的冬天，家里一粒米也没有，两个姐姐挎着竹篮去农场周围挖野菜。她求着跟姐姐们去了。寒风裹挟着雪花，毫不手软地肆虐着三姐妹。她学着姐姐的样子，蹲在农场的田埂旁，仔细地找寻着。每找到一棵野菜，都会惊喜地喊叫：姐姐，快看，又一棵又一棵！雪落了一身甚至飘入衣领里，脸冻得酷似通红的熟草莓，挖到了一篮子野菜的姐妹仨，仿佛看到了妈妈用野菜煮的山芋汤，正嗞嗞地冒着热气呢。忘不了读小学的有一年，家里粮食不够吃，有一段时间，她每天中午放学一个人步走四五里路，去爸爸的单位吃食堂。在那里，她居然吃到了肥硕的卤鸭子，那一咬油一滋的浓香，让她情不自禁怀念了许多年。她甚至不怕路远甚至没心没肺偷偷感谢那段时间家里粮食不够吃，否则她怎么会有口福吃到那样好吃的卤鸭子！那是常年吃着清汤寡水的大白菜和各种咸菜才会梦想吃到的美味！

家里孩子多，在穿衣上沿袭的也是新老大旧老二缝缝补补旧老三拈拈叠叠旧老四的家常做法。她家虽然不完全如此，但大的穿剩下的衣服没破到不能穿，缝补缝补小的肯定得接着穿，都穿新的也得有呀。能穿暖不冻着就不错了，压根没有什么款式、颜色的讲究。那时的衣服都是棉布的，破了很容易缝补，孩子们穿着带补丁的衣服那是再自然不过的事。即便是穿了打补丁的衣服，那时的人们无论是大人还是孩子，都特别的干净利落。她至今忘不了上小学二三年级的冬天，她没有袜子光脚穿着黄球鞋；没有衬裤空腿穿着棉裤，冷风嗖嗖地往裤管里钻横行霸道欺凌全身。然而那时的她，居然也没觉得冷更没觉得苦，反而长得白里透红胖乎乎的。

那时，家里有只煤炉是宝贝着用的。煤球的供应也是极其珍贵的，奢侈不得，多半用来烧开水，冬天烧烧热菜吃。每家每户的厨房都砌着一口锅台，台面上是一大一小两口铁锅，大锅煮饭，小锅炒菜，中间捎带一个捂热水的圆柱体铁罐。饭菜烧好了，一罐热水也有了。有趣的是她家的锅灶还连着一只木制风箱，烧火的时候，一手向灶洞里塞柴火，一手前一下后一下推拉风箱，风送到灶洞里火苗就扑扑着旺旺的。冬天，她尤其喜欢坐在灶洞旁烧火，一手拉风箱，一手往灶洞里撒空稻壳状的粗糠，火光熊熊，映照着她红红的小脸，一顿饭烧下来，全身都暖烘烘的。那时烧火的燃料主要是每年初冬爸爸妈妈从市场买回的数担枯干树枝，差不多够全年烧火用的，放到院子里堆放杂物的小隔间。每到秋天，风乍起，黄叶像数不清的邮票似的，纷纷扬扬飘飘洒洒落满一地，她和家门口的孩子都会兴冲冲跑到大街上扫树叶、捡枯枝，补充柴火。无数次，她和姐姐还有邻居伙伴会到护城河畔的国营农场里扫柴火，没人的时候，还会使点小坏，用力拔几把农场的大草堆，若无其事放到篮子里。拔草堆还曾被农场的工作人员发现了追着她们跑呢。

在那样的年代活着，为了生存活着。活得纯粹活得真实活得有温度活得没有不必要的欲望活得干净。吃饱穿暖有栖身之屋就是每个人最大的念想，得之足矣。不由想起曹雪芹的人生“日望西山餐暮霞”，虽然凄凉却风骨傲然高雅而诗意！

那个年代已然远去，她和芸芸众生活在纷繁的当下。生活的变化恍若云泥之别恍若前世今生。活在当下，好好活着！只为铭记那个曾经——为了生存而活着的年代！

2016年1月17日

一处房，一段如歌岁月

结婚前，爱人向单位申请到一处门朝马路的单独宿舍，八个多平方。只够容纳一张床，一张桌，一只两开橱。人进来没有下脚的地，只有坐床上。据说这里原本是单位的电工房，为此屋檐低小。我别出心裁扯来大段蓝色花布，在四面墙的上方，布上细铁丝，把花布挂在上面，四方墙瞬间变成了好看的布墙。又买来绿色塑料地板，往水泥地上一铺，成了。一间陋室顿时有了光彩。它就是我和爱人在这座城市的第一处住房——也是我们的婚房。我们终于有家了。其实，这只是半个家，仅供夜晚栖身。

想起来，还真得感谢爱人单位的领导。见我们的住处委实小到可怜，就把单位一个闲置的极小的储物间借给我们当厨房用，解决了吃饭问题。那里称得上我们另外半个家。每天晚上，我们都会拎两瓶开水带回住处。

这样凄惶的住房，一住就是一年。期间，漏雨尚属小事；因为门外直通马路，一个月明星稀的正月夜晚，白天过于劳累，睡前竟忘了窗户没有关紧，居然被人用长竹竿从窗外伸进来，勾走了我过年新买的棉袄，还有爱人的手表。等到我们被惊醒，匆忙打开防盗门，那不良之人已跑远了，窘迫之状不足为他人道也。第二年，爱人单位为我们调剂到一处20多平方米的房子，吃、住可以在一起了。后来，儿子就出生在这里，那是我们一家三口最早的家。泥土墙面，小瓦屋顶，雨天还是没逃过漏雨。爱人在屋内用三合板做成隔断，里面算作卧室，外面是吃饭的地方。说是卧室，也只有一张拼凑成的大床，我们一家三口就在这张几乎占据整个卧室的床上挤了三年。外间摆放着一张折叠式的餐桌，几把木椅，就再也没有别的家具。房子是老式低矮平房，年深日久，阴暗潮湿，时常散发着一股淡淡的霉味，白天在家，也得开灯。墙面斑驳陆离，手一碰，陈年墙灰簌簌飞落。爱人因陋就简，在屋外搭了一个简易雨搭，砌了自来水池和灶台，液化气灶一装，权当厨房了。风雨交加的天气，火苗随风飘忽，火力很是不济。最难的就是冬天，每天烧菜，我都要与寒风展开斗争！

儿子三周时，我们住进了新小区的新楼房。住进新房子那天晚上，孩他爸坐在沙发上一声长叹：恍若隔世啊！宽敞的客厅，明亮的光线，白天不论在哪个角度，新家都亮堂堂的。新家最大的便利莫过于有了厨房与卫生间，我再也不用一边烧菜，一边与寒风抗衡。每逢家里来了客人，我都会在厨房里铆足了劲，秀一秀厨艺。冬天，我们也不再去澡堂洗澡，在家里享受酣畅淋浴。家里还有一处我的自鸣得意之作，那就是长长的印花落地窗帘。每当微风吹拂，窗子只需拉开一条缝，窗帘便随风摇曳，好似姑娘舞动的裙摆。合上窗帘，我们就有一个完全自我的世界；撩开窗帘，绿树红花扑入眼帘，养眼爽心。更可喜的是，儿子在上学前就有了自己的房间，一片属于他的小天地。我总幻想着他伏案写作业，我默默注视着他的情景，就有一种说不出的满足感。

儿子上小学五年级时，我们家又搬进了带有电梯的新楼房。新房临街，不论站在窗前或是阳台上，都可以看到马路上川流不息的车辆和行色匆匆的路人。春天苍翠欲滴的青青赭山，深秋九华山路金黄的银杏大道，都会和我们如期相遇，人在家中坐，美景扑面来。房子面向正东，每天早上，阳光好像迫不及待，一股脑冲进家里，与我们热烈相拥。夜晚，伫立窗前，看繁华楼宇，灯火阑珊，直赞“明月如霜，好风如水，清景无限”。

一处房，一段如歌岁月。一晃，儿已长大，去他城求学了。我和爱人也已人过中年。家中住房的屡次变迁，亦然化在岁月的河里，点点滴滴，润泽着我的心。小屋也好，大房也罢，只要一家人相亲相爱，便是最温馨的家园。

岁月如歌，由衷感谢！

2015年5月18日

三十年高考梦

午夜梦回，惊得一身疲惫！梦里，我又坐在考大学的考场里，抓狂着做不出数学题，仿佛濒临溺水的人，呼救无望，慢慢下沉……惊恐之极，醒了。一声长叹：高考，南柯一梦！梦你，一梦三十年！

思绪回归现实，梦中的磨人情境荡然无存，顷刻释然！静静地躺着，想起又到行将高考的日子。屈指一算，相距我第一次参加高考，已然走过三十个年头。那彷徨、无助而又火热的青春岁月啊，像一条清凉凉的小溪，此刻又流淌到我的心上。

1985年7月7日，一个热得流火的日子。我作为故乡最后一届两年制高中毕业的学生，迈进了庄严而神圣的考场。那年我十八岁，人生头一回亲历高考，懵懂而兴奋，无知又无畏。记不清那年高考的作文题，只记得语文考得不错，那是我最引以为傲的一门课。接下来的五门课，除了数学像极了一盆糨糊，混沌不开，几乎就是不会做，其余的感觉似乎还过得去。可到真正估分时，记忆的碎片被扯得七零八落，怎么拼也凑不齐，和高考答案完全不在一个频道上。严酷的现实搅得我心乱如麻，全然不知道自己考卷上究竟都写了些什么！一切都似是而非，模棱两可。

等待结果的日子如坐针毡。偶尔会心存侥幸，幻想着奇迹出现。但更多时候则是痛苦纠结的，因为清醒地认识到自己考不上。接着就想象着全家将被阴云笼罩，想象着爸妈沉重的叹息和失望的眼神，想象着前路一片迷茫……然后就被这些纷杂的思绪你拉我拽，心神不宁。

终于等来高考发红榜的日子。那些年，家乡年年张贴大红喜报，堪称一年一度最大的喜事。榜上有名的幸运儿，全县每年总有几百个，他们会在相当长一段时间被熟知的人们津津乐道。那个夏天的晚上，星星在深不可测的夜空中，闪着诡谲的光芒，预示着即将掀开有人欢喜有人伤悲的大幕。在城关教育局所在的那条街上，考生和家长们早已闻讯云集，把一条街堵得水泄不通；有的人甚至没来得及摘下草帽，从大忙的农田里爬上来，卷着裤腿，沾着两腿泥，趿着拖鞋，从几十里远的乡下不顾一切地赶来。那份满满的期盼，那份惴惴的不安，任何语言的描述恐怕都是苍白的。我和同窗好友悄悄汇入躁动的人流。午夜时分，红榜在星光的掩映下，犹抱琵琶，姗姗示人。刹那间，仿佛群星闪耀，搅动一天风云。人潮如涌，人声鼎沸。我奋力挤进人群，飞速找寻红榜上自己学校所在的位置。找到了！我迫不及待地拧亮手电筒，瞬间一束光照亮了一个个光彩夺目的名字。长长的一溜名单，我从头到尾、从后往前念了好几遍，唯恐漏掉我最想看到的名字。等我明白过来，心早碎成八瓣，散落进无边的暗夜。我木然望向夜空，星星不知何时竟也知趣地隐没了，不见踪迹。也许她是可怜我吧，不忍在落魄的人面前招摇。虽然落第早在预料之中，可当它真的成为现实时，我还是无力面对，一任泪水长流。

在那些“黑色的日子”里，我背负着良心的十字架，谴责自己对含辛茹苦的父母不孝。我害怕听到谁谁“高中”的字眼，更害怕看见熟人怜悯的目光。我常常以泪洗面，把自己封闭起来，不肯迈出家门。宽容的父母没有过多地责备我，而是鼓励我复读再考，我又一头扑进复读大军的队伍，义无反顾地追寻着大学梦。遗憾的是，数学终究成了一头“拦路虎”，我无法扳倒它。三年复读，我再也无力承受高考失利之痛，最终也没能圆我的大学梦。

从那时起，考大学成为梦魇，纠缠着我不肯放手，化为永生之痛！三十年岁月静流，我终究没能释怀，一次又一次在考大学的梦境里挣扎，流着泪惊醒。我知道，这一生，我落下病根了！考大学的梦还会再做！年复一年！值得欣慰的是，生活是有情意的，当我遭遇过这些不能承受之重后，她以博大的胸怀拥抱了我。今天的我，美丽地工作着，幸福地生活着。

2015年5月26日

乌溜溜的黑卷发

窗外明亮的白昼之光在一声声拖得长长的蝉鸣中渐渐淡去，她躺在竹制摇椅里，银白的头发依然卷曲着，蓬松掩盖了它们的寥落与荒凉；捧着书的身形也愈发地倦怠萧索起来。她轻轻抚弄盖在腰际和腿部的一面枚红色方巾，打个盹吧，乏了。

很快，她进入了梦乡。她又看见了那个陌生又熟悉的姑娘。青葱水嫩，明眸善睐，衬托着那一头乌溜溜的黑色卷发格外醒目，长长的，波浪一样披在肩上。那长长的黑色卷发似乎从来都是乌溜溜的，丝绸般柔顺的。怎么老是梦见这姑娘呢？梦境向前推移再推移。

姑娘小时候就长了一头乌黑发亮的头发，最奇怪的是满头乌发是卷曲的，刘海最明显。那时的小姑娘也就显出可爱的模样：鼻似琼瑶，唇若丹朱，面如桃花，肤比凝脂，让人想起美国童星秀兰·邓波儿。

渐渐长大了，小姑娘上学了，这时的卷头发可给小姑娘带来了烦恼。有小伙伴开始故意挑剔她卷头发的不是，给她起绰号：款（此处读kuán)头毛。她可伤心了，跟那些给她起绰号的小伙伴吵吵闹闹，吵了和好，和好了又接着吵。从那时起，她就厌恶甚至痛恨自己的卷头发，心想要是能有办法把它们变直就好了。

可是，突然有一天，年轻漂亮的女班主任把一头直发变成一卷一卷花瓣似的，走进了教室，走进了她的眼睛里，看得她神思恍惚一节语文课净顾着琢磨班主任的满头菊花丝了。很快，大街小巷，朴实的大姑娘小媳妇，好像一夜之间，就从沉睡了千年的冻土层里苏醒过来，企图脱离原生的贫瘠土地，改朝换代一样改良头发的品种，那劲头俨然和天生的直发结了怨仇似的，一个效仿一个赶趟儿一般烫成了乱蓬蓬的鸡窝头、爆炸头，像曲里八弯的一团一团细乌丝，堆在头上。常常听见妈妈们的笑骂："不知道哪里好看，鬼丫头就是不听话，偷偷去烫了这么个鸡窝头。睡觉时离鸡远一点，不然老母鸡会钻进去下蛋的。"

还记得姐姐也不安分想赶一回时髦，把火钳放到煤炉上烧红，欲把刘海和发梢一缕一缕缠绕到火钳上烫弯曲。谁知发丝刚一碰到红红的火钳，"刺啦"一声，化作一缕青烟散发刺鼻的焦煳味，发丝没有弯曲而是烧焦了，她在旁边看得惶恐又新奇。姐姐不甘，又心生一计：用瓷缸装上滚开的水，把刘海和发梢卷曲好，放在瓷缸下烫着，直至水不烫了才拿开。展开卷曲的头发，像细线团散开还是直的，沮丧至极。这时姐姐说："那些给你起绰号的人，现在该羡慕你了。人家要花钱去烫，你不用烫，多好！"其实，姐姐在和她吵架的时候，也喊她的绰号，这时却说出这样的话，她听了可开心了。

一年一年长大，虽说她仍然不喜欢自己的卷头发，但也不再为卷头发而发愁。头发像长势旺盛的柳枝，茂密地根植在头上。向阳头顶也很争气，好比一垄肥沃的田地，繁衍出它想要的丰硕果实，证明自己的活力和努力。乌黑的卷发披散开来，像瀑布一样，洗发便成了一件费力的事。

那个年代，这样的美发可没有好的待遇，只能用肥皂、香皂、洗衣粉甚至盐来洗，放在脸盆里，装了满脸盆，梳子要一段一段慢慢地梳，手指还要轻轻地捻，才能将那些勾着尾打着结的卷发梳开。那时候，她可埋怨有这么多头发了，想着要是少一点就好了，洗头和梳头都不会这么吃力。可这些乌溜溜的青丝仿佛凝聚了充足的血气，不断裂不枯萎不掉落，根深蒂固枝繁叶茂，虎踞龙盘在头顶这片它深爱的家园。无法，身体发肤，受之父母，自当珍爱。顶着一头重发，装扮它美化它吧，也让它们觉得没错跟了主人。

几岁时俏皮的两束小把子，十岁后清新的两根麻花辫，青春期高高的一束马尾一根独辫、红发箍简单一箍洋气的披肩短发、自自然然潇洒披及腰的大波浪，少妇时端庄古朴的盘头，中年后简洁干练的短发，差不多头发可以存在的样式她都一一尝试过。最喜欢也最怀念披肩发，专门去美发沙龙学会梳理好几种花式披发，那样的她最有女人味，最有知性美。可是，曾经那么多那么厚的秀发，却在岁月的河里，经不起风吹浪打，像缤纷的落英一样，被无情地裹挟走千丝万缕。去留间没奈何，徒留下她心疼的叹惋和忧伤。

现在常常想起乌溜溜的黑卷发跟着她经历的悲惨战事。

小时候，邻居家家孩子都多，小伙伴在一起玩得高兴，相互你帮我梳马尾我帮你扎小辫，拆了梳，梳了拆，变着花样臭美。可是，风和日丽的晴天也会变脸，小伙伴玩着玩着一言不合就翻脸，吵嘴那是家常便饭，动手打架就像掰断一根枯树枝那么简单而粗暴。女孩子打架，头发是最便捷的进攻部位，伸手就揪住对方的头发，使劲拽，拼命地把人拽到弯成一张弓甚至头着地。她个头小，每次打架，头发首当其冲成为牺牲品，头发被揪掉那是常事。尽管她也绝不会放过揪住对手头发的任何一线良机。那时这样侵略头发的悲惨战事也不知经历了多少回，那个纯真的年代打架就是最原始最野性的武力宣泄。

青春岁月读书的末端时光，长长的头发最后一次经历残酷的浩劫。她和同寝室有一同学不对脾气，常常发生龃龉。显然同学在言语上不占上风，到老乡那里告状。老乡一冲动，带着同班十几个女生气势汹汹闯进她的宿舍兴师问罪。结果就是她誓死捍卫自己的尊严，一人力战群凶，架打得昏天黑地，血色惨烈，自然头发又一次披挂上阵蒙受重创。日后她常常猜想：四十岁以后头发掉得那么凶，也许就是曾经打了无数次架，每打必揪头发，动摇了头皮根基。哎，那些无知无畏的青涩年华呀！

一声轻叹，醒了。这个盹打得时间可真不短。天黑透了，淡淡的月色像轻纱似的从窗户漫进来，屋里的一切悠然得恍惚迷离。她还是一动不动地躺在摇椅里，懒洋洋地回味刚才的梦境。乌溜溜的黑色卷发，那个青春欢快的美丽姑娘，都是她现在和日后永远的怀念。她摸摸稀疏的银发，突然冒出一个念头：一辈子爱美，视秀发如至爱，何不去买一顶乌黑的假发戴上？商场里那些质量好的假发，足以以假乱真。不过转念又一想：老妖婆，皮肤的褶皱都可以夹起一支笔，还能长着乌黑发亮的头发吗？一看就知道是假的，不过是自欺欺人。罢了罢了，自然最好。

那乌溜溜的黑色卷发，还是托付给美梦，再相见吧。

2016年7月23日

3/我们的爱情

他带着戏谑的口吻，一脸坏笑地说：我不救你谁救你？权当为芜湖人民做贡献了！哈哈……

遇见，极好

她的眼前时常浮现出这样一幅画面：镜湖之畔，晚来风急，繁星闪烁，垂柳依依。一对年轻人正伫立流水小桥，凭栏遥望。许久许久，姑娘一声轻叹：哎！万家灯火，没有一盏属于我们……小伙子只是深深地沉默。望着灯火辉煌、美丽神秘的城市夜空，他突然颤声对姑娘说：这一生，你跟着我，可能要受苦了。姑娘的眼里浸出一汪泪泉，无声地滑落脸颊。

时光匆匆，20余年弹指一挥间。她和他携手相伴，笑对风雨人生，彼此照顾，彼此扶持，也彼此感染。她常常怀想这一路走来的点点滴滴，内心便盈满无言的感动。此生，她遇见了他！爱护她，包容她，理解她，甚至于娇纵她！他用自己不算宽大的肩膀，扛起生活的重担；他用自己真挚不失浪漫的心，给予她与岁月同在的浓情爱意；他用自己朴实无华的言传身教，树立起儿子心中父亲的形象。他的血液里流淌着跪乳之恩，反哺她和他彼此的双亲！

新婚时，她和他仅有八个平方米的蜗居。妈妈曾含泪对她说：房子这么小，这往后的日子可怎么过啊！她强作欢颜，说：放心吧，这一定是暂时的，房子会有的，一切都会好的！他在一旁只说了句实在话：爸爸、妈妈，你们多保重。过年我们回去看你们。第二年梅雨季节，天上下雨，屋里滴答，要命的是正对着床上落。她愁得心都揪成一团。而他却乐观地把床单一掀，拿起脸盆接漏。一边敲打着盆沿，一边笑着对她说：嘀嗒嘀嗒，多有节奏的音律啊！此情此景，她一下子乐了，可却止不住热泪潸然。他就一把抱住她：对不起，对不起，我让你过得这么苦！她赶忙抹去不争气的泪水，捏着他的鼻子说：来，笑一个，我们一齐笑一个。他没有笑出来，只是用力地更紧地抱着她。她分明感受到他肩膀的颤抖，感受到他内心的酸楚。斗转星移，她和他和衷共济，一路打拼，终于住进了宽敞明亮的新居。看着舒适、温馨的家，他自言自语地说：恍若隔世啊！她看着他，却是满心的喜悦和幸福。在这座举目无亲的城市，终于有了她和他的容身之地！她和他的灯光也汇入了这座城市夜晚万家灯火的海洋。

两个人的世界浪漫，三个人的天地精彩。儿子从呱呱坠地起，便是他的双手捧大的。幼时的儿子非常依恋爸爸。为此，他常自豪地戏言：黑影子上墙，儿子要爹。他是中学教师，不坐班，儿子上幼儿园接送全是他。小区的人经常见到他带着儿子玩。一次，一位老阿姨问他在哪儿上班，他如实相告，老阿姨笑着说一直以为他不上班，专门带孩子。回到家，她酸溜溜地说：人家把我当女强人，赚钱养家呢。他接上话茬，打趣说：儿子，你妈可了不起啦，养着我们爷俩！来来来，我们一人亲她一个，慰劳慰劳她。父子俩的两张口真的迅速地印在她的脸上。他的善良、豁达、乐观、幽默、智慧，潜移默化，影响着儿子。他说的话，儿子愿意听，小时的儿子最怕惹爸爸生气。爸爸给他讲故事，爸爸带他看长江，爸爸和他一起做游戏，爸爸教他下棋，爸爸教他学骑车，爸爸适时地引导他。儿子再大一点，他多数时候和儿子更像是哥们、朋友，儿子成长的每一步，他都坚定地默默地站在身后，站成一棵树！儿子有他，幸福亦幸运！他给儿子最好的礼物，不是指手画脚的羁绊，而是自由放飞的祝福！

她回想起父亲去世的那几天，正值高温酷暑。他默默地做着力所能及的一切，极尽一个女婿半个儿的孝道。他静静地注视着她扑倒在岳父的遗体上大放悲声，长跪不起。送走了父亲，他劝慰她说：爸爸已经走了，想开些。以后对妈妈多孝顺一点。一个月后，他又独自一人去她的家中，要把岳母接来同住，怕她老人家走不出伤感的旋涡。当时，她的爸妈近四十年夫妻，感情深厚，怎么劝说，妈妈也不肯来。他带着遗憾回来后，十天半月，总要打一次电话过去，问问岳母的情况，道一声平安珍重！很欣慰，他自己的父母都还康健，他也时常地打电话嘘寒问暖。多年的年三十，他都会带着她和儿子，赶回去和父母一起吃年夜饭，再辗转去看望老岳母。

他和她，相濡以沫，患难与共。他是父母的好儿子，她的好伴侣，儿子的好父亲。不管风风雨雨，不管升平起落，她遇见了他，极好！

（今天是2015年的父亲节。谨以此文献给亲爱的他！）

2015年6月21日

阳光灿烂的日子

写下这个题目，她禁不住哑然失笑。多大年岁了，还阳光灿烂！其实，她想说：这里的阳光灿烂，无关朝气蓬勃的面庞，无关血气方刚的身躯，无关顾盼生辉的眼眸。它关乎依然逍遥乐天的精神、依然悲天悯人的情怀、依然相濡以沫伴随左右的身影、依然可以相互调侃妙语连珠的忍俊不禁，甚至把静若清池动若浊浪的两种生活演绎得风生水起活色生香。这样的生活可不就是阳光灿烂吗？权当中老年版本的阳光灿烂的日子吧。

这是十月中旬接近下旬的一天，星期日，一个秋日里长空辽阔阳光灿烂的日子。一大早，他悄悄起了床。不一会儿，厨房里传来油倒入热锅里刺啦刺啦的声响，搅鸡蛋的声音居然听起来也是悦耳的。锅铲在锅里铲来铲去的金属摩擦声，奏响了烟火生活的温暖曲调。她知道又是一个他要去骑行的日子。每逢这样的日子，他总会把早餐做好，把他能想到的事情尽量为她多做一些。明知道是休息天，她有的是时间。但他好像心中有愧似的，每次要出门骑行，他都会于前一天买足菜放到冰箱里，备一些她愿意吃的食物。因为休息天她就是个不折不扣的家居动物，不会轻易跨出家门。他所做的储备在他看来都是必须。她自然享受这份安然乐此不疲。此刻，她假寐着，想着今天做什么好呢？写文章、看书还是拾掇换季的衣橱？写文章是要有灵感的，有了想写的题材才可以。昨天其实都动笔了，写了相当一部分内容，中途还是作罢。虽然那是她极想写的一个现象，可是题材敏感，写出来惹人对号入座引生不快就没必要了。直抒胸臆畅所欲言针砭时弊还是要慎重，要看机缘。看书，倒是毫无挂碍随心尽情。想想满书橱的书，至今没看的仍有许多。通常买回来的书一次看不完，新书又进家门。直接看新买的书，前面的书就搁置下来。如此三番，多年就积攒下一批被遗忘的书籍。哎，时间总是不够用。国庆前就想着要拾掇衣橱。把夏天的衣服收起来；把秋冬衣服拿出来，放置在衣橱最方便拿的位置。该挂的挂，可叠放的叠放，放上驱虫的香皂，衣橱就安全了，可保到来年深春。一个家庭的衣橱藏着女主人的贤良与情趣。多年来，蜗居也好，大房也罢，这一生活习惯，她不肯将就，年年如此，岁岁年年。朋友常说她的衣服穿出来总像是新的，这与她对衣服的精于保管是分不开的。当然洗涤的方法也很有讲究。她静静地放纵着思绪的野马……他跑到床前，笑着拉她起来吃早饭。她佯装嗔怪：野驴，今天风大，骑车会很累的。他笑说：没事，人多。凑在一起，不觉得风大。她戏言：天要下雨，娘要嫁人，驴要出去疯，随他去吧。她好心情地坐到餐桌旁，动起了筷子。他泡茶为带在路上喝，一看又是塑料杯，她忍不住说：刚烧开的水，倒进塑料杯，不知又要起什么样的化学反应，产生多少毒素，你这是在慢性中毒啊！他不以为然云淡风轻地说：没关系，我百毒不侵！她又说：你悠着点，别忘了自己的任务。我活一天，你就得蹦跶一天。我不在了，我还希望你继续蹦。他爽朗一声：那必须的！看我这体格，初步预算少说还能蹦跶五十年，你可要撑住了！嘻嘻哈哈一番，抬眼望向窗外高蓝的天空，太阳好像回光返照似的，重回夏日般炽烈。她情不自禁地说：瞧我们的生活，多阳光灿烂啊！他心情大好，龇出一口白牙：你今天能写一篇文章了，题目就叫阳光灿烂的日子！她笑言：好嘞，就这么定了。

收拾停当，他全副武装，穿上骑行服，戴上手套、围脖、墨镜和安全帽，推车准备出门。她一时心血来潮，拿出手机说：别动，摆个姿势！咔咔两声，蝙蝠侠定格！她乘机念叨：注意安全！他还回叨念：按时吃饭，别饿着！

一番喧闹后，家回归了宁静。她已打定主意，趁现在头脑清醒，思维清晰，心有灵感，写文章。毕竟这样的时刻是一天中难得的机缘，可遇而不可求，要抓住。累了写不了，忙了写不了，此时不写更待何时！家务活毕竟对身心条件没有那么高的要求，累了也可以挺着做，只要愿意。打开电脑，趁启动时间，铺床叠被，简单收拾。把可用机洗的脏衣服扔到洗衣机里洗涤，泡来一杯绿意荡漾的太平猴魁，那丝丝香气便氤氲在身旁。多好的一个阳光灿烂的早晨啊！

她的文字就从他的骑行说起吧。这几年，他爱上了骑行。先是加入芜湖二中的骑行协会，后又蹭上芜湖市的骑行协会。每到休息天，只要不下雨，这两个协会固定都有骑行的活动。在群里看通知即可。记不清他第一次骑行是什么时候，反正那时儿子还在上中学呢。突然有一天，他把自己捯饬得像个飞檐走壁的蝙蝠侠只留两个眼睛露在外面呈现在她和儿子面前时，她忍不住哈哈大笑。儿子倒是镇静，一脸见怪不怪的模样，淡淡的两句：极好。玩去吧。她怀疑：这样你也敢出门？他笑说：酷吧！刚添置的行头。她不置可否，把笑强忍回去：这样倒是武装到位，起到保护作用。就是挺怪，夺人眼球。说话瞬间，她仿佛看到一群“蝙蝠侠”整齐划一快速迅猛悄无声息穿梭在一条风光如画人迹罕至的乡村小路上，骑行处，如白云飘过，如清风拂过，只留下淡淡车印……刚骑的那会儿，她和儿子都不放心，都要对他说好多遍路上注意安全！歇息时发个短信报平安。他骑行的最远路程是一天八九个小时来回一百八十公里，惊骇！她说：屁股没骑成两瓣吧！他笑答：屁股本来就是两瓣嘛！几年下来，儿子上大学去了，她独自面对他的继续骑行。他习惯了休息天去骑行，在休息的间隙拍点风光照发到QQ空间，一来报平安，二来共享运动的快乐。上一次骑行，他照例往空间发了图片配上文字说明。有人留言说：大宇自由人，幸福生活好滋味！她看见了，俏皮地在后面跟帖：羡慕大宇有一个好老婆啊，放着养！他读到，一乐！他甚至有个疯狂的想法：退休后，要骑车带上她去游西藏。她回他：别把我这把老骨头折腾散了架，西藏没到，就西葬了。

他是个运动达人。年轻时刚认识那会儿，他就是个篮球狂。每天下午总是打完篮球一身大汗淋漓才会离开学校。打篮球的岁月里，磕磕碰碰小伤不断。她提出了要求：篮球尽管打，要自我保护好，不可以受伤。她也知道，要求也是白搭，球场上只有生龙活虎，哪还管什么摩擦碰撞！篮球耗去了他身体里许多的水分，面容苍老干巴了，身手倒是矫健敏捷。难怪好多人都把他这个高中政治教师误认为是教体育的呢。近些年来，羽毛球打得多了，有好多处固定场馆。暑假是打羽毛球的狂热时节，一天打两场，场场打成水人。亲妈和丈母娘都说，球打太多了，汗淌过了头，人不禁老。可他执念不改痴心不悔啊！现在又迷上了骑行，又一个出大力淌大汗的运动。她看在眼里忧在心头。有时看着他与实际年龄不相符的苍老，就毒舌几句：你看你黑不溜秋黄皮寡瘦干不拉叽的，一个太阳就晒干了！你走出去哪像个人民教师，倒像个十足的在露天卖苦力的！他也不生气，还自豪地说：看我们这条子，多有型！身体棒，吃嘛嘛香！无语。她常拿出结婚照端详：细皮嫩肉，憨厚朴实，一脸书卷气。对照眼前人，不禁慨叹：二十年就把一个风华青年摧残成一个沧桑满脸面目全非的中年人！岁月不老人易老啊！可又想，即便如此，他能在快乐中度过人生最好的二十年，又有何憾！他喜欢，就由着他吧。

她又何尝不是如此呢？数年坚持做自己，喜静不喜动。年轻那会儿，生活条件不好，很多事她都亲力亲为，不觉得劳累。累了，睡一觉就好了。匆匆趟过岁月的河流，如今人生过午，该有的都有了，不论是生活还是工作。像这样一个安静的休息天，能够坐在电脑旁，一任思想的马蹄在静谧的空间嗒嗒有声，去追寻回味无限久远的过往，发现那些曾经都已融化在秋高气爽的蓝天里，深邃而美好，苍茫而甜蜜，似乎都能嗅到它怡人的芳香。这样的生活，正像灿烂的阳光一样灿烂着她依然易感的心。她当庆幸，她当知足，她当感恩。

对于生活，若即若离才是情感的最高境界。他们互相尊重包容了对方的喜好，纵然密密交织却又适当分离，留给各自独立的空间。理解万岁！

该收尾了。睡个下午觉。而后好好准备一顿晚餐，慰劳他一天骑行的辛苦吧！

2015年10月18日

小脚奶奶的爱情

外公和外婆是她这辈子最热爱的两位老人。在她的老家都称呼外公外婆为爹爹奶奶。从记事起，她就零星听说爹爹家是富农，民国那会儿曾是一个家境殷实雇佣二三十位长工的大户人家。奶奶八岁来到爹爹家当童养媳。因为奶奶恰巧与爹爹同龄，加之男孩成熟得晚，儿时的爹爹生性本就敦厚纯良，也不懂什么叫童养媳，就知道奶奶的到来多了个青梅竹马两小无猜的伙伴，从心里欢喜。奶奶的公婆虽说是几十口人的大家长，却沿袭了农民的善良和淳朴，对待家境贫寒初来乍到娇小可人的奶奶颇为宽厚。奶奶凭着乖巧懂事吃苦耐劳的秉性，渐渐赢得公婆的喜爱，在夫家安身立命，与爹爹一起长大成人，成为爹爹的妻子。奶奶很能干，和爹爹相亲相爱生儿育女，协助爹爹顶门立户勤劳持家，把家业打理得红红火火。

奶奶一辈子裹了一双小脚，就是旧时俗称的三寸金莲。成年后，她无数次抚摸奶奶那双脚问：疼吗？奶奶总是笑说：傻孙女早不疼啦。但她就是心疼，怎样一双健康的女儿脚啊，就是为了所谓的嫁个好人家，硬生生在成长的佳期扼杀了它们生长的权利，把它们死死缠裹阻塞血脉，摧残纠结成核桃状，那个过程一定是痛彻心扉的吧。可能真的是吃得苦中苦，奶奶嫁给爹爹终成一生踏实有爱的生活。

在她的记忆里，爹爹慈眉善目，忠厚老实，典型的庄稼人。他老人家一生以劳作为己任，对奶奶几乎是百依百顺言听计从。祖辈的爱情虽不会说出来，在人前也从不见亲密举动，但那份自然和质朴倒叫人暗想不知是藤缠树还是树缠藤？抑或是蝶恋花还是花恋蝶？像一台老式的播放机，流动着黑白却让人舍不得不看的镜头：夏日双抢的大忙季节，骄阳肆虐狂喷毒辣的日头。爹爹头戴草帽光着膀子挥汗如雨一身晒成酱紫色在农田里弯成一张弓收割大片大片烫手的稻子。奶奶头顶毛巾遮挡烈日手挎竹篮颠着小脚一阵风似的给爹爹送来凉茶或绿豆汤。爹爹像老牛饮水咕咚咕咚不喘气喝了一碗又一碗，喝爽了冲奶奶一笑继续弯腰干活。奶奶却扯下头顶上的毛巾为爹爹擦汗。夜晚，半个月亮悄悄爬上了树梢头，慢慢钻入银灰色的天空，清风阵阵送来难得的凉爽，空气中弥漫着泥土的芳香。知了仿佛打游击一般东啼一声西鸣一下，间或嘶哑间或悠扬，不知疲倦。不远处的田间地头蛙声四起，鸣声不绝，奏响了乡村美妙的小夜曲，夜色渐浓的夏夜愈发得静谧了。爹爹往门前的凉床上一躺，沉重的睡意片刻间就排山倒海，一声一声的鼾声诉说着白日的辛劳。奶奶会照例搬来那条长长的木板凳，紧紧地靠着爹爹对着他轻摇蒲扇，驱赶蚊虫；农闲的日子，奶奶会坐在光线明亮的院子里做女红，缝衣服纳鞋底做棉鞋，穿针引线气定神闲技法娴熟。爹爹多半会静静地坐在一旁，吸着粗制的纸烟嘘溜一口茶水，笑眯眯地和奶奶温言软语闲话家事；奶奶想进城了，去看望孙男孙女顺便带点时鲜蔬菜家养鸡鸭，爹爹总是不声不响挑起箩筐跟在奶奶身后，慢慢走着，边走边聊。奶奶的小脚迈不了大步，爹爹总让她当甩手掌柜走自己前边，俩人一前一后依着奶奶的速度前行……那些画面像极了广阔农村恬静的山山水水，无需渲染就深沉得令人沉醉。

爹爹到耄耋之年依然身体硬朗坚持做农活，不肯歇息。没料到他老人家竟是在最后一次做农活时不慎跌倒，引起刚刚愈合的一个小手术的伤口撕裂而无法救治。那一年是1999年，爹爹享年82岁。同样82岁高龄的奶奶亲手为爹爹穿上了寿衣，抱着他冷却的身体哭得声嘶力竭肝胆欲裂。那一年，正赶上农村殡葬改革的第一年，一律要求火葬，遗憾他老人家生前早早备下的寿材竟无缘消受。奶奶在十年后的2009年，终于像灯盏窝的油燃尽灯灭，耗尽了身体的最后一丝气力，无病无灾，自然回归，终年92岁。

爹爹和奶奶一生守候走过大半个世纪，都是高寿老人。他们一世无论顺境还是逆境，勤劳善良，同甘共苦，妻贤夫仁，父慈子孝，接济亲友，豁达乐观。他们不谈爱情，不懂什么金婚钻石婚，但他们以自己特有的语言和方式相爱一生，情比金坚，对于什么是爱情留给后辈最朴素最动人的解说。

2015年10月24日

爸爸好，家就好

爸爸和妈妈于1960年结为夫妇，正赶上三年困难时期，路有饿殍屡见不鲜，食不果腹是生存的常态。据说他俩结婚时一穷二白什么都没有，用今天一个时髦的词汇“裸婚”来定义最为恰当。对于爸爸和妈妈的结合，儿时倒是听说过好几个版本，大多都已记忆泛黄。但有一点是肯定的：在经人介绍相见的那一刻，妈妈对爸爸一见倾心！

从她记事起，爸爸三十多岁，正是一个男人最好的光景，成熟稳健英俊潇洒。吃得了苦受得了累扛得住压禁得住磨，这是对那个时候的爸爸最准确的描述和赞扬。那会儿爸爸在县城最大的国营五金厂当五级钳工，还带徒弟。爸爸肤色白净，神清气爽，穿着工作服都好看。军人出身的爸爸，行如风站如松，做事果敢干净利落。爸爸的工厂离家很远，他骑自行车上下班，每天完成计件工作量，常常还主动要求加班加量或为他人代班，只为多挣点加班费，为改善一家人的生活不得不挺直了脊梁！每天回到家，只要妈妈在家，总会打来热水，让爸爸先洗把脸，再递上一杯热茶，陪着爸爸说说话。

妈妈比爸爸年轻六岁，一个自小生活在殷实之家，八九岁了还被自己的祖母背着在村庄上看东家热闹听西家短长的大小姐，读过书，高小毕业考取会计学校，最终因爹妈不同意去他乡读书而遗憾放弃。人常说少时享福长大就会受累，这种说法不幸在妈妈身上得到了验证。妈妈在一家大集体棉麻厂当工人，三班倒，那个工作环境和劳动强度是她一直不愿回顾的：一排排大机器呈方阵排列，电闸一开，哐当哐当的轰鸣声使整个车间立刻沦陷在高分贝的噪声中宛如炮火连天的战场，听不见讲话声，大声喊话都难以听见。细细的麻绒像烟尘一样弥漫飞舞在车间的每一个角落，无孔不入肆虐侵袭着麻纺的工人。妈妈和她的工友，尽管上班时都穿着白色或蓝色的工作服，戴着帽子和口罩，但依然难敌麻绒横飞机油污染，一个班上下来，人也基本上浮灰一层油污一身。妈妈就在那样的环境里工作了一辈子，直到工厂转轨被收购，妈妈也差不多老了干不动了。因为养育了四个儿女，妈妈付出了一生的辛劳。

尽管上班劳累，妈妈在任何时候都会把爸爸服侍得周周到到。小时候家里穷，一年到头青菜和各种咸菜就是饭桌上的布景。一顿饭能蒸上一碗鸡蛋两块干子，妈妈肯定把它们摆在爸爸跟前，尽着爸爸吃。当然爸爸是不会吃独食的，总会拿着小勺舀点给偷偷觊觎的儿女们。妈妈总是和颜悦色地说，你们还小，将来吃的日子长着呢。让爸爸吃，爸爸是家里的顶梁柱，爸爸身体好，家里就有依靠。爸爸听了总是轻轻地对妈妈说别这样，孩子们太苦了，我怎么忍心一个人吃啊！你也别尽省着，也吃点。说完不待妈妈醒过神就舀一小勺放到妈妈碗里还特意用力往饭里按一按，这样即便妈妈想夹回去也不好夹了。后来爸爸从厂里停薪留职出来自谋职业后就更辛苦了，妈妈对爸爸生活上的体贴就更是上心到无微不至。“爸爸是家里的顶梁柱，爸爸好，家就好！”这句妈妈口中平常不过的话被她视为家传警句一直深深地刻在心上，可能她骨子里原本就很认同此说法吧。

爸爸离开妈妈已经快十五年了。妈妈的床头正中依然挂着爸爸的黑白照，逼真得近乎真容。她问过妈妈：您不怕吗？妈妈说哪里会怕啊，我常常一个人对着你爸爸的照片，和他说说话呢，就好像他还在。妈妈的那份长情和痴恋，震撼着她的心！每每想起妈妈的话，她就忍不住泪往心里流……

儿时，爸爸回到家没有看见妈妈，第一声一定会问：你妈呢？妈妈回到家没有看见爸爸，第一声也一定会问：你爸呢？变化的是问的人和被问的人，不变的是彼此的在意和牵挂。年轻的时候，爸爸去哪儿，妈妈总是跟在其身后，一前一后相跟着。儿女们长大后，爸妈渐老了，妈妈去哪儿，爸爸总是跟在其身后，一前一后相跟着。变化的是方位和年岁，不变的是姿势和爱意。爸爸和妈妈从一起生活的那一天就一直没有给过对方一个昵称，互相称呼各自的大名，那样一称呼就是四十年，一呼一应之间回转的都是浓浓的情满满的爱。

2015年10月30日

三月桃花红满天

那是1993年12月一个刚下了一场大雪的日子。那一天她休息，像往常一样回到老师家。

吃过晚饭，老芜湖师范学校已然沉浸在冬日的夜色中，一片白茫茫的积雪呈现耀眼的纯色，照得人心头也起了明亮。楼下不时传来脚踩在雪地上发出的咔嚓咔嚓的响声，她不觉就想这样的时刻这样的天气是只适合围炉夜话的，心里就莫名涌起一丝说不清道不明的情愫，温暖着又有着没来由淡淡的忧伤。

意兴阑珊时，老师家来客人了：一对年长的夫妻和一个二十几岁的年轻人。他们的身上和头发上都有了一层细细的落雪，原来夜晚的苍穹仍然在飘洒着细碎的雪花，没有要停下歇息的意思。师母热情地拿来干毛巾，给他们擦去落雪。她帮着老师为客人泡茶。一番热闹，六个人在小客厅围着一只炭炉坐下来。夫姓薛妻姓张，朴实爽朗，和老师夫妇是同乡兼同学，你来我往的情谊已长达数十年，说笑间当然随心随性。她和刚来的年轻人多半是微笑聆听，被问到了才会大大方方地应答。她从年轻人口中闻悉他是芜湖二中教师，刚工作一年多时间，居然也是老师的家乡人。她和年轻人坐对面，就乘机悄悄打量起来：瘦瘦的，中等偏上的身高，鼻梁挺直，一脸书卷气，头发竟然和自己很相像，自来卷。

穿一身褪了色的蓝色中山装，最让她感兴趣的是他脖子上系了一条当时已流行很久的白色马海毛手工编织的长围巾，恍若时光逆流走出一位“五四”时期的青年。他脚穿一双黄球鞋，已被融雪浸得大半湿。多日以后她得知：那一场初见，看似无意实则是师母和那位张阿姨的有意为之。可那又如何？那一场初见，就像那个冬日的雪夜，当天亮太阳出来的时候，便很快消融在蓝天里，无影亦无踪，好像从来没有发生过，似乎也不会再有任何交集。

然而奇迹还是在来年三月桃花红满天的时候发生了。那天下班后，她正在宿舍里准备晚餐，突然门卫来告知有人找。她很纳闷：会是谁？在这座城市认识她的她认识的屈指可数，有谁会找到单位呢？走出去，远远看见两个男青年。走到近前一看，原来其中之一竟是那个雪夜有过一面之缘此后就消失不见的年轻人，而另一个则是从未见过的陌生人。见到她，他主动打起招呼，介绍同伴是他的大学同学。她礼貌地问候，遂和门卫打了招呼，领着他们去自己的宿舍。那是一个奇怪的夜晚，她和他的同学相谈甚欢，他的同学是中文系毕业的，恰好她是一个文学迷，一聊就是两小时。而他，始终在一旁做一个忠实的听众，笑嘻嘻地从头至尾没说几句话。送他们出门时，他突然转过身对她说：我可以来看你吗？她矜持了片刻，答非所问：和你们交谈很愉快！

隔日的傍晚，他一个人来了。一来二去，由陌生变熟悉，话题自然就多了起来：聊各自家乡的风土人情，聊各自二十多年成长的经历，聊在这座城市求学、工作与生活的感受。心也在聊着聊着的过程中慢慢靠近。两个外地人，在他乡由相识到相知，就像两只慢慢爬行的小蜗牛，在行进的路途中偶遇，然后就结伴而行，相互取暖相互依靠，相濡以沫一路向前。她开始默默地思考：自己想找的就是外地人，两个人平起平坐，相互尊重，一起打拼，同甘共苦。他符合自己心中对于那个他的定位，忠厚实诚乐观豁达好脾气，有一份稳定的职业。看发展吧，倘若人品好，就没问题了。半个月后的傍晚，他突然买来了锅碗瓢盆，要和她一起自己动手搭伙吃晚饭。她惊着了！这是火线速度啊！从那以后，她和他就经常一起买菜，一起在宿舍里做饭，俨然居家生活。她开始带着他去老师家，他也带着她去薛伯伯张阿姨家。忽一日，他的父亲从老家来，见到她的那一刻满心欢喜；暑假，他主动要求和她一起回家拜见她的父母。父亲知道，以她的性格不会轻易带人回家。父亲觉得他家在农村，将来负担重，他又只是个教师，工资不高，怕她受苦，为此没有对远道而来初次上门的他给予多少热情。她知道父母的苦心，虽然那时她和他相处才短短几个月，也从没把感情挂在嘴里明说过。但她知道，有些事心照不宣无需明说已在不言中，好比流水无言一样水到渠成。她对父母说：我知道你们心疼我，相信你们女儿的眼光。再说，要求别人前，先正确评估一下自己。你们女儿，虚年二十还要加上七，工作是临时的，没有大学文凭，没有芜湖市户口，现在有这样一个人真心对你们女儿肯把她收了，偷着乐吧。至于将来是否吃苦，那都不是事，年轻嘛，只要努力，一切都会好的！当然，她没有对他提及父母的看法，相信他心知肚明难得糊涂。日子就那么随着夏日流进了秋光。那时，他租住在泗水园一户人家的二楼上，出入都要经过楼下房东家的大门，为此，她不肯前往看望；而她，住的是单位宿舍，晚上他也不方便久留，况且离他的住处挺远，第二天还要上班，往返起来确实辛苦。深思熟虑后她对他说：我们结婚吧。省得你天天来回跑。他猛然一听，张大了嘴巴：真的？结婚？结婚！当下，俩人翻看了日历，定下一个初冬里平常的日子。没想到这个日子在多年后的今天却是意义非凡！11月10日，光棍节前一天，神预算！接下来，紧锣密鼓：打电话给各自的父母告知此事；他向单位申请到一间八个多平方米的房子简单布置；到家具店定做了一张床、一个两开衣橱和一张写字桌；拍婚纱照；她为他选购了一套150元的米色西服，自己则看中了一件胸口绣有一只金凤凰的大红色羊毛旗袍，200元购得；买了两套床上用品。七七八八准备就绪，他的父亲从老家送来了新弹的棉絮和东挪西借的三千块钱，买了一台熊猫彩电就所剩无几。他觉得愧对她，没有任何首饰，连戒指也没有。她对他说：结婚就是我们俩一起过日子，我希望自力更生，我对你家没有要求，我自己也没有嫁妆。我想说我们彼此就是最好的彩礼和嫁妆！她用了一个下午自己给自己缝了新婚的被子，大红锦缎被面上龙凤呈祥，仿佛喜庆的生活就此飞舞旋转开来，活色生香。婚礼在他的母校——安徽师范大学的教工餐厅举行，简朴而热闹！知性又大气！

人常说，三月桃花一时新，大概是说始于此时的美好不会长久。她和他颠覆了这一说法；人常说，贫贱夫妻百事哀，成家后的头几年他们的日子捉襟见肘，但却过得踏实温暖充满希望；人常说，姐弟恋难到头，他在她面前始终站成一个疼爱、照顾她的兄长形象，她在他面前却是角色转换得当，该弱时不强，该强时不弱，顾全大局，体贴周到，适度自我。她和他仅用八个月就换来了半生情缘。

成家后，她辞去了临时工作，开始在打工的路上艰难却是执着地跋涉，不言气馁，不言放弃。她做过多份工作，隆冬里逆风行驶，酷暑中顶日挥汗，她骑着小小的自行车穿梭在城市的大街小巷，送货讨债，与人周旋。每当看到她白皙的皮肤被寒风刺红被烈日灼痛，他都忍不住对她说：老婆讨回家是用来疼用来爱的，不是来吃苦受累的。别做了，我养着！她总是坚持说：不，家是我们共同的，我有责任去建设它。再说，你娶的是老婆，不是寄生虫。你养着，我还有尊严吗？我打工，哪怕挣得再少，也可以挣来吃饭钱。这样，我才可以堂堂正正地活着！一个总在希望里前行的人，冥冥中机遇就在前方！她最终放弃了被开发区六家单位同时录取的橄榄枝，来到学校代课。她总是力求把工作做得更好，每一个了解她的人，几乎都毫不吝啬给予她友情和帮助。守得云开见月明，她的路越走越宽：转正，入党，晋级！她用真诚和努力、坚韧与智慧照亮了整个家庭前进的方向。他常自豪地说：听老婆话，跟共产党走，这是男人正道！

妻贤夫好运。婚后第二年，他的大学老师便带着他和另外两个同学开始了业余创业。十年的业余时间，他没有休息过，为了给她和儿子创造一个更好的家一份更好的生活，他奉献了人生最好的光景，倾注了人生最旺盛的精力，付出了人生最大的辛劳。儿子自出生之日起，便有了一份幸福的保障；儿子性格上的宠辱不惊学业上拥有的良好环境，更得感谢他的强力支撑！

慢慢人生路，回过头一看，竟是历历在目，恍若眼前。她曾问过他，为何雪夜一面几个月后才来找她？一定是被她当年不济的时运吓退了吧？痛下决心后才来找她的吧？到底看上她什么？比他年长两年不说，还是个三无人员——无户口，无工作，无学历！他带着戏谑的口吻，一脸坏笑地说：我不救你谁救你？权当为芜湖人民做贡献了！再说，我也是独具慧眼啊，早就看出你是只潜力股！哈哈！

2015年11月7日

婚姻里的幸福女人

在婚姻的世界里，常听的一句话就是男人都是花心的，就像世上哪有不沾腥的猫。日常生活中，也常见女人们在一起八卦：谁谁的他在外面有人了。不久就见到令人大跌眼镜的场面：那谁谁竟真的像个怨妇，见人就一副痛说革命家史恨不得手撕家里那个他。而那些八卦的女人要么假模假样凑近一张嘘寒问暖的脸，要么扮演一个凛然正气帮忙痛批花心臭男人的妇联主任形象，要么藏着一颗未卜先知得意洋洋的小小祸心，好像别人倒霉了才能衬托她是世上最幸福的那一朵女人花。影视作品、网络文学里层出不穷屡见不鲜的狗血剧情花样段子多到就像深秋枯黄的落叶，铺天盖地迷了人眼乱了人心。妈妈常对女儿说，丈夫要看紧点，别让他兜里多装钱，没钱他在外面就坏不起来。很多妻子也得了查看丈夫手机的毛病，天天像做贼似的，不找到机会翻看一遍手机和包，那夜里怕是连觉也睡不着的。她不知道管得住人管不住心的道理。诸多的不信任愈演愈烈升级成相互防范，原本和睦幸福的夫妻关系平生罅隙，互相再看对方都已不是曾经一日不见如隔三秋的伊人。妻子哭哭啼啼怨声载道：我真是瞎了眼，怎么会嫁给你！婚前甜言蜜语婚后狼心狗肺！丈夫戟指怒目：我才真是踩到狗屎了，这辈子碰到你！甩门而去！只留下她披头散发歇斯底里伤心欲绝。我无意揭开婚姻里的种种伤疤甚至丑陋，我只想说，当初若不是你侬我侬郎情妾意，你又岂能嫁他他又岂能娶你！为何在经历了相识相知两情相悦才走到一起的两个人，却又这么快离心离德背道而驰渐行渐远！我想，这里面还是源于疑心生暗鬼、不信任心渐远吧。在此，我不想评说男人的心性在感情世界里扮演的角色，我想站在女人的角度，说说在婚姻的世界女人该如何经营成就自我。

多年前，我看过一部电视剧叫《来来往往》，濮存昕和吕丽萍演一对夫妻，妻子是部队大院所谓的高干出身，丈夫是工人，因为长得帅，在经人介绍时女方对其一见倾心。女子动用了许多小聪明，终于如愿成为娇新娘。可能坏就坏在这个“娇”字，婚后，她自恃而骄，以一副大小姐的面目对丈夫颐指气使，在有了孩子后更是不顾形象，蓬头垢面唠叨碎嘴俨然菜场大妈，不知道她哪里来的优越感。而丈夫也因为能干日显大丈夫气概，下海经商后更显人情练达风流倜傥挥洒自如，大叔风范迷人魅力如温暖阳光散发着明亮。在与许晴扮演的客户大美女相识后一见钟情，不可阻挡地走入一段轰轰烈烈的婚外情。心远了，妻再难入他的眼。说实话，虽然当时我已为人妻，亦是婚姻中人，但我真的不喜欢那个尖酸刻薄邋里邋遢还人前端着架子的妻子，反倒很能理解丈夫的出轨。当时我就想，婚姻里有些丈夫的不忠与背叛，其实为人妻的，是应该反省的。为何他不再像新婚时对你视如珍宝？为何他无需招摇蜂蝶自来？为何他明知不堪还要心存侥幸？为何他不愿与你相依相偎看月上中天？实在是在你面前他已心灰意懒。那之后，我读书也罢，看影视剧也罢，道听途说也罢，学会了在别人的故事里反躬自省：汲取幸福的经验，吸取带泪的教训，在婚姻的路上不断历练与修正，收获了21年幸福的婚姻。

进入腊月，他就在我耳边有意无意断续吹着小风，希望先去他家过年，再去岳母家拜年。我表面上漫不经心，似乎没入耳亦没入心。其实，我心里明白，他的要求合乎情理。平时都忙，很少抽得出时间回老家看望父母。特别是他能从一眼望不到边的田野环抱着的村庄走到城市，那更是父母的骄傲。过年，能带着妻儿回家，就是一种满足。哪能不成全他的孝心呢？因为爱，就该顾及他的感受。既然身为他家的儿媳，就有责任有义务维护这份体面。那种种不适毕竟是短暂的，克服克服就过去了。孩子小的时候，因为没有学习的压力，过年在婆婆家会多待两天；孩子上中学以后，迫于学习的紧张，年三十也会赶回婆婆家，欢欢喜喜和公婆哥嫂吃顿团圆饭，给亲戚拜个年，他的心便飞跃了寒冬全年都是暖和的。看着婆婆见到儿孙那张笑呵呵的脸，仿佛每一条皱纹里承载的都是心满意足；看着大嫂围着锅灶忙上忙下，仿佛香喷喷的大锅饭都化作了满满的亲情；看着公公悠然自得和两个儿子边喝边聊着家常的那份闲适，我猛然间顿悟：养儿养女，佳节团圆阖家欢乐，爹妈要的幸福原来就是这样简单！我的顾全大局贤惠得体善解人意，他报之以无尽的体贴和深深的爱意，并把这份爱像海纳百川，细水长流淌入我的亲人和朋友。

我是个对钱没有概念的人。虽说我们这代人是从苦日子走过来的，拼搏到今天的生活也确实得来不易，但我觉得钱乃身外之物，苦处挣钱乐处花，千金散尽还复来。只要不浪费，该花的钱一分也不能省，那些花在刀刃上的就更是应该的了。有一年，距离国庆大约一个星期的样子，突然接到他大哥打来电话，说是公婆住的房子倒了一方墙，所幸二老当时都在地里忙，在家就危险了。他和我一说，我没有多想，拿钱盖房！国庆一到，我和他回到婆家，把钱给了大哥，委托他出力，新盖三间瓦房。公婆到现在住着都挺好呢。逢年过节，我都会把给公婆、侄子的红包准备好，亲手交到他们手上。他们若是来到我家，我总是带他们买衣服买鞋子，临走时再给个千儿八百。平时不能在跟前关照，也只能在经济上给予力所能及的帮助。公婆哥嫂在哪都说这个媳妇没得挑。身为妻，不要把钱看得太重。我们家没有谁管钱，钱就在那放着，谁用谁拿。平时我们都不会过问你买衣服花了多少钱？你请朋友吃饭花了多少钱？你这个月钱是怎么花的？诸如此类。因为我们彼此都是顾家的人，都是过日子的人，不会无缘无故挥霍的。遇到亲朋借钱，相互打声招呼，在能力范围之内，一定施以援手解人之急。心意相通的经济环境，我们的生活充满阳光。

前不久读到一种说法，让我重新理解了“新娘”一词。说结婚当日，妻被称作新娘，意为身为婆婆的儿子，丈夫从此可以脱离亲娘的爱护，交由妻子这个“新的娘”来疼爱和扶持。言下之意清楚不过，妻要一人分兼多角：丈夫的妻，丈夫的娘，孩子他妈。丈夫的亲娘妻的婆婆从此可以退出江湖颐养天年。果真如此，许多妻子也算是烧了高香了。我想说，既然妻握住了新娘的接力棒，就不妨试着去做妻去当娘。当丈夫需要你扮演妻的角色时，你尽可能扮演一个小娇妻，千娇百媚明艳如花柔情似水唯他是从；当丈夫在工作中不顺在人际关系中受挫在健康中受损，就需要你拿出当娘的气魄、耐心和智慧，倾听诉说体贴宽慰精心照料待他拨云见日；有了孩子后，你得举案齐眉相夫教子，引导这一大一小都朝着太阳的方向行进。这一番剖析之余，竟觉得我大抵是做到了。我想说，岁月长长，婚姻里，得懂得不断地学习，在学习中修身养性积淀内涵云淡风轻处变不惊，在外端庄大气，在家平和温婉，上得厅堂下得厨房，便是每一个丈夫都想得之的妻子。因为，再美的妻连看三天也不过如此，况且美貌是最易打折的东西，唯有贤良淑德知识才情才能让一个妻子稳稳住进丈夫的心。

婚姻里，不要轻言改变一个人，因为想改变一个人几乎不可能，只能说在潜移默化中影响一个人，这也是婚姻给我的教义。两个素不相识的人因为姻缘走到一起，成为至亲至爱患难与共休戚相关的共同体。原本就不同的生活环境生活经历造就了许许多多的不同：生活习惯、卫生习惯、行为方式、兴趣爱好等等。诸多差异，磨合吧，慢慢磨合。实在达成不了一致的，说服自己在心平气和中包容接纳。丈夫是一个鲜活的个体，他有自己特立独行的与众不同，在无关大是大非的原则面前，就随了他吧。给他自由的空间，给他自由的呼吸，他快乐了，你还能不快乐？我常常因为一些生活的细节而责备他，比如他不喜欢拧干毛巾湿嗒嗒地就挂着、他晒衣服不抖开干了揪在一起、他揭开锅盖总是顺手往灶台上一盖一圈水印还不卫生……每次看到，我都要一声叹息：我与你斗争了几十年，就是教育不好你。罢了罢了，积习难改呀。遂付之一笑，早没了年轻时的怒气。生活依然和乐！

在婚姻里，每一个女子都是摸着石头过河。吃过了生活的亏，长了一身的本事。别人的经验可能成就我们也可能是东施效颦；但聪明如你，善良、豁达、理性、积极、体贴、优雅，这些正能量的词汇，你若都有，你一定会是一个婚姻里的幸福女人。女人如此，嫁为人妻，自然幸福！

2015年11月22日

雪寒屋暖

一夜温暖。醒来已然大亮，快八点了。抬眼看看窗户，已被一片暖暖的阳光覆盖，天晴了！看一眼手机上的温度，显示-8℃，多日来谈论的极寒天气应验了。可再瞧东边的窗户，正被渐渐变大的太阳花映衬出一片绚烂，一方玻璃墙面流淌着暖如春天的气息，明亮了眼眸抚慰了心扉。

暖暖地思忖着。他端进来一大碗热气腾腾的面条，撒了细细的绿油油的葱花，一只饱满的荷包蛋嫩汪汪地盘踞中央，可爱圆融。她心头一热坐起来，披上衣服。他把碗放在床头柜上，帮她把几只靠枕放妥，又把被子往上拽拽，让她尽量舒服地靠着，才又把碗端起递到她手中。她想反正晚上临睡前刷过牙的，就先小口喝了点汤，挑起一小撮面条放到嘴里，还没觉出它的味儿就刺溜滑下咽喉。第二口不慌吃，她故意变着声调唱起来：我们的生活充满阳光充满阳光……他端着面碗走进来，看到她不慌不忙夹着荷包蛋，不急着往口里送，却定定地看着它，像是要看出一朵花来。他说：发什么傻呢，还不快吃，面条浓了。她笑眯眯半真半假地说：看它饱满圆融着实可爱，舍不得下口呢。说完，啊呜一口，荷包蛋剩下半只！在他连汤带面嘘嘘溜溜的吞咽声中，她仿佛受了鼓舞，大口大口地吃起来，直到喝完最后一滴汤。心满意足地说：好饱啊，这一大碗可以耗到吃晚饭了。随口一问：儿子也吃面条吗？他说：儿子不吃。她轻轻哦了一声，眯着眼看他穿好衣服戴上帽子系好围巾背上包，他要去学校完善期末未完的工作。他说路滑，今天徒步去，沿途观赏阳光下的雪景，还锻炼身体，趣味多多啊。她问：中午啥时回来？他说：中午就不回来了。她说：中午你不回来我和儿子就简单了，晚上再烧菜。他说：我让儿子中午炒蛋炒饭给你吃，你就好好躺床上享享福吧。气温低，你腰不好，焐在床上暖和。她开心地应着，心头却是有了别样主意。她说：步行也要注意防滑！晚上早点回来。他捯饬就绪，挥挥手拜拜！她听见他对儿子说：儿子，中午你炒蛋炒饭给老妈吃！出门，落锁，带走早晨的热闹。家中回归宁静。她微闭着眼睛，享受着这一刻闹腾后的恬静，一丝一丝温暖的记忆像窗外的阳光，漫无边际地延展幻化开来……

来不及细想，她穿好衣服下了床。把被子抱到窗台上铺开，拥抱太阳。迅速来到写字桌旁，打开电脑，开好空调。洗漱完毕，她烧好开水，沏一杯绿茶。去儿子床边征求他的早餐问题。得到确切的回复，她为儿子用开水冲泡了朋友赴杭州学习带回的西湖藕粉。不放心，又放到灶上用最小的火头烧了一会儿，用勺子搅拌均匀，看着藕粉粘稠地泛着气泡咕咚咕咚欢快地舞蹈，那份浓稠平滑之感像丝绸熨帖肌肤，舒爽惬意。想着它行将充盈到儿子的胃囊送上最贴心的慰藉，儿子还会感到雪后之寒吗？儿子也是靠在床头，有味香甜地吃着藕粉。儿放假归来，写完三篇论文提交过后，成天宅在家里，电子小说和睡觉占据了主要生活。择择菜、洗洗锅碗、做做饭，一天的生活就过去了。恨不得让他出去打工，接触社会，在生活中历练。无奈寒假时间短暂，短工委实难找，只好作罢。对于他把阅读纸质书籍转移到手机上阅读，她颇为不安。叹这个互联网时代改变了年轻人的生活方式，在不知不觉中牺牲了健康也不以为意。他长大了，有自己的坚持，随他去吧。想想自己当年，不也是如此！认准的事儿九头牛也拉不回！世事就是个同心圆，轮回着转！公平！

站在窗前，平复心绪。腊月十四上午九点多钟的太阳呈现罕见的明媚。仰望眼前的天空，居然是海蓝色，让她想起二十岁那年穿过的一条薄如蝉翼的乔其纱连衣裙，那片蓝一直荡漾在岁月的心河，时常在不经意的时刻流连到眼前，让她几十年钟爱蓝色！小区的停车场一辆辆小汽车安静地立着，车顶上都盖着一层白白的雪，好比坚硬的外壳。远处的楼顶上也是结了冻的雪，好像白色的盐粒，在阳光下雪亮雪亮的，闪着耀眼的寒光。圣地亚哥小道因为背阳，路面冻得打滑，小车像蜗牛爬行驶得小心翼翼。路上行人稀稀落落的，雪后的阳光似乎加剧了寒冷。

坐到电脑旁，嗒嗒有声敲击着键盘。特意把迎面的窗帘打开，面向太阳心境豁亮，那些逝去的温暖的过往便倏地在心的一角洞开了门扉，绵延不绝……

小的时候，对于雪的记忆就是雪后的严寒，就是草屋瓦屋檐下拖着的一根一根长长的粗粗的透明又坚硬的冰冻柳，连着屋檐的部分粗，越往下越细直至尖尖的头子，像一把把倒挂的锥子。那时，不知道寒冷只知道好玩，用竹竿把冰冻柳打下来，拿在手里玩甚至含进嘴里，把一张小嘴冰得嘘溜嘘溜的七歪八扭，居然也不吐掉还用牙咬得嘎嘣嘎嘣响，好像在吃硬糖呢。化雪的时候，大太阳照着，屋檐下、树枝间却仿佛下雨似的，滴答滴答水滴不停，每次走过屋檐下，都是快速一跑，生怕雪水落入头发滴进衣领。走在树下，没留意就从树缝间猛地掉下一块雪砸中头顶或身上，那种被突袭的感觉也不喜欢。那时的家门口地面还是泥巴地，化雪走来走去，如同下雨天一样泥泞，穿不到干净的鞋子。缘于对化雪的无良印象，长大后对下雪就少了美好的想象和期盼。虽然漫天飘雪纷纷扬扬能勾起朦胧婉约的诗情，虽然白雪皑皑银装素裹展现大自然绰约的风姿，虽然看雪赏雪赞雪玩雪意趣盎然，她还是对这白色的精灵有着敬而远之的疏离。无关年龄无关浪漫无关情趣，儿时的认知长在了心里。

有一点今时如同往日，那就是雪后寒，屋里暖。小时候，化雪的日子，家里门窗关得严严实实，她常常和爸妈姐弟围坐在火炉旁，伸出小手往火炉前烘烘，再缩回来搓搓，往脸颊上捂捂，再把小手伸向火炉……如此三番，整个人就暖乎乎的。吃饭的时候，一小锅热菜在火炉上烧着，热气弥漫，一家人围在火炉周围，一顿饭吃下来，那个温暖那个舒适直叫人满足。虽然不是美味佳肴，但一家人相亲相爱的粗茶淡饭融化了生活中任何形式的坚冰。成年后的每一次雪后寒，寒的依然是屋外的自然，屋内的她，一样暖如春光。他与日月同辉的爱意嵌进了她的心里，多少个冬天，怕她冻着，会怜惜地让她焐在床上吃饭，客厅房间不断地跑，为她添菜；夜晚睡觉，会把她的被角压得严丝合缝密不透风，把她抱在怀里暖着；出门前，会叮嘱她多穿衣服甚至会亲手把她衣服上的帽子戴好系好带子。儿子在他的影响下，对她这个老妈也是关爱有加的，如今若她和儿子俩在家，儿子会悄悄照顾她。

想一想，她活着，意义已在活着之上！家庭生活温暖得如同雪后的阳光，一点一点积攒着热度慢慢将她融化，她心甘情愿沉醉其中仿佛融雪归途汇入大海。工作上，她是一名教师，一年中最冷最热的时节都有幸宅在家里，加之双休日和节日，一年工作和休息的时间近乎平分秋色，这样的悠闲只怕是多少人梦寐以求而求之不得的。还有什么苦可叫还有什么累可喊！常听人抱怨工资低，她从不认同。比之过去的生活，今天的日子她知足而满足，知福而惜福：不愁吃穿，有医保，有房住，有车开，要那么多钱有何益！钱够用就好！多了不见得是好事。

草木一秋，人活一世，何其短暂！雪寒屋暖，知足常乐，足矣！

2016年1月23日

适合自己的伴侣就是最好的

有一天，他在朋友圈里转发了一条某权威机构发布的所谓人生幸福的十项指标，其中有一条是：拥有灵魂伴侣。他在下面附有心得：貌似拥有其中的几项，但“拥有灵魂伴侣”这一项他没选。她看见，心中小小不忿：难道自己不是他的灵魂伴侣？经历风霜见证雨霁天晴，摸爬滚打品尝生活甘苦，自觉懂他的心急他的需，这样的心意情意还不够称得上“灵魂伴侣”吗？也巧，那一天晚饭后，他酒足饭饱，心满意足。兴之所至，言出肺腑：古人云，家有贤妻，赛似一宝！老夫无以回报，只有以身相许！她闻言大笑：妾身醉矣！妾身醉矣！猛然灵光一闪，她亦顿悟：他们之间的朝朝暮暮一言一笑，说是生活伴侣更为确切也更为客观。一起生活二十余载，恩恩爱爱，常有幸福之感，显然是适合自己的伴侣，这才是最要紧的！也就是最好的！至于灵魂伴侣，多么严苛的要求呀！多么崇高又虚幻的境界呀！那就像天边的彩虹，瑰丽得遥遥不可企及。细细思量，这浩荡纷繁的人世间，几时几人有过灵魂伴侣呢？是司马相如与卓文君的“愿得一人心，白首不相离”？是赵一荻洗尽铅华陪伴张学良共赴半个世纪的苦恋？还是徐志摩与林徽因康桥偶遇共谱一曲昙花一现的情爱悲歌？想想都不是！她发现，尽管他们相濡以沫从年轻时一路走过来，尽管他们白手起家从无到有创造了生活，尽管他们共同把儿子养育成人送入大学校园，他们又像年轻时再次回归二人世界，可很多时候，各自的那点兴趣爱好，还是倚门颔首，独自等待抑或独自上路，有些风景有些生活的颤音注定只能独享。尽管相互认同，相互包容，相互尊重，但终究各行其是，陪伴自己的也只有自己的影子自己那颗心。不得不承认，他对伴侣层次的界定更符合科学和人性：他们是生活的伴侣，是彼此合适的另一半！那种人们意念中的所谓灵魂伴侣，可能茫茫人生路，终其一生都不会有。

在这样一个暖洋洋的四月的星期天，他买好菜，武装齐全，骑行去了。无从知晓骑行之于他，将是怎样一种心灵的自由和释放，将是怎样一种激情的燃烧和聚集，将是怎样一种耐力的比拼和锻炼。只能欣慰春光正好春风拂面春燕欢鸣他还未老。他和骑行的队伍穿梭在青山绿水间，犹如清风山岚轻云游弋，洒脱奔放融入自然。他的身边是相熟的或陌生的骑行者，她一直是缺席的。他也许会想倘若能与她一起骑行，这沿途的景致这心灵的欢愉可能是会不一样的吧！早上出门，她的一声："注意安全"哪里够啊！这一场疏离会是永远吗？其实，她又何尝没想过同样的问题？可是她骨子里的那种安静该怎样安置呢？她的体力她的老腰能允许她和他并驾齐驱吗？或许哪一天可以短途试试。

她也回到一个人的世界，她可以安安静静定心定意独享一个白天。莫名的一阵窃喜，中饭可以省略不烧了。她坐到电脑前，心自由地驰骋，手指敲击在键盘上，把她的思绪击打成一个一个有棱有角情感饱满的方块字，此时的她是不可思议的，像青春年少似的心潮激荡：时而惊涛拍岸卷起千堆雪，时而为赋新词强说愁，时而溪水潺潺坡上青青草，浮沉在这些情绪里像彩蝶翻飞，像小鹿撞撞，又像浪花飞瀑，心在连环的跌宕里幽深而快意缱绻而缠绵！此时，他也是缺席的；可他缺席得那样得体：刚刚好！

晚上，他看球赛，激动处大呼："好！"失望时，也是大叫："打的什么球！"好像他是比赛中的一员，好像他也和球员们一样血气方刚。

对于他的忘情和投入，她不加附和。她看到电视剧中好人命运多舛屡遭陷害时，忍不住义愤填膺；看到悲情伤感处，不禁泪如雨下。碰巧被他看见，他会嬉皮笑脸说：跟真的似的，老婆就是好骗；家里又有油吃了，等着，我拿盆来接着。他看新闻看微信看不着调的网络小说，却几乎不看她精心架构字斟句酌从心里流淌出来的文字，还自鸣得意地说：和你生活这么多年，熟悉你就像熟悉自己，不用看也知道你写的是什么！无语！遗憾！其实，她是多么希望他可以看到甚至是用心欣赏这些文字啊！达到思想上的沟通以及对生活的理解、对人生际遇的感怀，在文字的世界里琴瑟和鸣升华情感！可能，她要的太多了，他给不了；她也有给不了他的时候啊！这就是灵魂深处的半步之遥吧！何须强求！两个本来就那么不同的人，走到一起生活，许多喜好是不同的，能够和而不同，求同存异，已然是一个不错的境界，若想时时事事心意相通心心相印高山流水相互欣赏，那得是古装剧里的神仙眷侣吧！

生活中很多美好的预期，可能就是镜花水月，看得见摸不着；抑或看不见只存一丝渺渺的意念，纵然百转千回念念不忘心向往之，想想罢了。凡尘俗世，美好的想象一旦化为现实，它可能瞬间残破跌碎一地。多情却被无情恼！她不完美，岂能要求他最优秀？拥有的不见得就不好！蜜蜂只为采花忙，鸣蝉只为夏夜歌，她不是落花他亦非流水，融入了彼此的波心，就该好好生活，一起把歌唱。

能遇见一个适合自己的伴侣，真得感谢生活的垂青呀！相互珍惜，偷着乐吧！

2016年4月10日

4/明亮的亲情

中国历史上有著名的宋氏三姐妹，皖西舒服之城也有正能量满满的寻常百姓——宋家三姐妹！为她们祝福！

父 亲

这两天，父亲的影像不时闪现在心头，时而清晰，时而模糊；时而久远，时而却似离得很近。我知道，我想您了！想得心头发酸，泪水长流。说来，愧对父亲！这些年我净顾着忙自己的小家了，很少真正地去想念您。然而，这一刻，我对您的思念是真切的。就让我好好地想想您吧，在努力怀想的意念中，去还原您在我心中最真实的样子。

父亲，近175厘米的身高，皮肤白皙洁净，目光坚毅。中年后发型颇有特点，是毛主席那样的发型。父亲18岁参军，气宇轩昂。部队生活的历练，让父亲一辈子行事果敢，雷厉风行，吃苦耐劳，毅力惊人。严格意义上讲，父亲是独子，没有兄弟姐妹。为此，当他和战友们复员要去建设大庆油田的时候，奶奶哭天抢地硬把儿子留在身边，回到家乡的县城，当了一名国营五金厂的工人。父亲一生的人生道路就此天翻地覆。后来，那批建设大庆油田的战友，全部转业到天津。

生活中，父亲一辈子特爱干净，凡事都井井有条，一丝不苟。上班时，一身工作服也比别人的干净，很少会沾到油渍。下班回到家，更是把自己打理得整整齐齐，头发一丝不乱。

父亲勤劳一辈子。在那样一个物质极其匮乏的年代，白手起家，养育了我们四个儿女，吃饭、穿衣、上学，那是怎样的生活负担哪。母亲在棉麻厂，工资微薄。那时，贫困可以说是我们一家生活的常态。记忆中，我家的房子能盖起来就是父亲的壮举。那里原来是一口水塘，但位置好，恰处城关的中心地段。父亲白天上班，晚上不休息，一板车一板车去城郊拉回废弃的土方，拉了两个月，硬是把一口水塘填成了平地，压板了土壤，盖成带有院子的几间平房。一家六口有了踏实的居所。

父亲一生脾气刚直，但心地善良。他对我的老太、奶奶、外公、外婆极尽孝道。两位老太生病的时候，父亲承担起孙女婿的责任，没日没夜地守护在病榻之前，直至把两位老人一个一个送走。奶奶去世后，外公、外婆就更被父亲视为亲爹亲妈，白天工作再累再忙，三天两头就要下乡去看望他们，有时天黑了，骑着车摸黑也不耽误。父亲常说，你们四个都在外公外婆家长大，对两位老人家一定要孝顺。因为我母亲在家中排行老大，和弟妹年龄间隔也挺大，为此，姨娘、舅舅都听父亲的，大哥大哥的叫得亲热。外公外婆当然把父亲当作一大家子的主心骨。

父亲的文化知识都是在部队上学的。他虽身为工人，见识却高于很多人。这一点在他不管吃多大苦受多大累，也要供我们四个孩子上学这件事上便可窥见一斑。很多人对他说，丫头给她们念那么多书做什么？早晚都是人家人！能帮你做做事还能减轻家里的负担呢，别浪费钱了。父亲总是笑模笑样说得很坚定：我三个丫头就是三个儿子，只要她们愿意念书，就是砸锅卖铁，我也让她们念。说闲话的人自觉无趣也就不说了。记得上初中后，我的数理化成绩很差，有一年期末，全挂了红灯。一半是出于畏惧，一半是出于自尊心受损，那一晚，我哭着闹着对父母说我不念书了。闹腾了一个晚上，待我平静后，父亲温和地对我说：你这么小，不念书将来怎么有出路。你要真不念了，迟早有一天会后悔的。再说，你学习那么用功，没考好，我和你妈又没怪你。可能还是学习方法的问题，慢慢学吧，我相信你能学得好。在父亲的鼓励下，我终于坚持了下来。

1981年，父亲的单位经济效益严重滑坡，产品没有销路，工厂濒临倒闭，上班无活可做，工资发不出。一想到全家六口人的生计，四个孩子上学的费用，父亲整日长叹，愁眉不展，整宿整宿睡不着觉。甚至一度动过瞒着母亲，一狠心远走他乡、消极遁世的念头，但最终还是被家庭的责任和义务所召唤。在历经不为人知的心理煎熬后，父亲做出了一生中最难的抉择：停薪留职，出来当个体户。要知道，这在上个世纪80年代初的小县城，需要多大的勇气！单位和熟人，都觉得父亲的举动简直太大胆了！石破天惊！接下来的路该如何走呢？开店做生意，一没本钱，二也不懂生意经，完全是个门外汉。父亲陷入了两难境地。最后，父亲决定帮人修理自行车。这既不要什么本钱，也谈不上生意经，吃苦耐劳、不怕脏累即可。父亲本来就是五级钳工，操作机床技术一流，修理自行车自然不成问题。说干就干！父亲在城关最热闹的十字街头找了一块空地，带着简单的几样修理工具，做起了修理自行车的营生。那么爱面子的父亲，那么爱干净的父亲，遇到了又一次心理挣扎！怕羞，怕让熟人看见。没办法，开弓没有回头箭，父亲戴上了一顶草帽遮掩。从第一天开始，一连戴了多日，终于跨过了心理障碍，摘下了草帽，勇敢地面对现实。就这样，父亲开始了风吹日晒、弯腰弓背、长时下蹲的修自行车生活，一双白净的手整日沦陷在粗糙的钢圈、冷硬的钢丝、肮脏的外胎、费力才能扒出的内胎里，锉刀、扳手、铁锤、老虎钳这些冰冷坚硬的工具，长年累月地侵蚀着父亲的双手，还有怎么洗也洗不净的嵌进指甲缝、皮肤纹理的机油！就这样，父亲成了我们那座小城第一个吃螃蟹的人。父亲负责任的修理态度、过硬的修理技术、合理的收费，很快在城关声名远播，大到机关单位，小到个人，甚至住在郊外的人，都到父亲这里来修车。父亲用勤劳的双手和坚强的脊梁扛起了我们这个风雨飘摇的家，为我们多年求学铺平了道路。父亲在这条路上风雨兼程，一走就是二十年！白了头，弯了腰！熬走了日月！

2001年，父亲做一个小手术，引起并发症，猝然离开了我们。夜晚传来噩耗，不啻晴天霹雳！我和爱人带着年幼的孩子，迫不及待坐上第二天最早的一班车往回赶。但还是迟了！见到父亲的时候，父亲静静地躺在医院的一块木板上！我不敢相信眼前看到的父亲，缩得那么小！那么苍白！那么孤单！我不顾一切扑倒在父亲的身上，抱着父亲，撕心裂肺哭得肝肠寸断悲情难抑！父亲，从小到大舍不得打我一巴掌的父亲；父亲，常常把“我的老丫头”挂在嘴边的父亲；父亲，我还没来得及尽一尽孝道的父亲，就这样无声无息、匆匆忙忙、永永远远地离我而去，自此阴阳两隔，不复相见！

父亲，如今，您的儿女个个家庭幸福，工作稳定；您也已经有了第四代，荣升老太啦！您的孙男孙女读中学的、读大学的、读研究生的、上班的，个个都是上进的孩子！您若泉下有知，该会多么欣慰啊！近来，我有时开着车行驶在路上，看见如画的山光水色，突然痴痴地想：倘若父亲依然健在，那该多好啊！我一定会时常带着您，到处看看，就像我儿时一样，承欢在您的膝前，还听您一声一声叫着我老丫头。

算起来，父亲今年也即将迈入耄耋之年！在2015年父亲节将至的日子里，谨以此文祭奠我生命里挚爱的父亲！愿您在天堂收到老丫头的问候！父亲，我想您！

2015年6月11日

温暖的橘红

按照惯例，大年三十回公婆家团圆吃年夜饭。

腊月三十一大早，孩他爸早早起了床。这一天，他兴奋中有些急切，急切中又有些胆怯。他戏称这种情绪为乡愁。莫名其妙附庸风雅。迷糊中隐约听见他叫她起床。她睡意尚浓，哼哼唧唧不情愿。他没辙，忙乎去了。他烧早饭，手脚麻利做东做西。他热情四溢三番五次来到床头催她起床。最后一次他说：快下床，热水器打开了。她一听，不敢怠慢。因为最近热水器有些像处于情绪不稳定的更年期，开放不到二十分钟热水就会瞬间变成冷水，春寒料峭，洗浴中遭遇这样的袭击那就悲催了。她一跳下床，直奔热水器下，快速洗浴起来。这是农历旧年的最后一浴，在热气腾腾中涤荡去一年的疲惫，让身体活泛起来，让血脉偾张起来，让心情愉悦起来，迎接气象一新的丙申猴年——她的本命年！需要一个仪式，一个从头到脚从里到外焕然一新的仪式！

近十一点，伴夫携子，三人拎着大包小包上了车。绕城半小时后上了高速。儿一上车就试图睡梦重续，被老爸和老妈联合抗议不准睡，负责手机导航。儿无奈，迅速打开“高德地图”，三下五除二定位好线路，调好音量，迫不及待眯上眼睛作假寐状。手机导航清脆播报准确地指挥着线路，车在高速上仿佛骏马奔驰畅行无阻。她靠在后座上，看着满满一车厢的行李物品，再看看前座的夫与子，心头充实犹如车窗外越来越暖的阳光，欲将人间的一切寒冷融化。车在高速路上风驰电掣，车窗外的田野、房屋、树木、电线杆等一切尽收眼底的物象都似浮光掠影烟云般飘过。不禁慨叹：自然真美！风光无限在远方！最妙的是有时大段大段的高速路上竟然只有她们一辆车，一骑绝尘啊！孩他爸故作矫情道：今天的车开得好寂寞。她却由衷地欢呼：这一刻，高速路是我们一家的专属线。多么神奇，千日不遇！自由驰骋心飞翔！不禁吟咏起毛主席他老人家的豪情诗句：风物长宜放眼量！

约莫午后两点钟，车子拐上了公婆家的乡间小道。这条小道狭长逼仄，悬浮于河沟田畔之上，最高处高出两边水沟田地两米多，一般也高出一米多，极为考验车技和胆量。若是对面也有车开过来，一方就得选择一处田畔停下来，让另一方先行，方保无恙。在一望无际的田野中穿行，断断续续有村庄屋舍映入眼帘。终于看见公婆家门前一池熟悉的小水塘，儿子大伯已打开铝合金大门在门前迎候，车子慢慢滑进农家小院。儿低声说：又回来了！我怎么突然想起去年过年车进小院也是这般景象，好像就是昨天！怎么一年就过去了呢？一年过得可真快呀！她默然，心有戚戚。

一进屋，就看到了变化。铺了地砖，吊了顶，安了空调。还没来得及细看，大嫂和婆婆已把一桌饭菜张罗好，招呼吃饭。看着一桌家养的鸡鸭鱼肉，两父子吃得兴味盎然。她向来对吃没有偏爱，山珍海味与粗茶淡饭在她口里没有分别，吃个七成饱结束。大伯早把空调打开，房内暖乎乎的。她心下安然，这个除夕夜身心都是暖的。

吃过午饭，来到院中。大嫂和婆婆都在择菜，准备年夜饭。她要帮忙，大嫂不让。她就在一边看着她们忙乎，和她们说着这一年家里的大事小情，快乐在妯娌婆媳间传递。农家小院下午的阳光极好，天空碧蓝如洗像喀纳斯的湖水一样纯净明媚，空气中流淌着浓浓的乡土气息，新鲜又甜美。她突然想，其实这农家的生活简单中自有恬淡随性之美，真实质朴无需刻意。这何尝不是久居城市的她内心深处常常向往的一种生活呢?

新年祝福的信息一条又一条地来到。是时候送上自己的祝福了。想想自从有短信送祝福开始，每一次逢年过节她都会用心编写一条适用于所有亲朋好友的信息，应景应心，送上祝福。很多年了，她送着自己的这一份祝福，独一无二源自真情。很多朋友都说最喜欢她的祝福短信，因为原创。她不喜欢浮皮潦草转发别人的信息敷衍了事，更不想辜负朋友情谊。在她看来，佳节年年相似，朋友岁岁不同，祝福理当用心。她回到大嫂特意让出的房间，靠到床头，今日的所见所闻所思所想过电影一样闪现到眼前，她快意敲击手机按键，一条短信悄然生成——蓝莹莹的长空下绵延地毯似的高速路，暖烘烘的阳光里流淌织锦般的归乡途。崭新新的除夕夜环抱星海似的万家人，噼啪啪的鞭炮声喜迎祥云般的金猴年。宋清平恭祝您及家人：丙申猴年幸福满多！从头至尾重读数遍，感觉比较准确地抒发了农历旧年最后一天的心声，对新年的期盼与祝福不言而喻。确定无误，按照通讯录十人一组，逐一发送。祝福的信息架起爱的桥梁，她在这头，亲朋在那头，彼此的情谊在桥上！祝福送，心顺遂。

五点钟不到，年夜饭开始了。只能说是年饭，距离夜远着呢。午饭吃了才不久，她完全没有胃口。举起茶杯，以茶代酒，公婆哥嫂侄儿依次敬过，就坐着看他们推杯换盏把酒言欢了。三代同堂，公公言语间心满意足，婆婆嘿嘿地笑着吃喝着，二老身体不错。哥嫂在市区为侄儿买了新房，生活都在朝着希望的方向加速度前行。生活真叫人留恋！

儿子和她一样，没吃多少就打声招呼下桌了。母子俩走到院子里，太阳还没下山，夕阳无限好。她邀儿子去田野散步，儿欣然应允。母子俩手拉手出了院门。

放眼望去，辽阔的长空下袒露着无垠的田野，初春的田间地头主打黄色的基调，原野苍茫。地里有些不甚起眼的绿色小苗，刚刚冒头，后来从大嫂那儿得知那是小麦。这真是希望的田野啊！母子俩沐着夕阳，踩着窄窄的田埂路，漫步在广袤的田野上。风儿阵阵吹过脸颊，送来凛凛寒意，心神一机灵倍爽。很自然与儿谈起学业与前途。她说：你现在那么贪恋手机小说，真叫人揪心。怎么也想不明白，一部手机怎么就绑架了你和一众人的青春了呢？你们都生活在虚拟的世界里而脱离了现实生活。他人杜撰的网络小说轻而易举就俘获了你，让你对活生生的现实生活失去了热情，这种情势多么可怕呀！你好不容易走到今天，千万要珍惜这得之不易的机会。你站在这样的平台上，只能去追求卓越！任何的懈怠都是玩物丧志，都是对学业和前程极不负责任的行为，都是对自己极大的犯罪。你要规划好英语等级的考试，赢得学分的优秀等级，将来选导师和深造，成绩是最重要的参考指标。现在的每一步都是为他日添砖加瓦添彩增色。你心中要有数，稳健地走好每一步。儿子淡淡地应着，表示记下了，表示不会因为手机影响学业。她委婉地问：你在外想家吗？儿子笑。她说：那就是不想。儿子憨憨地笑说：网上不是说嘛，人在他乡想家想爸妈只有三种情况，要么生病要么缺钱要么不如意。这些我都不会，我过得挺好的。所以……她没让儿说出“所以”后面的话，接口道：你过得好，我和你爸心安了。默默极目远望，太阳的余晖已然在西天边晕开大片大片橘红，一片一片树林掩映在田畔暮色之中，呈现淡薄的微红的剪影；风过处，树梢轻轻摇曳，宛如呢喃絮语祝福新春。烟花在朦胧的树影间相继绚烂，这儿一片，那儿一簇，像一群一群的繁星在舞动，空旷寂寥的原野倏忽间热闹起来。暮色重重天地阔，母子俩吮吸着原野的芳香，两只手紧紧地拉着，都不再感到风寒，俨然顶天立地。背转身，朝着灯光的方向走去。

除夕，傍晚，田畔，夕阳，暮色，剪影，漫谈，这些与大年三十相关的词汇，一时间都幻化成一片温暖的橘红，随猴年新春沉入她心深处，天荒地老，经年不忘。

2016年2月13日

新春闲话三姐妹

猴年新春初一，一家三口驱车回她娘家，拜望老妈和一众亲友。回乡之途坦荡无垠一点磕绊没打，午时12点半便顺利抵达。

大年初一是二姐的生日，生于“文革”动乱年代的二姐便有了一个寄予富足生活的名字“丰年”，走过贫困的年代，今天的二姐靠着勤劳真的过上了丰足的日子。也正因为大年初一这个特殊的日子，老妈和大姐一家早早都来到二姐家为二姐庆生。儿他爸直接把车开到二姐家楼下。儿一见外婆就情不自禁抱住老人家，半晌没有松开，几乎是环抱着外婆有说有笑走进二姨家。

二姐穿着围裙，在厨房里安然地掌勺。长长的灶台上大盘小碟琳琅满目，看得她眼晕。二姐倒是不急不躁气定神闲一副掌控全局的模样。这哪里是今日过生日的寿星，全然倒过来了，成了不折不扣的全家服务员。她心下暗忖：要是生日都这样过，她祈祷永远不要过生日。一天下来，累个人散架。可是二姐似乎不觉得累，心宽体胖一脸笑容还加满面红光，里外透着对生活的满足。她悄悄走近二姐，把一个祝寿红包塞进二姐口袋，轻轻说：生日快乐！二姐嗔怪着笑纳。多年来，只要大年初一她能如期回到娘家，都会真心真意为二姐奉上一个红包，由衷献上祝福。二姐夫也没闲着，忙着待客，张罗东张罗西，间或为二姐打下手。

二姐夫是个当下少有的爱干净的男人，除了操心怎么把日子过好，就是在家里像个侦察兵一样查找蛛丝马迹的凌乱，不间断收拾，把家里捯饬得一尘不染。大男人，蹲在地上用毛巾擦地犄角旮旯也不放过，一天要拖数遍地，干净繁琐到二姐常常觉得不能忍。二姐夫近乎洁癖的生活习惯，可能源于他年轻时当过兵。他抽点烟喝点小酒，就觉得日子赛神仙了。他从二十几岁成为她二姐夫到现在就没有任何嗜好，不会打牌不会打麻将，这点倒很像她们家人，因为她们家祖祖辈辈延续至今都保留了一个好传统，与牌和麻将绝缘。当然他也不读书不看报；最不可思议的是手机短信不会发；家里三台大电视，他也熟视无睹，他说不喜欢看电视。他生活在自己的世界中，不关心这个日新月异分分钟都在变化的世界，对这样的二姐夫她也是无语了。她常想，二姐夫的精神世界是寂寞苍凉的，几乎没有文化生活。一人一个活法吧，不理解但尊重他的活法，只要他对二姐好就行了。二姐虽说书读得不多，却不影响对生活的情趣和对美的欣赏水平。家里的装修，都是二姐一个人的手笔，简洁大气雅致。二姐上班再累，回到家也要看看电视散散步跳跳广场舞。二姐织毛衣的水平一级棒，花色搭配款式之潮针法之精都凸显一个女人的独到领悟。倘若二姐当年能够把书读出来，今日的二姐一定会过着优雅的生活。

相对于二姐，大她四岁的大姐是一个讲究生活质量与品位的知识女性，是一个被大姐夫宠爱半生的幸福妻子，是一个紧跟时尚与时俱进热爱生活的快乐妈妈，是一个把老妈生活安排得妥妥当当舒舒服服的孝顺女儿，更是敬业乐业桃李满门备受学生和家长信赖的好老师。其实，早就想写一写大姐，只是离开家太久，只有每年春节短暂一聚，对于大姐也疏离了，不敢轻易动笔，怕难以写就其真实生活的百分之一，让其见笑。对于大姐，还是她青春年少未离家时的印记更为鲜明。那时的大姐就是她依恋的对象，走哪她都跟着，不折不扣一个小跟班。大姐是家中老大，名副其实，呵护着两个妹妹和最小的弟弟。记忆最深的是，无数个夜晚，大姐总是紧紧搂着她睡觉，那份温暖与踏实至今难以忘怀。大姐是三姐妹中唯一考上大学的人。大姐的努力与不服输改变了个人生活的轨迹，也赢得了同学之一大姐夫一生真挚而浪漫的爱情。每逢春节见到大姐，总觉得她数年容颜不老，一颗依然青春的心鲜活而有张力。这个春节，她和大姐在一起漫步谈心，前所未有地觉得心心相印。谈及儿女们的学业前程与个人问题，谈及老妈的晚年生活与目前身体仍旧健康的安慰，谈及家庭的温馨与事业的忙碌充实成就感，谈及两人都熟知的友人的不俗发展与老屋街坊旧邻的近况，谈及女性到了这把年岁更应多关爱自己的诸多事宜，倍觉心意相通相谈甚欢。大姐没有忘记她的本命年，早早特意为她选购了一款质地不错的大红色内衣，送上最贴心的祈福，让她由心底生出温暖。谢谢大姐！大姐最让她佩服的是热衷做新事物的引领者永远跟得上形势：有歌厅舞厅的时候，大姐喜欢唱歌跳舞；有手机的时候，大姐像小年轻一样成为拇指一族；有淘宝的时候，大姐把网购进行得风生水起；有微信的时候，大姐自然和朋友们微信频传。去年，已过知天命之年的大姐，竟然报名学习了驾驶，一拿到驾照就把车呼呼开上了高速。正像大姐曾经感叹的那样：自己是适合在大城市生活的！这些都只能证明大姐的“潮”，大姐对待工作的意志力却更为值得赞叹。大姐大学学的是史地专业，毕业后执教高中地理。后来决意更弦易辙改教英语。大姐像拼搏高考一样学习英语，背英语大辞典，钻研语法，训练口语，笔试口试答辩，一关一关闯过来，拿下英语专业的本科文凭，半路出家历经数年，成为县城最具影响力的英语名师。大姐对事业的执着令她咂舌自叹不如。有趣的是，大姐的“潮”，正是她的“慢”，比如她用手机好多年只会接打电话不会发短信，大姐曾笑她拒绝接受现代化的通讯技术；她不喜欢到歌厅舞厅，只因她不喜欢太过热烈的场所；网购硬是到现在也不会，源于她不相信网上商品的质量；驾照拿了六年都换过照了，还是不敢在高速上一试身手。比之大姐，她在很多事情上的心态和观念俨然是老旧的。她常常觉得，她虽然生活在城市，却仿佛城市的隐身人，进了家门就不想动，不是万不得已，她能窝在家里许多天不出门，城市的许多地方她也没去过，一丝想去看看的意念也没有。她甚至想：有电视看，有书读，有电脑写文章，即便移居深山老林，她也可以乐天生活。她这是怎么了？难道真如老子所曰："大隐隐于朝，中隐隐于市，小隐隐于野。"她居然有这样的境界和情怀？说出来可真要贻笑大方了。

大年初三的傍晚，大姐邀她和老妈一起，沿着新开辟的杭北干渠散步，让她耳目一新，眼前一亮。一直走，但见来来往往散步的人很多，就没记住这条干渠纵贯了几条大马路，只觉得游龙一样好长啊！显然这条干渠将要成为故乡这座小城由城东向城西拓展的主干渠。初春的杭北干渠水流淙淙，河水清澈碧绿打着卷儿，一拨一拨浪花在夕阳下撒着欢儿惹人喜爱。河岸大部分地方都建有绿化带，偶尔裸露一处水泥台阶直通河面，有人在水泥台阶上铺开衣服，蹲着在洗衣服，用棒槌一上一下捶打着衣服，再放到河水里清洗。她不禁慨叹：多少年没有这样洗衣服了。多么熟悉亲切啊！虽然这种举动不利河水水质，所幸流水不腐嘛。沿河看去，河岸绿化自成章法，水泥方块、石子小道穿行其间，假山树木掩映其中，吊桥石桥造型各异横贯河岸，柳树成行密匝分布于干渠两岸，想必春夏时节垂柳依依临河梳妆叠翠流金不胜娇媚呢。休闲广场上热闹喧嚣，老人们下棋，大妈们跳舞，情侣们亲亲热热你侬我侬，闺蜜们窃窃私语笑声清亮，孩子们坐上电动碰碰车高兴得手舞足蹈。流连于此，似曾相识燕归来啊！一种乡情轰轰烈烈油然而生。暮色降临，鳞次栉比的高楼大厦宛如星星点灯同时绚烂，故乡瞬间成为不夜之城，流动着蒸蒸日上的鲜活气息，颇显大城市之风范。故乡也是实至名归了——舒城，舒服之城！亲人们在此生活将会更加舒服。她心里那个欢悦啊！不久，大姐的学校也会迁往这里；大姐的新家也即将在这里落成依水而居。生活，真是孕育着说不尽的希望和惊喜！为生活而歌！

与二姐聊聊家常，平淡中自有质朴；与大姐既聊家常更进行精神层次的交流，何其所幸！三姐妹，性情各异，但都勤劳善良坚忍不拔乐观生活孝上慈下。中国历史上有著名的宋氏三姐妹，皖西舒服之城也有正能量满满的寻常百姓——宋家三姐妹！为她们祝福！

2016年2月17日

5 / 喜儿长成

你从一个襁褓婴孩长成一个风华青年
你从一个懵懂孩童成长为清华学子
我陪着你长大看着你成长
那样美好

儿，离别前我想对你说

儿：

当你读到这封信的时候，你已登上了北上的列车，或已抵达清华园，即将开启崭新的大学生活。一生中最灿烂明媚的生活篇章就此展开。生活是多么眷顾你呀！妈妈祝福你！

同时，我却又是多么黯然神伤！你奔着美好的前程去了，也即是我们母子伤别离了。我们母子此生的情缘尽了。我怎能不伤心。怎能不泪往心里流！可是，我又能如何！我岂能剥夺你出去看世界的权利和自由！岂能牵绊你闯世界的脚步和可能拥有的大好前程！这就是一个母亲迟早要面对的现实！我又岂能幸免！昨日下班的路上，春天罕见的大雨，瓢泼一般，强劲地打在车窗上，雨刮器以最快的速度刮着雨，驾车的视线还是模糊的。而车内握着方向盘的我，早已忍不住泪水横流……我唯有在伤悲中幸福着，默默地自我消化着。

除此以外，我还是想做一件事。那就是写一封信给你，把想讲的、该讲的都再讲一遍。不要烦，这是妈妈必须做的。你就再耐心地听一回吧。

儿，这辈子，妈有你这样一个儿子，足矣！17余年的朝夕相伴，看着你一天天、一月月、一年年长成今天的模样，特别是学业、素养、秉性的日渐完善，我是何等的欣慰与高兴呀！在这些岁月里，我们母子建立了亦友亦亲的良好关系。我们一起看了那么多场电影，体会着共同的感动。我更是固执地收藏起每一场电影票，那是我日后回忆你我欢乐时光的温馨一页；我们一起逛新华书店，搬了那么多书充实我们共有的书柜；我们一起在茶楼喝茶，在必胜客、麦当劳、肯德基、口福汤包、永和豆浆等店，共享美食；我们在晚饭后听着音乐，相拥着在客厅来回踱步；多少次上学前、放学回到家后的轻轻拥抱；多少个夜晚临睡前的柔柔一吻……也曾，你陪我逛商场，为我选购衣服、帽子。你对我说别舍不得花钱，趁着还能穿出点样子的时候，喜欢就买；我腰疼痛不能起身的时候，你跪在我的床前，给我喂饭；你高一时去安大参加生物学联赛，为我选购的太阳帽，作为母亲节的礼物送给我，我一直挂在衣橱里珍藏。太多的记忆，在这一刻是那么清晰地浮现在我眼前。人说女儿是贴心的小棉袄，养儿如你，我心暖着呢！有你相伴，多么快意呀！我们甚至在一起谈起成长中的敏感话题，一点没有尴尬，竟是那么自然。

这些年，妈妈有诸多不能让你满意的地方，但妈妈真的是尽力了。生活上，为你准备每一顿早餐，尽管都是些最简单的吃食，可能不是你想吃的，但早上的时间太过匆忙，妈妈只能准备下这些，请别怪妈妈；有时，你也嫌我烧的菜不好吃，但那里面全是妈妈的味道——爱的味道呀！学习上，妈妈早已跟不上你的脚步，但妈妈自认为是称职的。为你搜集各种学习资料，准备各种你需要的东西，为你出谋划策，及时为你分忧，排解你思想上的压力。每一个夜晚伴在你左右，送上一杯水，递上一个苹果，让你觉得你不是在孤军奋战！陪你赴河南、去北京培训，大赛前陪你在附中看书，陪你去安大、武汉比赛。当然在这个过程中，也少不了因为你的瞌睡而与你斗嘴，惹你生气。可不管怎么说，一路上磕磕绊绊，有笑、有怒、有怨，但我想，这些都已经成为最美好的回忆。

接下来的文字，将是我想对你说的最重要的话。戈，祝贺你学业终于圆梦！但这只是梦想实现的第一步。最终要实现辉煌的愿景，要看你在清华园怎样努力和奋斗了！杰出的人都是因为有超凡的理性！妈妈相信你有这样的自制力，也有这样的毅力！在高手如云的精英圣地，要想脱颖而出，该怎么做，你知道的！妈妈只想对你说：到什么时候，都别忘了最初的梦想！

戈，妈妈不得不对你说出我最担心的事，也是爸的心结。不知道你从什么时候迷上手机，夜晚不睡觉都看电子小说。这件事，几次让我与你大动干戈。伤害了眼睛视力，睡眠得不到保证，直接影响白天的精力与学习。儿，无可否认，这是一个电子产品大行其道的时代，上面的许多东西对你们这样的年轻一代具有很大的诱惑力。但，儿子，你说现在都市的大学生又有几人没有手机和电脑？可这些东西归根结底只能运用到辅助学习上来呀！万不可贪恋这些东西，荒废了学业！玩物丧志啊！希望你此后能正确认识它们的用途，把它们作为帮助学习的工具。一个精英，永远知道自己的使命！明白自己需要什么！

戈，网络虽说是一个虚拟的世界，但却是一个包罗万象的社会。上面有好的内容，却也藏污纳垢。作为一名清华学子，妈妈希望你能健康上网，汲取你需要的养分，剔除毒害身心的糟粕！

一直以来，你在妈妈的身边，听着妈妈的唠叨，有厌烦，但却有庇护。此去远方求学，你真正要独自面对这个世界了。你的善良、谦逊、礼貌都是美德。但你也有不足的地方。希望你谨记：偌大一个中国，有缘成为同学，那是怎样的机缘！又恰巧能成为同一个宿舍“睡在你上铺的兄弟”，更应该精诚团结，互帮互助。社会空前多元化了，但你们这代人大多是家中的独子，难免有以自我为中心的同学。什么性格的同学都有，宽容是最好的法宝。切切谨记：只有父母是最容易原谅你的人，外面的任何人都难做到。希望你和同学处好关系，特别和室友更要处好关系。这一点很重要。希望你永葆一颗平常心，不以物喜，不以己悲！真诚处事，低调做人，慎重交友。平安地度过大学时光，奋斗之梦才有依托！

儿，在家千日好，在外时时难！没有了爸妈的呵护，全靠你自己了。这是成长必须要经历的磨难。只是你的这份经历来得稍微早了点。妈妈再唠叨几句。学习和生活一定要有计划。科学的作息时间表，有助于规律地学习、休息、娱乐；积极投身于社团活动，锻炼自己的各方面能力，提高自己的情商；改变不运动的习惯，走上运动场，打打球，既健身又瘦身，还可以收获别样的友情，活出青春风采；把口琴练好，娱乐生活；听听歌、唱唱歌，丰富学习生活；多去图书馆，专业书、文学书，多读书多了解世界，才能有博大的胸襟和广阔的视野，让自己成为一个有人文素养的理科男。上好每一节课，学好每一门学科，自律自强，勤奋不懈，让大学预科学习成绩名列前茅！儿，把这段时间的学习，看作是正式上大学吧！万万不可懈怠！你的高效学习方法，严于律己，不甘平庸的学习态度和作风，希望在清华园发扬光大！你是有追求的。强强相遇，奋斗不懈者胜！

生活上，别太节省，想吃，吃；想喝，喝。有一点，一定要注意饮食卫生，食品的保质期很重要，看清楚了再买。注意保暖，适当添减衣服。保管好自己的钱物。养成严谨的生活习惯，注意个人卫生，勤剪指甲、勤洗澡、勤换衣服；别养长头发，白头发就不会太显眼。内衣一定要自己洗，外面的衣服可以送出去洗。

还有一个话题，在此一并提一下。大学期间，若能遇见好女孩，看准了就下手。前提是人品第一位，要善良，不虚荣，乐观向上。美貌与智慧并存就锦上添花了！我知道你现在对这个话题毫无兴趣，但妈妈希望，当那个怦然心动的瞬间不期而至时，别错过！

儿，你将迎来全新的学习和生活，前面一定是精彩纷呈的世界，以你的努力、踏实、智慧、才情，去拥抱它们吧！无限美好的明天一定属于你！

别辜负了昔日的奋斗！别辜负了金牌！别辜负了清华！别辜负了青

春！别辜负了此生！倘若这些文字能给你有些松散的心带来一丝提醒和温暖，我便心安了。

祝：行程顺利！快速适应新生活！

挚爱你的妈妈

2015年3月19日

重读《与儿书》

重读《与儿书》，感慨万千！那一段冰火两重天的日子啊！

与儿书（一）

你最近阅读的电子书籍，从2月23日至2月27日，分别是《万吾之零》《魔法旋途》《楚王妃1》《异世之迪鲁兽》《重生之暗精灵》《伴君》《伴君2》《坏坏表弟》《凤霸天下》《伴君1》，这只是最近的十次，前面还有吗？

原来，我之前怀疑你在公交车站发短信，纯属误断。那么，我有理由猜测：长时间在卫生间不出来，也在做同一件事吗？最近也比较爱坐公交车了，抓紧车上时间吗？上课时，是否也偶尔为之呢？果真如此，就太可怕了！

从一直不愿带手机，到最近天天装着手机，果然藏着玄机啊。一个人一旦突然改变惯常行为，一定是有问题了！

上床时已是深更半夜，再看电子图书，严重影响视力，睡眠时间还剩多少？白天的学习又怎能得到保障？我不想上纲上线，健康受损，精力受损，与你何益？与梦想实现有何益？

你若想休闲，我不反对，书橱里可供你阅读的书何其之多！为何要以这样的方式偷偷看书？可能你也知道时下这样的行为不妥吧！

4月13日，5月11日，这两个非比寻常的日子，正在飞着向你跑来，你将以怎样的姿态迎接它们呢？是倾情忘我热烈地拥抱？还是泪水含着悔恨地擦肩？怎样的付出，就有怎样的结局！

爸爸妈妈生你养你都是尽父母的义务和责任，无须你对得起或者对不起。

只要你觉得对得起自己，对得起已经付出的辛苦，妈妈也没什么好说。

我只是觉得：寒窗多年，天赋、实力、目标，这些成功里的元素，你已经有了大半。那么，最重要的一步，就是你付出多少真实的行动！你是有追求的，但这不能停留在精神层面，必须以坚持的力量作为基石。到目前为止，学校、老师、同学以及所有知道你的人，对你的称赞，那都是你努力的结果。这些暂时的成绩与你最终目标的实现，还有一段艰巨的路途。余下的路，经不起懈怠，经不起三心二意！机会失去了，不再来！

奋斗路上最可贵的品质之一，就是把握当下，一切为现阶段的既定目标服务！一个成功的人，一定有超越常人的心性和意志！妈妈相信你是这样的人！前程是你自己的，人生是你自己的，好好把握吧！

如可能，妈妈力荐你看一本书《在痛苦的世界中尽力而为》，相信俞敏洪的求学、创业之路会带给你力量和启迪！妈妈祝福你！“祝”是我送的，“福”是你享的！

2014月2月27日

与儿书(二)

儿：

妈妈自回家之日起，每时每刻都挂念你的学习、身体、精神状态，唯愿我儿扎实进取，一飞冲天！

妈妈觉得你的睡眠时间得重新分配一下：中午午休1小时，分1小时给学习。建议把午饭推迟到12点后吃，这样你可以多在教室里看会书；晚上12点睡觉，早上7点起床。一天睡8小时，足够！克服起床气，到点立即起床，任何拖沓都是耽误时间，影响学习！

关于学习：把实验做好，不会的要及时问，私下多练习，可让老爸帮忙；以前培训的课件不能花太多时间，还是要以书为主，千万别脱离了书这个根本！带去的试卷、精英教案上的题目一定要合理安排，把它们做完！做实验别忘了理论！平衡好，取得学习最佳效益！妈妈相信你有这样的能力！

心理状态：羡慕别人牛，不如让别人羡慕你强！怎么办？下苦功！抢时间，争效率！没有时间作为保障，是空谈。上课的时间大家都一样，怎么把课余时间多抢一点出来呢？这才是本事。少睡觉，少做无用的事，雷厉风行！贵在有紧迫感！有毅力！

你的镜子：凌展全国夺金！徐唱很勤奋，他一天花在学习上的时间比你多。现在想来，他能够在这么短的时间里，突出重围，后来居上，不是偶然的，除了方法好，跟勤奋不无关系。还有很多一起培训的学霸。

妈妈祝福你：每天保持快乐心境！心态决定成功！

每天有时间紧迫感！

每天高效学习！

你既然选择了它，就要不遗余力！想想成功的那一天！

一丝一毫的懈怠都将成为胜利的绊脚石！不能够！

（此时儿在河南师范大学培训，离全国决赛还有35天。孩他爸陪同，我回芜。）

2014月7月14日

心念一转　留下此条

2012年4月12日是儿初三五模的第一天。

昨晚儿睡得很迟，已过零点，在我一遍一遍快休息的催促声中稳若泰山，不肯睡觉，且整个晚上表情凝重，一双缺觉的眼睛熬得像极了兔眼，学习的潜心与专注几近抓狂。他的状态向我传达了一个信号：志在必得！我切身感受到了那份力量和沉重，暗自心痛。我深知初三以来每一次模考对他的重要性，他是想通过一次一次名列前茅的成绩，提前拿到保送重点高中理科实验班的名额。这份强大的动力本身是好事，可以推着他不懈前行。可我担心他弦绷得太紧，压力过大反而事与愿违。

昨天下班前，我接到学校要参与评选省优秀党支部的紧急任务，申报材料今天上午八点钟就得交。一声叹息：事儿都赶一堆了，忙得脚心踩脚背！为赶写材料，待儿上床睡觉后，我竟在电脑旁坐了一夜，毫无困意，却是全身发冷。所幸终于在天光发亮之前胜利完稿。事有不凑巧，熬了通宵的我偏偏今天又被安排带班春游，清晨六点前就得到达学校集合。不能为儿准备早餐了，更不能在他醒来后实实在在地为他鼓鼓劲，心意难平。仓促洗漱，看看熟睡的儿，心念一转，拿起纸笔，留下此条。期望他早上一下床就能看到，助他考试一臂之力！心下足矣！

戈，我亲爱的宝贝：

一个好心态／一份小自信／当前对你最重要／抛开烦忧，丢弃焦虑／别让它们阻塞了你的智慧／心无杂念，全力以赴／这就够了／不论怎样／你都是爸和妈的好儿子／我们爱你／早上一睁眼／好心情开始！

一夜未睡的妈妈

留言于2012年4月12日早上5:30

同学录这点事

戈，宝贝：

“同学录”一事，你自己看着办吧，继续网购或去店里买，随你，妈不干涉。只是，你今天的表现让妈有些小失望：开心看完电影，就因没买到你心仪的同学录，就不言不语冷着一张脸！好好想想，你这样做对吗？长久以来，妈妈基本上都会满足你的要求，只要这要求还算正当！千万别因为如此，反而让你不珍惜这份宽容与理解！我的儿子不应该是这样的！

其实，你现在仍处于重要阶段，即便你已被附中提前录取！但中考仍很关键，不会因为你的被保送就冲淡了它的分量，因为这更能衡量一个学生是否具备坚持学习的好状态，是否能做到不骄不躁。附中会高度关注中考成绩，三中更会关注！相信你自己也不会就此停滞前行的脚步。我知道你对自己要求很严，胜于我们对你的要求。我不想你这个时候因为一些日后看起来不足挂齿的小事而分散了精力耽误了学习！还有，同学录是用来记载珍贵的同学之情的，同学留给你什么才是最宝贵的？并非同学录漂亮的外壳。你说呢？要我说，你有那么多好看的本子，选择其一，一个同学写一页，就挺好。也方便保留，还节约了成本，是不是呀？道理需要你自己去悟：内容和内涵才最重要，表面的风光只不过徒有其表！期待你明白。

最后想说，长篇小说还是中考后看吧，那样定心定意，看得才过瘾！妈妈愿意看到你每天都开心、快乐、笑脸迎人！

爱你的妈妈即日留言

后记：

今天是2012年5月13日，星期日，母亲节。下午，我带着老母和儿子看了一场电影《追凶》（应儿之想，他喜欢惊悚片）。后在大润发超市没买到儿满意的同学录，儿遂面无表情，好兴致荡然无存。之前，他在网上选购了一款，不知为何订单被取消。我和儿爸均对花费53元购买一本同学录颇有微词，认为太过浪费。故留言让儿一读，看后思量，再作打算。他怎么做并不重要，要紧的是要明白道理：钱要花在得当处，不该浪费就别浪费！不能把父母的爱当作迁就而任意消费！体谅父母，心怀感恩才是最大的美德。

晚饭后，儿主动洗了锅碗。随后我和他又做了一番沟通，共同回看了他的小学毕业同学录，欢声笑语充盈在房间……

暑期三味

戈，我的儿：

暑假一晃快过去一个月了，这期间发生了许多事，早想动笔记下它们，以期日后留下一些回忆，尽管这其中五味杂陈。

先是你中考被谎报了一把“全市第一”的军情。当时乍一听，没觉着是多大喜事，只是猛然间听说感觉不真实。待那日下午，你从学校一进家门，第一句话就是：老妈，第一不是我，是……心下释然。干吗一定得是第一呢？可我的心还是被堵了一下，仿佛塞上了一团湿棉花。正像后来你爸说的，有些东西有了并不觉得有多好，但一旦失去甚至根本就是虚无，确是说不出的难受。别看你爸平时风轻云淡，貌似什么都不太在乎，其实他和我的心永远是连着的，只是我们的呈现方式不太一样罢了。当晚，你通过电话查询，得知是三个七，777，一个吉利的数字！因为前面的被忽悠，我要眼见为实。直到次日我在网上亲眼见到才信以为真，依次为：语文140分，数学150分，英语148分，理化150分，政史140分，体育加试49分。遂心安。全市第五，也是不错的成绩，与第一相差5分，其中1分是体育。文化课满分750分丢失22分，输在政史，遗憾不大。此次我最满意你的语文成绩，考了高分，可喜可贺！妈妈有信心帮你在高中阶段继续提升语文素养！

中考成绩一出，对你的祝贺与赞美之声不绝于耳。可我在短暂受用的同时，不免为你后面三年的艰难战斗而忧心。不出大的意外，你的学习习惯、方法、毅力与不允许自己输的心态已经成型。可我并不希望你读死书；我希望你多融入集体，锻炼自己情商方面潜在的特质，这样你会更有自信去奋斗去拼搏！妈妈希望你通过和更多优秀的同学接触，多关注社会大事、人间百态，能用头脑去多想，多分析，提高自己认识事物的水平。希望你多一些善良，多一些宽容，多一些感恩，多一些帮助他人的举动。如此，你一定会更阳光，更快乐！人是社会的人，人人为我，我更要为人人，这才是一个有美丽人格的人！

你上了附中工会班举办的高一衔接班。每天你都在学校完成了作业，回到家就与电脑为伍，这让我很不安。一则伤害眼睛，二则上了瘾那可不是闹着玩的。想想你白天都在学习，晚上在电脑上看看电影、动画片，听听歌，与同学聊聊天，也无可厚非。但凡事都有个度，这个度把控得好与不好，将很大程度上影响着你学业目标的实现。再迁就你一些时日吧，等我从厦门回来，将督促你好好复习，迎接进附中后的摸底考试。

前几日的一个晚上，大约八点多一点，我一个人半躺在床上看电视。突然间感觉床晃动了一下，极快的一瞬间便恢复正常。“地震”，一个念头倏忽一闪，便又沉入剧情中没有多想。紧接着，陈海生大伯伯打来电话，问我有无感知到地震，我才惊觉刚才床抖并非幻觉。我随即天马行空不着边际想了很多很多缥缈却又似乎离现实很近的事。

23日去学校值班，爸开车送我。在芜宁路立交桥上，看见两车追尾，突然就想若是哪天我和爸一起遇到不测，我的宝贝你怎么办？家里一些关键的事你还不清楚，到时会很麻烦的。其实，类似的事我曾数次考虑过，我是个多思多虑的人，这一点改不了。忧患意识太重，固然活得累，但也会有积极的效应。我常常在最快乐的情境之下没来由很煞风景地会想到最不好的可能，然后思忖着应对的良策。居安思危可能说的就是我吧。中国人“生于忧患，死于安乐”的古训在我的精神世界最能体现。那晚你回家，我在房间拉着你絮叨了很久。你笑我太多虑，把世间最微小概率的事都想到了。我的儿，你知道你是我和爸一生一世最大的牵挂。我想你已经长大了，该让你在专注于学业的同时，了解家里的大事小情。我把家里的一切一切你不曾挂怀的事情一一相告，嘱咐你牢记。如此，我可以放心了。

儿，也许你将来很优秀，不需要我和爸的资助。可将来的事谁又能说得准呢？我和爸还是想现在能攒一点就攒一点，以备不时之需。防患于未然总是好的！

昨晚，我们俩又去看了一场电影，《笔仙》，算是恐怖片了。想来这些恐怖片看了没有积极健康的影响，还不如多看些好书呢。真不知道这些导演、编剧是怎么想的，创作这类除了能给人短暂刺激确是于人无益的电影，偏偏就有你这般的孩子喜欢看，我也是无语了。昨晚也小逛了一下新华书店，几本大书进家了，也算是一种补偿吧。

儿，老妈就这样陪在你身边，与你同进共退，并肩作战，让你衣食无忧，陪你精神消遣，做你心灵密友。你快乐，我快乐；你痛苦，我帮你化解！

2012月7月26日

你的青春，我们一起看电影

那天，当我打开厚厚的名片本，小心翼翼一格一格抽取电影票时，仿佛它们就是窗外金秋高蓝的天空投下的淡淡温柔阳光，缓缓地在心头漾开。我把这些包裹着浓浓亲情的两张一折叠的电影票一一铺开：有蓝白黑相间的，有黄白黑相间的，有白底玫红相间的。看着一张张长方形的小纸片，我仿佛听见一声声老妈我们看电影吧；仿佛感受到那双渐渐长大的厚实的手牵着我掌心的温暖；仿佛耳畔传来一阵阵轻轻地呢喃：啊，太好看了！好搞笑啊！太感人了！我怀着虔敬的一颗心，慢慢地阅读这些承载着一个少年在妈妈陪伴下走向美丽青春的小纸片上的信息……可是，我呆住了！好多纸片上只剩下华亿环球影城、橙天嘉禾影城（芜湖）的字样，油印的日期和影片名字却在空气里挥发了，任凭我怎样看也看不出一丝痕迹！我不禁为自己的大意而痛悔！我视若珍宝的一段记忆就这样被时光偷走了，我是多么沮丧啊！静默良久！所幸有一些电影票上的信息是完整的；我凭着火眼金睛，透视到些许蛛丝马迹，成功捕捉出一些票据上依稀残存的信息，又添一丝欣慰！

细细数了一下，从你刚刚触摸到青春的气息直至你远离我步入象牙塔，六年的时间里，我们一起看了七十余部电影，平均一年超过十部，一月一部。恰在这些岁月里，吾家有你渐长成！恰在这些岁月里，是你追梦学业圆梦学业的宝贵时光！恰在这些岁月里，你的三观你的情感世界你的个人喜好也逐渐成形！而我，你的老妈，却在看着你一天天一月月一年年地长成高大挺拔的阳光男儿时一年年一月月一天天地老去！我强打起十二万分的劲头，有时立在你面前教导你；有时伴在你左右像个老朋友聆听你们的故事；但更多的时候却是站在你背后，悄悄地注视默默地仰望！这些电影票，流动着你的青春我的渐老。然而，在我心里，它们寄托着美好的回忆，这也是我当初突发奇想留下票根的原因，还给它们安了名片本这样一个家，源源不断地加入新成员。

寻着记忆的足迹，最早的一张电影票是2009年10月8日的《建国大业》。那时你刚上初中一个月，还是个没够着青春一手指的稚嫩孩童。影片中很多的历史大事件和政治人物对当时的你而言确实距离远了点。我依稀记得看完电影后，我和你絮絮叨叨讲解影片中的人和事，讲解那个风起云涌的大时代，希望你懂得今天幸福生活的来之不易，鼓励你读一些历史书籍。后来，2011年6月16日看《建党伟业》时，你已不再那么懵懂，对党的建立，对历史上的很多人都有了自己的认识和理解，这固然与你学习了历史课有关，更与你的阅读、积累和领悟分不开。这类主旋律电影通常是应我之邀一起去看的。我特别关注“中国电影报道”中的电影动态，也留意《大江晚报》中每日的芜湖院线，有好电影了，我早早地对你说，然后挤出合适的时间去看。印象很深的是2011年12月18日晚，我们一起看了张艺谋导演的《金陵十三钗》，而那时你正值初三，学业忙碌到昏天黑地，竞争惨烈到白热化，月考、期中考、期末考、模拟考，考试类型多样，排名更新速度快到闪眼。就是在这样生死攸关的时刻，我不管不顾见缝插针穿越荆棘带着你看电影。第二天，我和办公室的同事说起此事，同事笑问：你和儿子看这样的电影，有些情节会不会不适合？母子同看，会不会尴尬？我笑说，都不会！时代在进步，很多事没必要还像我们小时候那样搞得神神秘秘，隐讳反而失当。只要以一种科学的态度来看待，孩子会觉得很自然很人性，一路走来心里都是明亮的。事实确实如此，我和你常常探讨一些青春期的话题，自自然然，没有别扭。没想到高中后你对生命科学发生了兴趣，早早确立了一生学业的主攻方向。有趣的是，现在很多事倒要由你来开导我，普及知识给我。不由感叹长江后浪推前浪，世上新人胜旧人啊！很大一部分电影，我是顺着你的心意去看的，再忙再晚，我都满足你。像青春题材电影、惊悚悬疑电影、外国大片、科幻大片、你喜欢的演员演的电影等。你正式上大学前，我们看的最后一场电影是2015年7月20日的《捉妖记》，我推荐的，看了后，你说好看又感动！小妖萌萌的，善良又勇敢！我们看电影，也曾有很疯狂的时候，一个下午连续看两场电影，过足瘾。愿成心悦，学习事半功倍。

看电影的故事里，定格了一些难忘的镜头。去看电影的路上，你要么拉着我的手，要么揽着我的肩；不知从什么时候起，你总是让我走在靠马路的里边，自己走在外边；过马路的时候，更是紧搂着我念叨着小心点。看电影也常常顺便逛逛新华书店。若是时间宽松，看电影前，必然先逛新华书店，常常是买了书傻傻地抱着看电影，不嫌麻烦不嫌累；去了刚好就看电影，散场后若来得及，也会去新华书店浏览一番，多半不会空手而归。当然，大多数时候，你是不会放过享受爆米花和可乐的，虽然我对可乐这类碳酸饮料深恶痛绝，没奈何你很宽容自己的大肚腩。经常，看电影的那晚，我们会在必胜客、永和豆浆吃晚餐。那样的时刻，我们面对面，柔和的光影里流淌着美妙的音乐，我无心他顾，暖暖地看着你津津有味。我在想，此情此景还有几何？多年后，你是否记得这充满诗意的时光？这一刻，必然是永驻我心的。偶尔，也满足你吃一次肯德基、麦当劳，垃圾食品，能不吃就不吃。好在，你是个听话的大好青年。

看电影，也上演着一些温暖有趣的细节。《亲爱的》是一部“打拐”题材的催泪影片，观影过程中我泪流满面。散场时，你紧紧拉着我的手，很久不说话。走出影院，你在一处开阔地站定，一直看着我，轻轻地说：妈妈，我爱你！答应我，不管我在不在你身边，你都要好好的！一直好好的！我心里一暖，眼泪又滑了下来。你是郭敬明的粉丝，很早看完了小说《小时代》，所以特别关注《小时代》电影系列，我随你走进了影院，走近了年轻一代的校园与职场，友情、爱情与生活，虽说它华丽得近乎不接地气，但确有感人心魄的友情与音乐，看完第一部，你是那么热烈地向我讲解原著中的人和事，甚至鼓动我阅读原著。当然，遇到不甚明了的科幻电影，你就像个导游一样，滔滔不绝地向我解说……对于所看电影的讨论，常常会延续很久，甚至出现在某个不经意的时刻。

你的青春，我们一起看电影。我们看别人的故事，其实是自导自演了一部属于我们自己的经典老电影。我想看，可以随时回放。多年后，你想看了，就请翻阅这篇《你的青春，我们一起看电影》吧，我在这里等着你。

2015年9月19日

一样的月光照着你和我

你去向远方的第一个中秋还是踏着自己的足迹潇潇洒洒藏着夏日的余热风风火火向我们扑来。像是摆出一个姿态，在渐近中秋的几天里，连续的几个夜晚，天空愈发得明净澄澈，蓝得发亮，月亮也一天比一天饱满圆润透亮起来，毫不吝啬把水晶般朗朗银辉洒向大地，洒向每一个固守乡土或身在他乡的心灵，洒向丝丝离愁淡淡别绪……

没有你的第一个中秋，我想你！

设想着在这万家团圆的月圆之夜，你也是对月当空，任思念的心绪随风起舞吧。你可能独立窗前，遥望明月，心潮腾涌，第一次深悟了“独在异乡为异客，每逢佳节倍思亲”的古人情怀吧；你可能一个人流连于夜晚静谧的校园甬道，在月光花影之间摇曳着独立的身姿，听秋叶在风中婆娑悄悄离落的声音，平添一腔对影成三人的落寞与悲壮吧；你可能也像我一样，心下难平坐到电脑旁，把满腹的念想化作千言万语敲击到键盘上，托付浩荡月华捎给我吧。我设想的种种都不是我希望的，因为都太凄凉。这样的夜晚，这样的明月，这样的佳节，你应当过得热闹！让我重新设想：在一轮金黄色的圆月中，你和你的同学们把酒言欢，尽情挥洒青春的热烈、豪迈与壮美！毕竟明月年年有，而大学时代的中秋也就那么寥寥几次，可谓弥足珍贵，应当是和着诗情，跳起激情澎湃的热舞，上演惊艳的荡气回肠的他年想起也回味无穷的华丽剧情。如此，才不辜负秋高气爽中这一轮皎皎明月，才不辜负青春邂逅一场的因缘际会，才不辜负在最美的年华遇见你！

今夜是你人生的第十八个中秋！

你真正成年了！

中午原本想小憩一会儿，为准备节日的晚餐蓄势发力。躺在床上，硬是睡不着。两点钟不到，就操刀备菜。今晚，接我的恩师老两口来家一起过节，我的师母仍然腿脚不便。师母恰逢中秋生日，昨天爱人特意去定了一款生日蛋糕，送上“福如东海”的祝愿。两个家庭两对空巢夫妻！人生七十古来稀，恩师夫妇空巢很多年了，算得上名副其实的空巢老人；而我们的空巢才刚刚开始，正不可违逆地向着老年迈进。想到此，不禁悲从中来。我机械地立在厨房里，慢慢准备着菜肴。渐渐地，便有三碟两盘呈现在灶台上。看着它们，脑子里浮现你的笑脸，浮现你享受美食的如痴如醉，浮现你晚归轻轻从身后抱住我呢喃：老妈，今天又烧什么好吃的呀？心神一回，才知是幻觉。叹息着只可惜了，这个月圆之夜的美食，缺了你的津津有味，少了多少情趣啊。心头一暗，不觉抬头望向窗外的天空。蓝天如洗，太阳当空，虽没有了炎夏狂暴的势头，却也神勇地发散着余威虚张声势，那些高楼那些花树，也被肆虐得褪去早晨的清新显得慵懒缱绻，正合了我此刻疲累微伤的心境。

在相距两千多里的京城，今晚的月亮想必也是高悬中天，照耀着皇城根下的万户千家吧。每一扇窗户里同样演绎着相似的故事。杯杯盏盏里，举箸浅抿中，温暖的絮语荡漾满满的幸福。你栖居的学生公寓也掩映其中，也沐浴着一样的月光流淌着一样的欢乐呀！

不禁联想起你往年在家过中秋的样子。小时不识月，呼作白玉盘，似乎在你身上也上演过类似的喜剧，只是有点淡漠了。少年不识愁滋味，那时的月光你还记得吗？每一年，面对满满一大桌爸妈张罗的丰盛的菜肴，你总是大快朵颐，吃得满脸油光，称心快意。有时刚放下碗筷，肚皮撑得难受也不管不顾要连续作战吃饼赏月，发现无月可赏就兴味索然丢弃月饼。再大些的时候，美味过后，只记得学业了。那动人的明朗月华于你是视而不见的，无知无意亦无心。不禁叹惋：皎皎河汉月，在少年的眼中竟败给了学业失去了光华！

今晚的月光一定会重回你心的。因为这个中秋的圆月于你才是真正应景的。不再有妈妈亲手做的你爱吃的家常菜，不再有爸爸亲自跑腿买回来蛊惑你味蕾的最爱，不再有熟悉的家的味道和爱的浓情。这些“不再有”，会悄悄牵引着你追随明月，唤起心底沉睡的万种情愫，百感交集，伤感亦甜蜜。

青春注定要经历一场一个人的漫长旅程。背起行囊，和故乡说再见只留一个背影渐行渐远，明知道背后有一道凝聚着关怀与不舍的深情目光，然而，前行的身躯并没有回转，也不能回转。你要去向远方，去向心向往之的圣地，那里的月光和故乡一样。

送别老师和师母，我站在小区的马路边，再次凝望这一轮安静的明月，感觉她离我很近，我离她亦很近，仿佛只手可够。瞬间释然！我们的距离纵然横亘着千山万水，交错着迢迢铁轨铮铮路途，但在今夜辽阔的天幕中，已然神奇地浓缩进一轮皓月中。一样的月光照着你和我，我们的心在清风明月中相会了。

2015年9月27日

竞赛之路是这样走成的

选择竞赛科目

2012年9月1日，你作为安师大附中高一（13）班的一员，开启了高中生活之旅。下午一放学，你就兴致高昂地对我说数学老师赠送了你一套奥数竞赛书籍，厚厚的三本，扉页上都题上了刚劲潇洒的赠语。我很感动，打电话给尚未谋面的数学老师，表示感谢，并交流了关于数学竞赛的一些想法。一个星期，你苦苦自学，感觉太难无法进入。你曾不止一次对我说过你对付那些大众化的题目绰绰有余，但解难题能力有限，而竞赛恰恰都是高难度的题目，没有超强的大脑和思维，怕是事倍功半，难成气候。

分析之后，觉得搞数学竞赛对你而言不是明智的选择，千万不能因为数学老师对你寄予厚望而不考虑自身的实际盲目听从舍本逐末。我说你自己一定要清楚，选竞赛首要考虑的是兴趣，然后才是能力。真的有兴趣了，会迸发难以预料的能量。我不希望你把竞赛作为进入好大学的一条捷径来走，上大学以后因为准备竞赛的辛苦而过早厌倦了这一学科，改弦易辙重选别的专业，那竞赛所倾注的时间和心力就是一种浪费。从兴趣出发选择竞赛的学科，若能走得通，上大学后就致力于这门学科，继续研究下去，路途会顺利许多，时间也会节省许多。

几天后你对我说选生物竞赛如何？说实话，在此之前，我对生物还停留在中学时代学的那点连皮毛都算不上的知识，在我心里它就是门副科，虽然在高考中属于理综，那也是小分值，可能有我这种想法的人不在少数。学生物，将来干什么呢？你说，做科研呀。我知道你在读过《大秦帝国》《张居正》《明史》《大清相国》《康熙大帝》《雍正皇帝》《乾隆皇帝》《少年天子》等一系列帝王将相的传记小说后，加之我经常与你分享我所读过的众多的官场、社会小说，你在心中对政治对官场有了厌弃表示成年后不涉足政坛，我极赞成。我想你学有所成，将来搞搞科研或者在高校教教书，活得纯粹优雅从容一些。尽管这些日后的规划我们时常探讨，默契相投，我还是忍不住问你，你对生物真有兴趣？你说有！我说那好，只要你有兴趣，我支持！你的班主任正好是生物老师，你去找他听听他的建议。班主任一听，不敢相信，以为你在开玩笑，竟然说了句：你成绩这么好，怎么会选生物？以往选生物竞赛的同学，文化课成绩都不是很好。你说：从我开始，风水转了。我也以最快的速度拜访了你的班主任，在和他长达两个多小时的谈话中，知道了生物竞赛的流程和难度，知道了学校力量有限必须外出培训，知道了生命科学，知道了拿金牌很难但一旦拿到北大、清华就会现场签约的奇谈。记得那天和班主任告别后，我的心里满满的都是抱定陪你一战到底的决心。后来，就连校长也对此不理解，居然对你的班主任说是他怂恿你选择生物竞赛的，班主任一脸委屈心里乐着呢。你的同学现就读北大的王浩大学霸也曾对你选择生物不理解，说自主招生都不考生物。我的一些要好的朋友也不理解，说你怎么就搞生物竞赛呢？将来就业的渠道宽吗？前景好吗？我知道他们都是好意，但此时我和你的心一样坚定：既然选择了就不后悔！我们都坚信：只要学有所成，一定有用武之地！

文化课与竞赛

期中考试后，快十二月了，学科竞赛终于建组了。选择生物的不到20人，都奔着数理化去了。这时，你已把高中生物必修课本全部看完，班主任开具了所有竞赛书单，买回来几十本又大又厚的生物学书籍，看得我心惊胆战。你却波澜不惊地一句：淡定！

你开始了一边是文化课一边是竞赛的学习，两手都要抓两手都要硬！文化课基本靠课堂，作业也基本上在学校就能完成。竞赛辅导一周两次，周三晚上和周日上午。当时你仍然坚持上每周一次的三个小课：新概念是你从小学五年级开始的，多年都跟着同一个老师学习，词汇量很大，容量丰富，不到上大学你是不会放弃的；英语同步是跟你初中班主任全市有名的高中英语教师学习，你说放弃很可惜也要跟他学习到上大学；物理小课居然汇集了理科实验班所有的学霸，你也不愿意放弃。逢到有小课的晚上，你回家来吃了饭就走，有时回家时间来不及老爸会去送饭给你吃，再回到家已然将近十点。此时还要看生物书，复习预习文化课，岂是一句辛苦所能概括！我说你现在时间不够用，人的精力也是有限的，干脆把小课停了，本来你文化课就很好，拔不拔高影响不大。你天天这样来回奔波，太累。你说没关系，应付得来。就这样，在文化课和竞赛的路上，你坚持着。

我也开始关注北大清华的生命科学，在网上阅读了大量新闻资讯，了解了北大生科院院长饶毅和清华生科院院长施一公，对生命科学有了全新的认知。我也开始在网上搜集下载历年全国生物初赛、复赛、决赛的试题。你的班主任给予了你最大的支持，把他多年辅导竞赛的笔记、试题给你带回家来学习。针对你的实际情况不断地给你量身打造学习计划，鼓励你，敲打你。而我也关注到高你两届正读高三的一方姓同学已于当年八月份拿到了生物竞赛全国金牌，现场被保送北京大学。我鼓励你去找他向他取经。你真去了，一连去了几次，才于一次放学时间在他的教室门口等到他。大学霸学长得知你向他取经，问你有何志向。你口出惊人之语：我想像学长一样！学长半天无话。你要来学长的电话和QQ，说以后有学习上的问题需要向学长请教，请学长不吝赐教。果然没有两日，学长发来信息：附中生物竞赛后继有人了！有问题尽管联系，只要我会的一定相告。原来学长对你这个不知天高地厚想像他一样的学弟做了一番摸底式的考察。你大受鼓舞，后来几次遇到难题甚至在决赛前夕，还向他求教，他真是倾力相帮，谢谢你的这位学长！我也想到一个绝招，在附中网站上把学长拿金牌保送北大的喜报用红纸打印出来，镶嵌在一面镜框里，摆放在你的写字桌上，时时刻刻提醒你：榜样的力量是无穷的！你笑说：老妈我服了你了！我笑说：希望明年夏天喜报上学长的名字能变成你的名字！不止于此，我还在你的房门上张贴了哈佛大学图书馆的20条励志名言，激励你的斗志！尽管你很熟悉了，我还是时常在你困顿的时候大声地读给你听，你会被我夸张的语调和神情逗乐而重新打起精神。不久后的一天，你的房间多处如房门、书橱、床头柜甚至台灯上都贴上了大小一样的方块纸：我要上北大！我当场大笑，仿佛你已梦想成真！

竞赛与培训

时光如飞，转眼到了高一下学期。四月份迎来了生物初赛，你是附中高一生物组唯一进入复赛的同学。五月份的复赛，你在全省高一学生中位列第五，高一就权当是生物竞赛的热身吧。我把全省高一竞赛的成绩打印出来，锁定了高二时将和你对决的高手。暑假，在班主任老师的联系下，你和另外三名同学远赴河南师范大学生科院培训生物，历时一个月，爸爸全程陪同。培训包括理论和实验，你做了大量笔记。在班主任的建议下，寒假我又陪着你去了北京一所生物竞赛的培训机构，进行了为期一周的高强度培训。给你们授课的都是北大、北师大、北京农业大学的教授，全天培训，晚上集中学习，有老师在场。你带了录音笔录下老师的讲课。两次培训，你遇到了来自很多省、市、自治区的高手，对全国竞赛参赛者的水平有了初步的估计。我也乘机和一些带队老师有了交流，得到一些宝贵的经验。我甚至要来郑州一中一位刘老师的邮箱，他后来还传过一些有价值的试卷给我呢。感谢他！又是一年的四月，你迎来又一次生物竞赛的初赛，全市第一。一个月后，要到安徽大学去复赛了。你突然对我说：老妈，这次你陪我去吧。我说：你确定需要我去？你说确定！我知道这次复赛于你而言可谓是决定命运的一搏，倘若进入不了全省八强，就没资格参加全国决赛，获得金牌就是个神话！竞赛之路也就断了，最后也就只能恶补文化课战斗到高三的最后一刻参加高考了。那时正是姹紫嫣红的五月，风儿吹过脸庞都带着明媚的气息，又恰是母亲节，我和几位母亲既欣喜又忐忑地聚首在安徽大学，见证了全省联赛的场面：一辆辆大巴载着参赛的学生，辅导教师带队，许多家长陪同，把安徽大学的校门内塞得满满当当。那次复赛全省近两千考生，八强？多难哪！家长们都带着殷切的希望，叮嘱孩子好好发挥。我只对你说：细心！正常发挥即可！你汇入了通向考场的人流。我和几个妈妈就站在一辆大巴旁，分享着你们学习过程中的趣事，分散这一刻对你们的担心。两个小时不知不觉就过去了，你们走出来的时候感觉都是棒棒的。在等待复赛结果的日子里，你一次一次估分，有时喜上眉梢，有时又心惊肉跳。我如坐针毡，疯魔得像个祥林嫂，每天数遍查阅网站消息。六月的一天，终于获悉你以全省第三的成绩进入八强。此时离全国决赛还有两个月。与班主任一合计，还是得再出去培训，特别是实验，决赛时的分值更大。此间，联系到安师大生科院的老师，间或上过几次实验课，像制作植物标本，解剖乌贼、大虾、河蚌等，可毕竟不全面不系统，充其量也只能算小打小闹练练手。于是又一次奔赴河南师大，进行决赛前的培训。巧的是，两次去新乡，都住在同一家宾馆的同一间房。这次培训理论和实验时间各半，时长40天。我的学校还没期末考试，遂请假陪同。十天后，爸学校放假赶来作陪，我回家。那天傍晚，我陪着你走进一家饭馆点了好几样你爱吃的，笑说是在新乡最后的晚餐。吃完饭，我们在岔道口准备分别，你定定地看了我一会儿，我强作欢笑挥挥手说：去上课吧，晚上回宾馆注意安全！当爸送我进了火车站，我拖着行李，挨到火车上坐定，打开手机，就看到你发来的短信：我已经开始想你了！发送时间正是我们在岔道口分别的那一刻。遂泪奔！汗水和泪水搅和在一起，我全然不顾邻座诧异的目光，一任泪水汪洋。虽然人回家了，可每一天也都是不踏实的，总要与爸互通电话、短信，了解你的学习情况与精神状态，每天都在傍晚你没上课的时间发去一条温暖你心鼓舞你心的信息，一直到七月的最后一天你培训归来。此时离去武汉决赛还有17天。

附中半月

进入八月。此时正是夏天最炎热的时候，暑假也已过了一半。我思忖，最后这半个月可不能松了心气。必须以最快的速度最好的状态把书通盘再过一遍，在家看书绝对不行，家里太安逸。我找到班主任，说出我的顾虑，能否在学校要一间教室，让你在学校看书。班主任说好，当即找到校长，办妥。并和门卫打了招呼。我和爸商量好，上午半天他在附中陪你看书，我在家烧饭。中午我送饭给你吃，吃完就在教室里午睡一小时。整个下午我陪着你，天黑回家。晚上继续。班主任每天都会特意从家到附中来看你一次，看看你的状态并给出建议。他总是实实在在地说：竞赛走到这一步，专业方面我已经无能为力，只能在精神上支持你。多好的老班呀！

那半个月，你的学习状况令我和爸还有班主任忧心忡忡。你的常态就是一本大书放在桌上，半天一面也看不完，打瞌睡几乎成为惯性。我们都知道你累，都知道你压力大。可也不至于整天都混混沌沌半梦半醒。我说你这些书本来就高深枯燥缺乏趣味，能不能看看、写写、画画，对照笔记，这样看书的劲头会高些；或者困了，到操场上跑两圈，也可提提精神。老坐着不动，当然疲倦。晚上还好，每晚都会计时做一套甚至两套试卷。

然而玄机却在离去武汉只有三天的时候破了。清早，我做好早饭，推开你的房门，见你仍然熟睡。走到床边，赫然发现手机正放在你的手边，轻轻一点呈现密密麻麻带字的页面，一看又是电子小说。我随即一翻，你最近阅读书目十篇，看看时间，都是凌晨12点以后至三四点！难怪白天一看书就打瞌睡，夜里扑在电子小说上能不打瞌睡嘛？我血往上涌，痛心疾首，狂暴地一声大喝：滚起来！你睡眼惺忪，眼睛充血，坐起来，看到我抓着手机盛怒不止，知道情势不妙大事不好。你乖乖下了床，我扑上去拳打脚踢，发了疯似的号啕大哭，捶胸顿足，历数你大赛在即却偏要作死自毁前程的罪行。你静静地站着，任我打骂。爸买菜回来，知晓原委，也是失望至极，对我说，把我们俩的车票退了，让你自己一个人去武汉。那天早上，你没有吃早饭就去了附中。爸在郁闷中还是带着早饭去了附中。我在家里边哭边机械地做着家务，感觉到了彻底的绝望。我忍不住拨打了最要好朋友的电话，第一句话就是完了，你生物竞赛的路走不通了。一通哭诉。朋友宽慰我说我太焦虑了，说你一直是个心里有数的孩子，在大考上从来没有失过手，应该相信你已经准备好了，夜里看电子小说只是放松一下，解解压，不必上纲上线。我知道我该梳理一下心绪了。中午，我依然去送饭。下午，你看书，我坐在你的斜对面，写了两张纸，全是鼓励你的话。你认真看了。我们又进行了一番大考前的促膝长谈，只为调整好你的心态，鼓舞你的士气。说实话，那时我的内心真是在无望中希望着。

决赛·保送

8月18日我们在武汉华师一附中办理了决赛的报道手续。华师一附中彩旗招展，横幅高悬，电子屏不停地播放着决赛的信息，人来人往，弥漫着大赛前神秘而又紧张的气息。

19日上午，来自全国30个省份的240名参赛选手汇聚大礼堂，参加第23届全国中学生生物学决赛的开幕式。每个省一支八人代表队，着装统一，由一名志愿者举着各省的牌子入场，如同奥运会开幕式。随后，考生走考试路线，认考场，到大广场合影留念。

下午一点，各参赛代表队入考场，进行第一场理论考试。陪同的老师和家长都远远地站在入场队伍的两边，目送着自己的孩子，仿佛送儿上战场。当你的队列走来时，我对着你大喊一声，并举起了紧握的右拳做了个加油的动作。我看到你瞬间脸就红了。我的举动惊呆了一旁的你的班主任还有唱爸唱妈。我也很好笑自己在大庭广众之下旁若无人为你摇旗呐喊的勇气。

四点钟你走出了考场。我从你看不出情绪的脸上还是觉察出一丝轻松。晚上八点，考生再次齐聚大礼堂，现场公布进入实验环节的112名选手名单。现实真实到残酷！落选的考生和家长许多人泪洒现场。

20日上午，实验决赛区拉起了警戒线。参加实验的考生7：30进入考场，一直到下午5：30才结束。午餐都是工作人员送到考场，考生不准出来。每个考生都要做完四组实验，十个小时的艰难战斗，无疑是一场能力和耐力的顽强比拼。无从知道你做实验的过程，就是知道你挺过来了。

按照赛程，21日，组委会组织竞赛选手进行了一日游活动。我和爸整天待在宾馆里，哪也不想去，在百般无奈翻来覆去种种假想中等待着结果。晚上八点，北大和清华的老师在大礼堂为参赛的学生、家长和带队教师作了精彩绝伦的报告。大屏展示了各自的建校历史，校史名人，校园风光，生科院的科研团队、人文氛围与骄人成绩，本科生的学习、保研与出国等情况，北大生科院的副院长与清华生科院的党委书记在报告后与现场学生做了互动，全场气氛热烈，高潮迭起。散会后，我悄悄地问你：你觉得北大好还是清华好？你说：都好。但我已改变了主意：倘若你真有那么幸运，我选清华！

夜里11点多，班主任突然来敲门，结果出来了。50枚金牌，你是第22名！安徽四枚金牌，你是第一名。那一刻，你抱住了班主任！抱住了爸爸！抱住了我！

2014年8月22日上午，在华中师大一附中的大礼堂举行了隆重的第23届全国中学生生物学决赛的颁奖仪式暨闭幕式。你保送清华！放弃学医，签约生物科学专业！

后记：我是在欢笑和泪水中写下高中两年你的竞赛之路，就是想趁着我还记忆清晰记下这段难忘的与你共同战斗的岁月。成功的路上，定位准确是前提，坚持不懈是保证，遇到恩师是幸运，有亲友的陪伴、鼓励、帮扶与督促是福气，考场上正常甚至超常发挥是运气。天时地利人和，你占全了！希望你能读到这篇文字，到什么时候都不忘初心，做一个心里有数并付诸行动的人。

2015年12月6日

我陪着你长大

1997年一个冬日的傍晚
你趁着天还没有完全漆黑
攒足了力气势如新笋破土
来赴此生你我的约会
我以最隆重的方式
在静默里坚定地迎接你
经历了八个小时体力与毅力的漫长较量
每一根发丝都浸透汗水
当你呼啦一下被拽出我身体的时候
我浑身轻飘得像要凌空飞翔
你清脆的哭声化作世间最美的音符
大声地呼喊着：妈妈，我来了！
眼前吹弹即破娇嫩可人的你
刹那间锁定了我一秒也不忍转移的目光
你小小的样子
像一团厚实的暖心棉
塞进我整个心胸

让这个落雪的冬夜无比温暖

要去报户口了
才想起还没给你起名字
眼前像过筛子一样
抖落一个个响亮却不免俗气的名号
一个人尽皆知的成语固执地占据我的脑海
就用前两个字
笔画简单容易书写
寓意一柄锋利而又所向披靡的钢枪
意志坚定，战无不胜
一生都做生活的强者
两个字写得靠紧一些，那就是财富的象征啊
不经意间这名字还衍生出喜剧效果
令我欢欣
你的名字诞生了
我常常分解它的意思激励你的斗志
此名不虚，也希望你不虚此名啊

两个月大
你过了人生的第一个春节
还没来得及品尝过年的滋味
竟遭遇了生命的第一场劫难
大年初四
你被诊断为肺炎
咳嗽发烧住进医院
那么小的你一次一次经受着针头的刺戳

我不忍直视，泪流满面
第一次那么深切地感知了
纵使血脉相连
也无力为你承受的锥心疼痛
深深责备初为人母的我的大意和疏忽
在煎熬中日夜守护看着你扛了过来

你十八个月就上了一所街道幼儿园
第一天去没有哭闹没有纠缠
小小的你其实早在历练
生长在教师大院
你吃百家饭穿百家衣
温厚好脾气不怯场
那些爷爷奶奶叔叔阿姨
你见了谁都喜滋滋地喊过再问好
你在大院比我有名
认识和不认识的都以我是你的妈妈相称
偶尔带你去单位
你总是眨眼间就跑得不见了踪影
不是在和叔叔玩就是在和阿姨乐
好像你压根就不是我的儿子
待到足龄你上了市直属幼儿园
在那里
你讲故事学跳舞弹电子琴写大字
你能把《葫芦娃》长长的对白演绎得绘声绘色
你还能独自边唱边跳《我有一只小毛驴》
喜感的模样恍如昨天

你的语言、表达、记忆与思维能力
像你的身体一样
飞速成长

你上小学了
我没有选择我们居住地你应该上的学校
舍近求远送你去了安师大附小
信誉和质量有口皆碑
环境幽静求学净土
生源质量高相互好陶冶
早晚坐公交午餐吃小饭桌
我每天习惯性千叮咛万嘱咐
走路靠右边过马路小心车辆
不要与陌生人讲话安全第一
每天中午我定时打电话到小饭桌
问询你的表现
三年级，你们班第一次竞选班干
多少年过去了，你的话依然言犹在耳：
有好多同学都比我优秀
我就先竞选文艺委员吧
一级一级竞选
最后竞选当班长
我为小小的你竟然如此踏实如此上进而欢呼
就这样，三年级你第一次当上了三好学生
你的照片和简介张贴在校门口的橱窗里
四年级你当了学习委员
五年级你当了副班长

六年级你当了班长
你荣膺区三好学生
我被你的小学授予为国教子好家长

你上初中了
你考上了三中电脑班
过上快节奏高压力竞争大的初中生活
C语言像魔咒一样箍紧了你
白天大课小课不间断
夜晚上机做题到深夜
还得兼顾文化课
你的初一堪比别人的高三
我枉自嗟叹为你忧心
渐近的青春正是长个的好时候
没有充足的睡眠如何是好
看着你天天奔忙伏案苦读
只有默默站在你身后
做好后勤和保障
见缝插针和你说说笑
听听你们青春年少的故事
你的C语言学得不温不火
初中三年拿下两次省二
文化课倒是在年级名列前茅
个子也猛然间长得高大又挺拔
你被保送进附中理科实验班
我又被你的初中授予为国教子好家长

你上高中了
你是保送生
你同时也是这一届高一新生中考的第一名自主招生的第二名
你竞选当上了副班长、班长
竞选进入了学生会成为学习部长
我知道学习已然成为你的常态
努力已然成为你的习惯
为班级做事
在学生会与人打交道
锻炼了你积极的心态和较高的情商
文化课依然稳居年级前列
计算机竞赛却意外拿了省一
可此时你已决意主攻生物竞赛
高一你取得了全省同届学生生物竞赛的第五名
你两赴河南一上北京参加生物竞赛的培训
甚至在赛前停止文化课的学习
放弃赴清华夏令营的指标
竞赛的代价是惊人和昂贵的
我伴着你心像过山车似的忽上忽下患得患失
高二你终于以全省第三名杀入八强代表队参加全国决赛
你拿下了全国50枚金牌的第22枚也是全省4枚金牌的第一名
在武汉华师大一附中现场签约的难忘时刻
你改变了几年立志要上北大的梦想签约清华
我知道你一定是想清楚了

你的高中没有高三
当你的同学们都在夜以继日备战高考刷题刷到天昏地黑的时候

你的心却骤然间仿佛轻纱似的微云游离在天幕上无处着落
你被低一届的老师请去给学弟学妹们讲课
你偶尔帮着班主任做做班级的事情
你看看专业书读读课外书写写感兴趣的文章
你在电脑上手机上花费了不菲的时间
你大把的时间松散了
我便担心你学习的心智松动到拉不回来
对你签约清华的喜悦也蜕变成对你高三无所事事的烦忧
生活啊
你在带给人欣喜的同时
把隐患一样带给了人呀
我焦躁得夜不能寐长吁短叹
当三月的春风和着花草的芳香扑面而来时
你收到通知于高三下提前去了清华
你的大学多了一个学期的预科
你的心仿佛插上了飞翔的翅膀
我的心瞬间充满了甜蜜和忧伤
送别你的那个午后
当离别的火车缓缓启动的时刻
我的泪再也忍不住滚滚而下

你没有高三
你没有经历高考
青春注定留下了一丝遗憾
记得我曾问过你
你正在青春年华
应当过得丰富多彩

可你只有看不完的书做不完的题
你觉得苦吗
你说：不苦，习惯了
你竟然又说：在我心里
青春是只属于那些帅哥的
我长得又不帅
所以我是没有青春的
只有学习
我鼻子一酸
强忍住把泪水憋回了心里

十七年
你从一个襁褓婴孩长成一个风华青年
你从一个懵懂孩童成长为清华学子
我陪着你长大看着你成长
走进人生最好的年华
十七年
我从年轻妈妈到人生过午
我从满头青丝到渐生华发
你陪着我渐老可曾体察到我已满目沧桑
步入人生不可逆转的黄昏
这十七年的人生岁月呀
从芜湖延伸到了北京
从北京回转到了芜湖
不过是一个人长大的过程一个人渐老的印证
而这又恰恰都是那样美好
一如夏花灿烂秋叶静美

你我都奔着辉煌去了

（月末就是你18岁生日。谨以此文祝福你！）

2015年11月15日

我轻轻地说：路上注意安全

儿放假回来，最初的几天忙于去拜访老师，和同学聚会，间或去学校帮班主任做一些高考结束的善后工作，忙忙碌碌的，挺充实。其间，我曾征求他的意见，是不是趁假期去学学英语，比如新东方，比如托福，比如雅思，比如韦博。也或者去打个短工，增长一些社会知识。他笑说再等等。不几天，他对我说想去韦博英语看看，我说好啊。

第二天，我们母子找到了和平大厦七楼韦博英语，进行了详细的学习咨询。儿对这种小班化的口语教学深感兴趣，特别是对能和外教一对一进行口语交流充满期待，当即决定报名学习。接待的老师当场对他进行了英语水平电脑测试，笑着说，你的水平和我预想的一样，我会合理安排你学习的等级和课程，难易程度在学习的过程中可以微调。满打满算，儿只能学一个月，所以我们希望最大化利用好三十天的学习时间。每天学习时间从上午十点至晚上九点，这期间你也可以早点走或晚点到。有些课可以灵活调换。当然学费不菲。

7月11日。早上七点，儿他爸就从菜场满载而归，我就开始了厨房战斗。我要赶在九点半之前，把饭菜烧好。儿吃饱饭去学习自然安心，再用饭盒带上大半天的饭菜，韦博学习处有冰箱和微波炉，方便学生自带饭菜，这样可以省下回家吃饭来回奔波的时间。对我而言，上午的两个多小时是手忙脚乱的。可想到儿能学有所得，忙点累点算个啥。

儿每天晚上回到家，都会告诉我上了几节课，有些什么收获，我听了甚是欣慰。那天缴费时，我说这个时候家里还花这个代价让你去学习，纯属额外付出，值得你以分钟计算收获与价值。当然这一半是玩笑，儿听进去的应当是另一半意思。

还有两天就进入八月了。一大早空气就像着了火，太阳光不依不饶地漫过长长的落地窗帘，试图突破这层屏障闯进家来！蓝天高远，浩瀚无垠，白色的云像浅淡的布匹随性地搭在辽阔的蓝天之上，似银链，似白绫，似轻纱，把个蓝天描摹得仿佛一层宣纸似的，看一眼心悠悠地轻晃。

朦胧中，听见儿他爸在我床头说快起来烧饭，儿子上课来不及了。我知道时间不早了。迷糊了两分钟，拿起手机一看，七点四十了。没有半点迟疑，下床！开始烧锅倒灶！两个小时的厨房战斗紧巴巴的，不敢有丝毫怠慢。

突然想到儿他爸可能忘了买米，昨天我说了一嘴。果然米桶里只剩一小把米可怜地散落其中，桶底都裸露出来。倒进盛米的塑料量杯里，也才大半杯。这时候打电话给儿他爸，白打！他已在球场上挥汗如雨，电话是听不见的。没办法，先煮上吧。打发儿子应该勉强，他以菜为主，饭吃得少。

立在厨房里，手不闲，眼不闲，心思不闲。然而，任何一点的心浮气躁都使不得，会给自己加温，滋生许多汗水。为此，我尽量让自己平心静气：择菜，泡菜，洗菜，切菜，炒菜，煲汤。一边我提醒外婆，九点钟把她孙儿喊起床。哎，现在的孩子，晚上不睡，早上不起！没承想，外婆走到厨房对我说不用着急，慢慢烧，她孙儿说今天上午没课，下午才有。我一听，觉得不对劲，关了灶上的火，跑到儿床边，喊醒他说：上午没课，你早说呀。害得我大清早想睡不敢睡，汗包雨淋地烧菜，仅有一把米也煮上，不敢耽误你呀。哦，你轻飘飘一句话，就把我的辛苦甩一边了！真没课？儿说一节早读课而已，还是要等到下午上正课。我说早读课也是课呀，可以自读，也可以和同学交流，怎能说没有课？还成了“而已”！不读，不练，怎么说好口语？韦博这样安排，就有这样安排的道理。再说，那么贵的学费，今天不去早读，明天不去早读，一个月下来，得少上多少节课呀！儿竟然说，早读课是不计费的，费用都是摊在正课上。我提高了声音：是吗？早读课不计费？凭什么？免费提供你那么好的环境？免费给你提供照明？免费给你吹空调？免费让那么多老师清儿八早去陪着你们？照你这样说，是不是大街上任何一个路人甲，都可以去韦博英语进行早读？学习的好机会要珍惜呀！好，就算你不去参加早读，你也不能九点钟还赖在床上，心安理得看着老妈我在家里劳累，伺候你呀。你人高马大一大小伙子，一身力气，你可以做点家务呀，比如用吸尘器吸吸地毯上的灰尘；也可以读读《平凡的世界》，完成清华校长的暑假作业呀；还可以去理发店打理一下该剪的头发呀。世界要讲平衡，家庭也一样！我忙我累，你在一边快活，这就失衡了，不行呀！凭什么！我人生过午，年老体衰，腰酸背疼，我还想歇歇呢。至于你，眼看着就要上大学去了，在家的时间很难得了，还不赶快孝敬孝敬你老妈！儿笑了，翻身从床上坐起来，连说：我上课去，我上课去。我又趁热打铁：道理不说不透，是非不辩不明。看来你是心服口服了！

九点四十五分，儿背着书包，拎着饭盒，笑眯眯地说，我走了。说完，就张开双臂，先给外婆一个大大的熊抱，再一把抱住我！我回抱住他，轻轻地说：路上注意安全！

2015年7月28日

感谢你一直都在

盛夏天亮得早，四点多钟，挡不住的霞光爬上窗帘一寸一寸晕染，染透了，便丝丝缕缕漫进屋里，润物细无声地扩散开来，织就一整天的活力开端。我也在这鹅黄浅白的清明中慢慢苏醒，不用看外面也知道，旭日东升，霞光万道，天边的那团火红也渐渐由深变浅，直至撑起又一个喷薄得足以燃烧的七月天。

我烧了开水凉好，又用电饭煲煮上绿豆稀饭，然后轻轻走进你的房间，坐到写字桌旁，打开电脑。在等待启动的这一瞬间，我悄悄看向一旁熟睡的你。憨厚朴实的脸庞依然稚气未脱，隔着一米多的距离，听着你均匀的鼾声，我由衷地欣喜，突然就想：真好，感谢你一直都在！不禁为自己常常的一些胡思乱想觉得好笑。

习惯了早起，可能源于你的到来。你还是个娇嫩的婴儿，憨憨的，不吵不闹，吃了睡，醒了便安静地啃着自己的小手，滴溜溜的黑眼珠忽闪忽闪，一逗你就爆出灿烂的笑脸，小嘴也张得老大，露出新生的门齿，软绵绵胖嘟嘟的模样可爱极了。即便你很乖，我也从那时起就不敢睡得沉，更不敢起得迟。细心准备你的生活所需，还得留下足够的时间，蹬着自行车长途跋涉赶去单位。你十八个月大就上幼儿园了，也从那时起直至上大学你也再没睡过懒觉。我天天早于你起床，早饭准备得差不多了，把你从香浓的睡梦中叫醒。你的书包一年年变大变沉，你也从被接送上下学到独自坐公交再到变成骑单车的阳光少年，十几年来，早起已经成了生活固定的一部分。你上大学离开家，我依旧保持着早起的习惯，如同你还在身边。我依旧准备早餐，只有我和你爸两个人的。然后早早地坐到车里，慢悠悠地握着方向盘，透过车窗看春天的绿色一天天渐浓，蔓延到铺天盖地的苍翠浓郁时，知了也叫了，合欢也红了，荷叶大得像一顶太阳帽，你，也踩着这许多的缤纷回来了。

你走向了学驾的征途。办完一系列报名手续，也不见你看理论做试题，我忍不住提醒你，该做做科目一的试题。你轻描淡写说没必要，提前看一个晚上就行。我说当年我把科目一模拟到只看前面几个字就知道后面的题目，熟能生巧嘛。你竟然嬉皮笑脸对着我语不惊人死不休：你什么智商我什么智商，非要我把这么残酷的现实直接摆到你面前。我举例挖苦你：你是兔子，我就是那只龟，结果你晓得的，态度决定成败。你慢条斯理：晓得了，晓得了，向龟学习，向龟致敬！却依然故我，照样不看。模拟考的前一晚，你终于潜下心，做习题了，模考结果91分，险过。我趁机问责：这就是轻视的后果。万事光有聪明和智慧是远远不够的，你得有一颗谦卑的心，还得脚踏实地付诸行动，方得成功。你笑说：母后说的是！谨遵母后教导。可是，一连几日也没接到科目一考试通知，咨询数遍，莫名说是报名手续出了问题，没有通过审核，还得重新呈送个人材料。无奈又复递交，这一耽搁眼瞅着就到八月了，真怕一个假期也拿不下驾照，驾驶学成了夹生饭。好在通知你先上车学习，好事多磨吧，只希望学驾遂愿。

刚回来不几天，你去看望了班主任老师，聊了几个小时，称心快意。除了学驾，你就一直宅在家里。一部手机一张床、一台电脑一把椅、一本专业书或一部小说，差不多构成你白日的生活。当然，这些都离不开空调的旖旎缠绵。你也刷刷锅碗，偶尔帮帮炊事，陪陪聊天，只有这短暂的时辰你才会淌点汗。爸爸一天要出去运动几次，请不动你，那懒洋洋的体重，只怕是吊车也调不动的。哎，胖人多懒动，半点不由人。

你没完没了看着玄幻、历史、文艺电子书，不知疲倦；你间或看看不同国家的综艺节目，开心得笑出声，惹得我不明就里稀里糊涂也跟着乐；你也看一看动漫、恐怖片、网剧甚至迷恋《猫和老鼠》；你定量完成专业书的预习读读心仪的纸质小说。细想，你一日摄入的信息量一如空调房内流动的空气，有营养的没营养的新鲜的腐浊的，密密匝匝交织成一张庞杂的大网，裹挟着你的脑汁快速蠕动新陈代谢，这得多大的脑容量啊！通常，夜晚是你在键盘上疯狂操作的时间，你的专注一如学习时的状态，你一头钻进长篇同人小说的创作中，有计划地一章一章写出来发布到网站，据说点击率挺多评价挺高。我想看看，你说不适合我，我不会有兴趣。在我强烈诚恳的要求下，你节选了一个章节复制粘贴让我一读，文笔细腻隽永自不必说，情节设定之纷繁、故事架构之巧妙、风格呈现之灵异，完全超出了我的认知，我惊诧于你的奇思妙想和喜好文学种类的离奇，大概也只有你这样的年纪对世界对生活才有如此脑洞大开的预想，你触及了一个我完全未知的世界，我也由此查阅了同人小说的定义，惊异于近年来兴起的这一基本上属于年轻人思维阵地的热闹与繁华。我支持你！但嘱咐你千万别影响了学习。

我们拥有同一个美妙的暑假。每天，我与你同处一屋，我看到有教育意义的文字和重大的新闻，总会按捺不住与你分享，我们不间断地交流，笑声、辩论、共识流淌在屋子里，像空调的风一样舒服。说着笑着看着你，我对你说：你离开我那么远，一走就是几个月见不着。我常常担忧，再见面时可能已经生疏了，再也回不到你在我身边十几年的样子，曾经的亲昵只怕要被疏离取代。虽然我已做好了准备，但每每念及，还是隐隐地哀伤。可是，你回来了，我眼前的你依然还是从前那个快乐的你，还是那个与我有说有笑随时来一个拥抱一个亲吻的你，还是笑骂由我不会真生气的你，还是不厌其烦静静聆听我唠叨的你。我突然感觉，好像你从来不曾离开过，一直都在我身边，没有违和没有疏离。你笑说：老妈，你想多了。怎么会变陌生呢？到什么时候，我都是你最贴心的儿子，你都是我最亲爱的妈妈。我笑了，以后不再瞎想，伤身。

我最关心的还是你的学业。你的专业是生命科学，这在国内完全是一个新兴的高端专业，至今都没有得到长足的进步，国内也没有那么多高端的岗位给你们这些人进行科研，就业前景不被看好。我尊重你的兴趣和选择，但我要告知你现实的困惑和艰难。据业内人士分析，你们这个专业若想在国内立足，只有两条路可走。要么转型，要么一路学到博士通关。你说转型学医开学就可以但你不喜欢，也就是说转型不考虑。那只有第二条路，学到顶端，别无他法！开学就大二了，时光如梭，后面的时间你必须全力以赴，既然选择了喜欢的专业，那就不管它热也好冷也罢，往最好里学，学到可以浪出一片天！

其实什么事，下定决心去做，结局都不差。我多么希望你博古通今文理兼备，但时间和精力都有限，一定要立足主业，兼顾业余，走出一条精彩的人生道路。

今时今日，来日来时，我都收不住对你关注的目光。只愿每一次深情的凝望，你一直都在！

2016年7月30日

28岁之约

我靠在你房间红色的皮沙发上，不时地转动着。冥想。此刻，我的角度正对着大门，长长的玄关从客厅一直伸展到那里，秋光的影子透过几处的窗户或是尚未打开的窗帘在玄关的白墙上、地砖上落下，深浅不一，晕开得含蓄静美！布艺榕树的绿叶在淡淡的光影里宛若新生，绿得竟然颇有层次。富贵花开的国画端庄地悬挂于玄关的墙中央，我只能看见它的四边框，它镶嵌在玻璃内富贵的花朵呈现给我的只是一片侧影，模糊的红色。我的世界安详极了！马路上不时传来各种车的声音，我的世界愈添安静！我看向紧闭的大门，闲淡居于门内，中秋在我心里，恬静！若是打开那扇门，想必会是另一个热闹的缤纷的中秋吧！我的儿，祝你中秋快乐！

连日来常于晚间收到你通过微信发来的一天的学习情况，惊喜还有跑步后汗湿衣背气喘如牛的自拍，在我一颗原本焦虑都快冒烟的心上投下清凉的抚慰，老心竟然一天比一天趋于平和安宁。

夜深人静的时候，睡不着。我就会想起那个晚上的灯下夜话，想起我们之间第一次提及的“28岁之约”。

28岁之约！28岁时，你成为该成为的样子！这是作为儿子的你与身为母亲的我之间的约定，更是你对自己掷地有声的承诺！

还有两天你即将返回大学校园，是时候和你来一次关于学业、前程和人生的对话了。虽然这些内容三天两头也像插播的广告，从我的嘴里轮番滚播，经由空气中流转，及至滚到你的耳膜，只怕亦是微弱游丝，在你的心间落不下个声响，无异于隔靴搔痒。我筹谋着必须与你来一次郑重、系统的深度交谈，我悬着的心才能找到一隅安放之地。

那晚，我走进你的房间。你躺在床上看电子小说。我坐到床沿，柔声说：放下它吧。就要上学去了，今晚我们母子俩好好谈谈心。

你抬起脸，看着我憨憨一笑：还谈呀，不是经常谈的嘛。

现实差强人意啊。我笑。

那好吧。您靠到床上来，用靠枕垫着腰。说话间你把手机放到一边。

你从高一就看电子小说，看几年了。你觉得它带给了你什么？它还将带给你什么？想过这些问题吗？我一连声地发问。

你笑而不语。

电子小说的文学性、艺术性、思想性我不想去质疑。但你对电子小说的痴迷和持久的热情令我惊讶和不安。你回家过了七十多天作为学生以来最漫长最逍遥的一个暑假，躺在床上看电子小说是你最惯常的姿态。你本可以去做一些有意义的事，比如去做志愿者，观察社会，体验生活；比如去运动去流汗去强身；比如和同学聚聚叙叙友情，谈谈各自的大学生活；比如看看新闻，了解时事；比如读一读书橱上你尚未读过的书……这些才是真实的热气腾腾的生活。可是，你都没有去做，主要是你无心去做。你整个身心都给了电子小说，它像个心机深重的妃子，正一步一步剥夺你全部的生活而专宠于它。你忘记了自己是谁，忘记了鲜活的人群，忘记了朝阳的生活。我渐渐不认识你了，我看到你颓废的模样食不甘味寝不安席，罹患忧郁，甚至忧思成疾。

你轻轻“嗯”了一声，对我的长篇大论不置可否。但我知道你用心听了。

我也不是要你从此就和电子小说绝缘。凡事都要有个度，求个平衡。你看，你可以把给电子小说的时间分成几份：给运动，给时事，给交谊，更多给学业。大一你是在迷茫中度过了，大二得觉醒了！大二将进入专业学习，不花费大量的时间和精力，专业就只能学个皮毛。你是竞赛保送生，专业更具优势，专业也是你执着的选择，把专业学精学以致用是你责无旁贷的使命。

你耐心地听着。时不时以“嗯”作答。

你的大学还有三年，转瞬即逝。算一算，读硕，读博，加在一起完成学业还要个八九年。那时你也还不到30岁哎。

你说：专业学得好的话，还可以提前些，估计28岁差不多吧。

好，就以28岁为期，我们来个28岁之约吧。到28岁，结束学业，投身社会，服务社会！

我高兴地继续说：三十而立。从30岁到80岁，你有五十年的人生。你只要励精图治，用短短几年奋斗，便可换来五十年精彩的人生！

你笑了：妈妈你好会算账啊！

妈妈是怕你浪费了这么好的学习平台，后悔之时晚矣！妈妈只想你通过自身的努力，能过上自己想要的生活。有钱（足以保障生活）有闲有尊严，多一点选择权，做自己喜欢的工作，体面优雅地生活。你的优秀程度也决定了你另一半优秀的程度。说到底，你创造的成果你享有，我和爸爸保障自己够了。你规划好自己的人生就是对我们最好的孝顺。

你笑着说：妈妈你放心，暑假我是散淡了一些，那不是放假嘛。我也预习了厚厚的专业书，学了驾驶，还和你一起烧饭做菜。到学校我会好好学习的。我也会去运动的，正能量学习和生活。不让你和爸担心。

你不知道，到现在为止，只要一想到你的学业和前程，我的心就像一只膨胀的棉花糖，外表饱满极了，轻轻一碰，内里一片虚无，充斥着患得患失。很多个夜晚，身是躺着，心却在躺着的身体里不听使唤地折腾。各种各样的思绪爬满了心间，爬墙虎一样苍茫。我只能闭着眼睛任由它们恣意纠缠着打架，打累了鸣金收兵，我才可以像蜗牛一样蜷伏着踏实地睡上一觉。我知道我可能放大了对你的忧心，可这都源于你让我看到了隐忧啊！你连仪表都不讲究，怎能让人看到你积极的生活态度。要知道，仪表是否得体，往往潜藏着一个人的素养是否优质。妈妈希望你不要懒惰，从打理自己的仪表开始，走出去就是一个意气风发的青春学子。

说一千道一万，结论就一句话：放下手机，做回你自己！去学习，去运动，去关注时事，去交友，去郊游，去奔赴28岁之约！

这个中秋的傍晚，外面淅淅沥沥地下着小雨，万家灯火正从一个一个窗口里辉映出来，演绎着一个一个团圆的故事，城市笼罩在秋意的诗情里。我终究没有打开那扇门，因为门内也是一派祥和：电视里播报着国际要闻；桔黄的灯光下，爸爸怡然自得地就着四碟小菜喝着小酒，还不忘唠叨我与你来个中秋视频；而妈妈我正在键盘上敲击着对你浓浓的思念和切切的希望，一轮皎洁的明月正在我的心头缓缓升起……

你是我打开大门最想见到的世界！28岁之约，我的儿，别忘了！祝你成功！

2016年9月15日

6/ 读点书，看见自己

其实，她也是有信仰的，普通人的信仰。脚踏实地做事，善意真诚为人，坦荡热情生活，手不释卷学习，满满正能量拥抱每一天，几十年如一日，这是不是也是一种对于生活的信仰呢？她以为：是！

人生路上书为侣

我对书最早的记忆是孩提时的连环画，俗称小画书。上小学时，我常偷偷省下早饭钱，在放学后或是星期天，到街头小画书摊上，花两分钱看一本。每次一看就是半天，直到把衣兜翻个底朝天再也找不出一枚硬币，才恋恋不舍地离开。正是儿时看的那些小画书，让我从此与书结缘，找到了一条直通快乐的人生之路。

成长的岁月里，那些与书有关的往事难以忘怀。依稀记得有一天，我看见上高中的大姐正专注地读着一本小书，不禁好奇起来。我悄悄走过去，趁她不备，一把抢过书，《辽宁青年》扑入眼帘。大姐生气地夺回书，责备我扫了她的雅兴。我假装服软，抱着她的胳膊晃悠，央求她看完后给我看。从那以后，我迷上了这本小刊物。一篇篇佳作展现了青年人火热的生活，美好的爱情。上世纪八十年代初，图书种类有限，只要是书，我抓到就不肯撒手，《小说月报》《故事会》《青年一代》，甚至各种武打小说，纷纷走进我的视野。上高中了，汪国真、舒婷、顾城、北岛，一个个温情的诗人，从书中向我走来。我狂热地摘抄、吟诵他们的诗篇。最让我记忆深刻的是卢新华的短篇小说《伤痕》，触及了一代知青的痛苦、挣扎与奋斗，成就了风靡一时的“伤痕文学”。于是，我又一头扎进这类书籍中，和形形色色的书中人物同悲共喜。

一晃，已近知天命之年，但我对书的喜爱一如年少。每到一地，再累再辛苦，我也要买一两本书带回家，留作纪念。我总会在新书的扉页上龙飞凤舞地题写“某年某月某日购于某地”，再盖上大红印章，我曾经的踪迹就圆满地收藏于这些书中了。而平时，我买书、藏书已成喜好。只要逛街，新华书店必是首选。流连于各个书柜，找寻自己喜欢的书，常常是满载而归。但也有特想要一本书的时候，偏偏找不到，失望之情甚是纠结。闲聊时说起，友人笑我痴。老友送先生去新加坡，在南京机场候机，转悠于书店一角，意外发现我想要的书，当即买下来，送给我惊喜。前不久，《南方周末》整版介绍了一部描写时下中国教育现状的长篇小说，引起我特别的兴趣。疾奔新华书店，无获而返，所幸很快在网上购得，才了此心愿。

于谦说：“书卷多情似故人，晨昏忧乐每相亲。”我喜欢这种感觉。工作之外、家务之余，我多半是在读书。冬天窝在床头，书是温暖；夏天靠在窗前，书是清凉；雨天蜷缩于沙发，书是惬意；夜晚也通常是捧一本书，香茗品读，自有一番熨帖在心头。真是有书为侣，人生乐趣多啊！

2015年5月14日

读《床畔》 谈信仰

读完著名华人作家严歌苓的长篇小说《床畔》，整个人都深陷于小说悠远的年代、独特的环境、神秘的视角、宁静的气质和说不清道不明的忧伤与喜悦里，小说主人公——护士万红恍惚从书页里走出，静静立于她的对面，向她娓娓讲述一个婉约少女在陆军第56野战医院动人而凄凉的关于爱和信仰的故事。

1976年。19岁的万红从护校毕业来到陆军第56野战医院，经过严格考核，被挑选为因舍己救人而不幸被大石块砸成植物人的英雄连长张谷雨的特别护理。在那样一个政治挂帅的年代，在那场残酷竞争中，每个人都把看护植物人英雄连长视为政治上进的一条捷径。主治吴医生正在进行植物人的病理研究，他要选择的特别护士要在护理和医治过程中详尽记录第一手资料，要求自然高：植物人护理要则的熟悉程度；静脉注射的一针见血；熟记药典，把拉丁文药名的药品功用、副作用、过敏反应等现场背出来。苛刻的条件下只有万红一枝独秀。

万红在护理英雄的过程中，惊讶地发现：英雄只是看起来是个植物人，其实很多时候他是有细微反应的，比如身体触碰他会迎合、疼痛刺激他脉搏加快、听熟悉的音乐听妻友来信他脸上浮现微笑等。可是医学上已对其下了植物人的定论，想要挑战科学，推翻科学定论，仅凭万红这种根据观察得到的发现显然站不住脚太缺乏说服力。万红告诉吴医生自己的发现，吴医生说出一堆有关植物人的奇特现象，证明万红的发现不足为据。研究植物人的吴医生都不相信英雄不是个植物人，其他的领导同事病友家属自然更不会相信。万红走上了一条艰难漫长的护理之路，她坚信总有一天会找到证据，证明英雄连长不是植物人。

斗转星移。当一批又一批时代英雄陆续来到野战医院，曾经舍己救人的如今却久治不愈的植物人英雄连长被医院视如敝屣，欲弃之；甚至千里迢迢从农村老家赶来的妻儿也遗弃了他；吴医生也因没有临床证据，没有更好的医疗技术让英雄醒过来，最终弃他而去奔向大城市读研读博，成为人们崇敬的新时代知识精英。我们的社会从来就不缺英雄，每个时代都有自己鲜明特色的时代英雄，护士万红能够理解并认同。然而万红自己心中认定的英雄，却不会因为岁月流逝人情冷暖世态炎凉而有丝毫怀疑和动摇。万红选择了在漫长的岁月里一个人坚守，低到尘埃里独自等待，护理在英雄的床畔，感知英雄一点一滴一丝一毫的变化。万红也曾遇到美丽的爱情，万红本可以有美好的前程，然而，为了坚守在英雄连长的身边，这些美好都与万红擦肩而过。三十岁不到，万红竟然满头青丝变白发！只能让苍苍白发藏于军帽里，依然淡雅如菊笑脸迎人。床畔的一切都在流动，护士万红是艄公，摆渡在床上的英雄与流动的世人之间，为的只是心中那一份坚守！

在现实面前，世人多认同识时务者为俊杰。万红就是太不识时务了。不管现实如何巨变，不管世人如何圆通，不管世俗如何误读自己的坚守，万红就是不改初衷，像一株修竹默默扎根在岩缝，承受风吹雨打承受电闪雷鸣承受似火骄阳，守护深沉静默的山岩。万红守护在英雄连长的床畔，始终如一地敬爱疼爱怜爱恋爱着这个英雄，数年如一日记录下厚厚的几大本护理日志，期待着英雄连长的醒来，期待着日后可以作为植物人护理的重要参考依据。时光在床畔的日日夜夜里流逝，淡淡的忧愁浅浅的惊喜深深的依恋决绝的无奈，牵扯着万红的青春流年似水，无可奈何花落去！万红护理在英雄连长的床畔，在寂寞与苍凉中完成了凡夫俗子难以想象的对于信仰的坚守，实现了精神领域高层次的超越，万红也成了作家笔下和读者心里坚守信仰的英雄。

读完小说，不禁数度沉思：万红的青春就是护理一个沉睡不醒的植物人，为他扎针为他擦洗为他翻身，推他晒太阳为他读信件和他说悄悄话，这样的青春孤独苍凉没有热气；万红的爱情也是因为不放心把英雄连长交给别人护理，认为自己是护理植物人连长的不二人选，面对心爱之人选择留下一个孱弱的背影，她其实是把自己的爱情倾注给了植物人英雄连长，这样的爱情宁静美丽没有应和；万红的事业还是护理植物人连长，记录一天天的护理治疗日志，期盼着有一天出现奇迹连长醒来，抑或拿出响亮的证据，推翻英雄连长是植物人的医学误判，这样的事业挣扎渺茫没有希望。可是，万红和植物人英雄连长的故事就在这样缓慢宁静的痛苦和美丽里流淌，奏响出一曲尊严、善良、执着、大爱一起交织的生命赞歌。怎样不是活着！如同万红心甘情愿在信仰里活着，活得云淡风轻活得问心无愧活得甘之如饴。子非鱼，焉知鱼之乐？境界！

作者严歌苓在后记中提到，这本书“休克”二十年，颠覆三次终于写就。今天呈现给读者的，才是作家真正想要表达的主题，才是作家心里真正想要讴歌的英雄，才是作家视野里真正对于另一种“活着”的赞美！时机立意思想都纯熟了，作品自然独树一帜浑然天成饱满而有张力，带给读者无边的思考无尽的感动，这又何尝不是作者对于文学对于创作对于读者的一种极其尊重极其负责任的信仰和行为呢？

歪在软软的旋转沙发里，思绪也跟着旋转起舞。不管沧海桑田，不管世易时移，不管得志失意，不管青春年老，能有信仰并在信仰里活着，无疑是值得尊重的。信仰无关大小关乎对错，能坚持正确的信仰经年不移，无疑是值得钦佩的。其实，她也是有信仰的，普通人的信仰。脚踏实地做事，善意真诚为人，坦荡热情生活，手不释卷学习，满满正能量拥抱每一天，几十年如一日，这是不是也是一种对于生活的信仰呢？她以为：是！

生活里，她有着许多自己的小坚持。对于美的认知，她认为无论时尚和流行如何受追捧，人们心中对于美的标准一定存在一个共通的标志：和谐即美！她让自己的每一天无论是表象还是内在趋于和谐，绝不跟风；对于道德的认知，她相信自己的判断，绝不人云亦云随波逐流落井下石；对于交友的认知，她坚持自己的标准，真实自然真诚相待心意相通，绝不虚情假意欺下媚上两面三刀心口不一；对于家庭的认知，她相信家和万事兴，珍惜亲缘包容接纳尽责尽力，绝不求全责备不知惜福无事生非鸡犬不宁；对于生活的认知，她坚持做自己，乐观面对积极向上心怀善念感恩帮助，绝不消极放纵不思进取忘恩负义寡廉鲜耻。

坚持对的，坚持内心的坚持，坚持到信仰花开！

坚持成就坚守！坚守成就信仰！信仰抒写人品！

2016年3月6日

从林森浩投毒案谈开去

2015年12月11日，林森浩投毒案终于以林森浩被依法执行死刑宣告尘埃落定。这起发生在复旦残杀同学的恶性投毒案件在事隔两年多以后再次夺人眼球。一个医学研究生，还没有来得及学以致用、救死扶伤、拯救生命，反而用所学知识害人性命招来花样年华自身命丧，这是何等的悲剧！让我们再次回到案件本身：林森浩杀人，据说并非与同学有深仇大恨，说起来动机可笑又可悲，居然源于愚人节一个小小的玩笑，愚人节就是捉弄人的节日，他说那他就来整人，整一个人。一念之间就真的把同学整没了！他选择投毒，也是因为一句不经意的联想，选择了一种做实验剩余的剧毒药品。一个名校的医科研究生，一个潜意识的念头就导致残害同学的恶果，可见其对生命缺乏最基本的敬畏，视生命如草芥，心中没有作为人的信仰，自私冷漠没有善念，最终害人害己。是什么让他把小小的恶意演化成残酷的杀戮？是什么让他如此轻易就将一个风华正茂的优秀学子打入万劫不复？是什么让他在案件发生后几十个小时心存侥幸保持缄默？太多的“是什么”，振聋发聩！我想，我们得反思了！

北京大学考试研究中心主任秦春华在《教育绝不只是学校的事》一文中数举案例，论证成功的教育只能是社会多方合力的结果。我很赞同他的观点。而现实却是，一部分愿意学习的孩子在追求学业直达成功的路上，可能已经习惯了一心只读圣贤书，两耳不闻窗外事。对于与学习无关的事情无暇理会，放眼四顾，皆为漠然。春天解冻的小河，夏夜浩瀚的星空，秋光中绚丽的果实，冬雪无垠的洁白……全然构不成他们眼中的风景，唤不起一丝哪怕因瞬间的感动而欣赏的欢喜。没有感动何来感恩？而一些对学习没什么兴趣的孩子，追逐的却是吃喝玩乐，年轻的心只有麻木冷漠，对于一些最基本的道德观念的认知与遵循已然谈不上，反而对一些违背道德的思想和行为却缺乏正确的判断，苟同甚至效仿社会上的浮躁、利欲熏心之风与乖戾之气也就不稀奇。殊不知中华民族乃几千年礼仪之邦，先人读国学，讲仁义礼智信，重做人做事之道，谦谦君子厚德载物行走于天地间。而现在的一些孩子虽然经历长达十几年的教育，可又有多少时间是在学习君子之道？又有多少机会耳濡目染传统文化？随着经济的迅速发展，家庭、学校和社会似乎都更关注孩子学业的好坏，而非关注其身心的健康关注其作为一个人的道德素养理想信念，年轻一代的道德观念也随之模糊不清，以至对于中华民族优秀的传统道德诸如尊老爱幼、见义勇为、诚实守信、艰苦朴素、勤俭节约等的认识不够深刻，对上不够尊重，对下没有爱护，对同伴缺少宽容。

人之所以是万物的灵长，是因为人不但有感情而且有理性。然而，现实生活中，有一些人特别是青年人，做事容易冲动，法制意识淡薄，全然不顾及后果，一旦出了事，胸脯一拍，上演又一出我爸是李刚的闹剧。可是凡事都有底线，法律面前人人平等！说实话，看着林森浩行刑前年轻的面庞即将化为一缕烟尘，心底的那份不忍不自觉地蠢蠢欲动，真想为他呼吁法外施恩，让他活着，让他用所学知识在狱中服务一生自我救赎。可法不容情！对他的怜惜又怎能告慰那一个无端华年消逝的亡灵！对他的宽容又岂不是对庄严而神圣的法律的亵渎与践踏！除恶务尽！任何人都得对自己的行为负责！只叹在他成长的路上不积小善衍生大恶呀！

林森浩投毒案已经画上了句号，但此事件产生的社会影响相信不会那么快烟云消散。它向道德、人性、善良和教育发出了拷问！当下很多人的价值观似乎跟中华民族的优秀道德相左，中华优秀传统美德正像指缝的流沙慢慢散落。但当层出不穷涉及道德危机的事件发生后，人们方才幡然醒悟：该重建我们优秀的传统道德了！面对整个社会道德的滑坡，我们当对症下药，从生命的本源和意义出发，生命只有一次，没有了生命还能有什么可以附丽！众所周知，善与道德需要长期修养和积淀，所谓千年的历史造就百年的世家，百年的世家成就一世的淑女，三百年出绅士等说法，说的就是人性的光辉经过了岁月的积淀必然丰盈到肌理，光芒万丈。是的，教育绝不只是学校的事！得让家庭教育、学校教育和社会教育拧成一股绳，营造一个全民学习优秀传统道德的氛围，站在科学的唯物主义的立场，以客观、积极、乐观、进步的视角，弘扬优秀的传统道德文化，建立信仰，重塑大我，在实践中学习，在学习中实践，服务他人，感恩社会，人人为我，我为人人。只要人人身体力行，以讲道德为荣，以不讲道德为耻，我们优秀的传统道德必将得以传承和弘扬，我们的社会必将拥抱一个洒满阳光的明天。

2015年12月19日

此世永别　两生相望

终于在疯魔般的阅读中，读完了雷米的系列悬疑小说《心理罪》，抑制不住内心的想法，想一吐为快，可能肤浅，但却是最真切的。

心理罪系列的最佳阅读顺序为《心理罪之第七个读者》《毒树之果》《心理罪之画像》《斯金纳之箱》《心理罪之教化场》《月光的谎言》《心理罪之暗河》《心理罪之城市之光》《两生花》，五个长篇，附加四个番外，本本精彩，推理环环相扣，步步为营，暗藏玄机，前面任何一个不起眼的细节，都会成为后文绝妙的铺垫与线索，可见雷米先生的逻辑推理思维缜密到无以复加。而长篇中的法理、犯罪心理、人性善恶剖析更是深入骨髓，令人拍案叫绝，继而掩卷沉思。

长长的心理罪系列小说，叙写了主人公方木的成长足迹。他从《第七个读者》中的大学生，到《画像》中的法学研究生，再到《教化场》中一名省公安厅犯罪心理研究室的警察，历经《暗河》的洗礼与《城市之光》的熔铸，成长为一名历尽沧桑、身怀绝技、侠骨柔肠、悲天悯人、法理明晰的成熟公安。他是真正的战士，他是不怕死的英雄，他是光芒万丈的城市之光。他与形形色色的犯罪展开惊心动魄激烈殊死的智能博弈：贫困大学生心理扭曲畸变成杀手，谙熟心理犯罪的高智商连环杀手，偏僻山村愚昧无知不劳而获的村民拐卖女孩的集体犯罪；年少不幸遭遇引发成年后向社会报复的人性扭曲犯罪等，罪恶昭彰，手段无所不用其极，在我们面前展现出一幅幅人性善恶蜕变的画面，而方木无一例外地成为每一次事件的亲历者，一次次危厄，一次次绝处逢生。可贵的是，在主人公这些惊心动魄的历险中，我们也触摸到人性弃恶扬善的回归，比如《教化场》中的周振邦教授，《两生花》中的魏巍，当他们终于认识到原先的坚持错了，艰难放下执念甚至仇怨，最终用付出生命的代价完成了灵魂的自我救赎。

我还是想就方木的人生说说心里话。自始至终，他是一个理想的坚持者。他有着惊人的感知犯罪的心理能力，用雷米先生的眼光看，他有着超于常人的天赋。正是这份天赋异禀把他送上了一条险象环生的人生之旅，让他的青春年华突然间就纠缠在看不见、摸不着但却无时不感知到的诡异与危险里。成也天赋毁也天赋！一个风华正茂的象牙塔里的天之骄子再也没有了与之年龄相称的轻松、快乐与幸福。一头扎进了光怪陆离的犯罪心理研究，身不由己，欲罢不能。在一次次的抽丝剥茧中，在一次次的濒临绝境中，在一次次的孤独探险中，坚持着，寻找着，追溯着，虽有忘我的执着，但内心的挣扎与痛苦也如影随形。一个个罪犯现行了，一个个无辜被害者得到了昭雪。而方木也在这漫长的战斗中遍体鳞伤，无论是身体还是精神。

方木无疑是值得敬佩的！他年纪轻轻就经历生死，在劫后余生后，知恩图报，资助恩人的女儿数年，甚至要娶其为妻，给她一生的幸福；在办案的过程中，他救助弱小，以精神的力量拯救迷失的心灵，引领他们获得重生；对真理的坚持，更是其高尚人格魅力之所在。

方木的生存环境是凶险的！十几年游历在犯罪的河流里，荡涤了数不清的污泥浊水，遭遇了数以千计的扭曲人性，看惯了笑里藏刀的残暴嘴脸。虽然，他以一己之力，恒久不变，试图拯救这些看不见但却真实存在的罪恶，但还是防不胜防，不可避免地让自己伤痕累累，数次与死神擦肩而过。他的夜晚多半是被梦魇缠绕。

方木注定是难有感情生活的！他常年从事着这样一份生死无常的工作，他又是个超理性的人，纵然他爱，也给不了；纵然有人爱他，还是被他的执着和身处的危险吓退。世间若真有方木这样一个人，那他也只能鱼和熊掌选择其一，相信方木还是会义无反顾地背离着爱的方向远去，就如故事的最后，他为保护魏巍而选择隐身；为了米楠的幸福，他留下一个孤独的背影。白云总会跟着蓝天走，流水无意恋落花。难怪雷米先生在全书的结局发出一声悲情的叹惋：与你此世永别，与你两生相望。

方木，悬崖百丈冰之上那一株独立的青松，可是你？人见犹怜！

2015年8月1日

天上掉下个杨妹妹，误落凡尘谁人接

有幸欣赏到摄影组图：杨丽萍的玫瑰园，美翻了！我反反复复欣赏品味了数遍，愈觉美意难会，美景难描，美人难画！景里的人，人边的景，仿佛只应天上有，凡尘哪得几回见？醉了！

玫瑰园中，高大的花丛枝叶交错，光影斑驳，苔藓暗生，鲜花繁盛灿烂。杨丽萍一束高高的马尾，衬托姣美的脸庞，清水芙蓉。一袭绿色无袖丝绸长裙，曼妙地没过长腿，摇曳到脚背。她一会儿雅坐椅中，自在悠闲，轻握书卷，惬意读之。而身边百鸟欢鸣，花团锦簇，都是在热情陪伴这恬淡读书的倩影。书香、佳人、仙境，浑然天成，相映成趣，让人拍案叫绝。她一会儿又飘飘欲仙，流连在古朴幽静的青石小路，袅袅娜娜，逗趣鸟儿，笑意盈盈，美到极致！

在自家的玫瑰花园里，57岁的杨丽萍穿着白色长裙，秀发绾于头顶，插着一枚竹簪，徜徉于花海，一个年近花甲的“老人”好似妙龄少女，婀娜多姿；又似空谷幽兰，踏花而来，步履轻盈，垂目低眉，一颦一笑，一举一动，散发着不食人间烟火的仙气。不由得让人感叹：岁月怎么就将她遗忘了呢？这种空灵宁静的美丽，让人觉得只可远观，不可亵玩。天上掉下个杨妹妹，淡妆浓抹总相宜啊！

随花瓣堕进摇摆的光年，不知不觉让人忘却此乃凡间；白衣女子踩过的青石板，绽放出大片大片的姹紫嫣红！超凡脱俗似乎到了仙的境界，不禁轻叹：她是误落凡尘的仙子，有哪个男人配得上呢？

杨丽萍的美，倾其一生都绽放在了绚丽缤纷的舞台上。她是为舞蹈而生的，是为舞台而生的，是为艺术而生的。就像她表演的《雀之灵》一样，展示着大自然原生态的力量，她像春水一样流畅、灵动的舞姿，柔弱无骨，曼妙多姿，在纤细、柔美中迸发生命的激情，昭示出一种天然的灵性美，带给世人叹为观止的视觉享受，艺术之美，让我们开始懂得去欣赏舞蹈、热爱舞蹈、体会舞蹈原来是有感情的，艺术原来是有生命的！我们也由此明白舞蹈不仅仅是表面上的好看，还有着藏于其中的感动、美丽和魅力，闪烁着摄人心魄的灿烂光芒。

至此，我又不禁感慨万千，浮想联翩。美丽如斯、空灵如斯、优雅如斯，集万千欣赏于一身的杨丽萍，我们只能冠冕堂皇地把她定位成舞蹈皇后，舞蹈艺术家；在镁光灯下，在绚烂舞台上，在各种媒体上，我们遥遥地看着她，神秘地猜想着她，悄悄地膜拜着她。然而，撕去这些缥缈的面纱，透过耀眼的光环，她献身艺术，真的幸福吗？她的人生就不遗憾吗？也许，她静若处子沉醉书香时，她宛若仙子流连繁花时，她顾盼生姿逗趣鸟儿时，都流淌着不为人知的淡淡落寞、哀愁与忧伤呢。她的空灵，她的绝尘之美，使得她仿佛就是镜花水月，咫尺天涯，触不可及。想必在那你侬我侬的适爱佳期，有那钟情于她的男子，在欣赏又欣赏，想爱不敢爱中欲说还休欲迎还拒，最终还是忍痛割爱，却步不敢接了。男子可能会想，接住了，怎么养呢？仅瞥一眼那水葱玉指，怎好被油烟玷污？动一丝念头，都是罪过呢。

天上掉下个杨妹妹，误落凡尘谁人接？

岁月无痕吗？其实岁月有痕！在为她叹惋的同时，唯愿她永远裙裾飘飘，仙气袅袅；远远地看着，仿佛还是那一只高贵优雅的斑斓孔雀。

2015年6月30日

7/走出去看天

卖早点的小贩不时上到车上，操着一口京腔，快活地夹带着地道的京味俏皮话，吆喝大家拿早点。他特别用了个『拿』，好像早点不要钱似的。一车的游客受了他的感染，快乐的情绪在车厢内飘荡。

绿园寻踪

有关对故乡风貌的记忆，一别经年，浮现在我眼前的唯有一方绿色的小园。对它尚有一丝记忆，全因为曾经在那里有过一次寻踪，那恣意流淌的生命的绿色，在那个刚刚开始鲜活的年代，在当时那座贫瘠的皖西小城，显得多么特别啊！我试着回顾，再作一次寻踪，意图还原那片蓬勃的生机。只因，它曾经照亮了故乡人，也感动着我的心！

傍晚，彩霞满天。大道两旁的法国梧桐抖擞地挺立着，留恋最后一抹斜阳的抚爱，丰盈的叶子微微颤颤，像是为自己披金挂彩的坚强身影欢唱。几片白云悠闲地飘来荡去，牵着我缓步来到一方小园，不觉耳目一新。那三个一家盈盈乐乐，两个一双温情脉脉，一个自在洒洒脱脱。那忘情那陶然的样子，令我驻足。

一阵轻松。这才发现我对小园是多么陌生。此刻之前，我单知道它是锥形铁具圈成的一块草坪，不过两百个平方，长满芳草碧树，凉亭、桌、椅、马都是石制物，仅此而已。真惭愧，当时的我居然一天四次路经它的身旁，难怪人说“近处无风景”。

春末夏初的小园，在我眼里是成熟的。那绿深深的，爽人心目，不如叫它“绿园”吧。此时，一轮上弦月升了起来，月光明朗朗的，绿也似有些“草色遥看近却无”。在这微风沉醉的晚上，信步绿园，我开始寻觅繁树的世界。

一棵桂花树立在眼前，我悄悄凑近，想捕捉一点香的气息。可十月桂花香，这才五月末，哪有桂花香？我暗笑自己傻。不经意目光落在一株瘦瘦高高的扁木枝上。它有很多分枝，密密的叶子呈薄薄的扁形，又有许多如细毛线般的长叶子。别看它一副娇柔之态，心肠可特别好，常为流鼻血的人除去痛苦。腊梅树现在只剩下满身绿中带黄的叶子，“无意苦争春”，美妙的春夏，它甘愿默默守望娇艳的百花。这边是一棵叶子暗红的树，我猜想它定是“红又红”，是这个季节绿园里的“万绿丛中一点红”。遐想中，我忽然听到了真切的笑声，男的，女的，老的，少的，欢愉笼罩了夜晚的绿园，也充盈到我的心上。拐角之处，是绿园栽种最多的树——雪松，因为品性高洁，备受礼赞。绿园中最大的树要数广玉兰，叶面闪着金刚石般的光泽，据说产地在广东，由是称作“广玉兰”。和广玉兰连在一起的是名叫紫荆花的，张着油绿的叶子，形似绿荷，只是没它大，不然也会“接天莲叶无穷碧”吧。海枝树一大簇一大簇拥在一起，好像孩子围成一圈做游戏，光滑的叶面极像孩子的脸，惹人喜爱。万年青一沓一沓的，上面结着许多果子，只有绿豆大小，长长的一串一串拖着，轻风一拂，纷纷起舞。不觉间，走回头了，四围的树化作眼中掠影，交相掩映，环成一片绿海。

夜色渐浓，月上中天，我不忍离去，徜徉在绿园中“石”的世界。石与树之间，是两条青石小方块砖铺成的甬道。我小心翼翼地走在上面，仿佛它不是青石小路，而是涌动着的一泓春水。石亭、石桌、石椅、石马，都“客满”了，我只好立足于“爬满青藤的小屋”下看起来。它是在两个小石亭的顶上搭起的赖葡萄架，伸出的叶子轻轻颤颤，犹似不胜凉风的娇羞，缠绵着割不断的情思与情意……

清晨，绿园在静沐了一夜的芳菲后，第一个迎来黎明，那树叶分外绿了，鲜了，露珠清亮亮地在上面滚动，氤氲的气息四方飘流。老人在这样清爽的园子里悠闲地打起太极拳，仿佛青春又回；中午，灿烂的阳光照得绿园溢漾出成熟的美，姑娘小伙子抓紧抢拍，把美留下；傍晚，绿园忙着吐放一天中最美的光华，风情万种地拥抱人们。时常，还有三五成群的小学生来凑热闹，坐在石桌旁写作业。

夜浸出丝丝凉意，我依然亢奋地走到绿园最后一个地点——花鸟店。它静伫于绿园南角，泥石的墙基，一色玻璃墙面，里面用水泥砌了一条一条长形的小案板，上面摆放着一钵钵精致玲珑的花苗，有君子兰、野芭蕉、仙人掌、月季……还有假山造型。月夜下的花鸟店遗世独立，仿佛贮藏着千百个秘密。名曰“花鸟店”，哪有鸟的踪迹？无鸟用“鸟”名，大概是寄托一种良愿吧。

夜色阑珊，月华如水，青色泛滥如尼罗河的水决堤。我感到阵阵凉意，才发觉游人散去许多。移步转身，我悄悄走出绿园，仿佛怕惊动那份宁静。满心的眷恋，满怀的盎然……我又禁不住蓦然回眸，哦，故乡的绿园，生命之树常青！

2015年5月28日

茶山青青

我有一位好友的家住在山里。听说那里有青青茶山，而绿茶又恰恰是我平素最钟情的密友。在一个春节，我随这位朋友去了山里。在那儿，我真正见识了茶山的质朴、豁达与壮美。

下了车，还要走一段小路。正月里的乡村已不堪残冬的束缚，悄悄呼唤春的气息，直想一头扎进春天的怀抱。她袒露着自己的容颜，清新而不慵懒，隽秀却不妖冶。那树，那水，那水中的倒影，无处不流淌着苏醒的气息，让人忍不住想放歌一曲。远方，黛青色的山峦影苍莽起伏，绵延无际，直插天宇的深处。山连天，天衔山，构成一幅似真如幻的山水画。

谈笑间，就走到了茶山旁。这是些高低相间的小山，鲜有游人的足迹，但这大自然中最不起眼的一角，倒真是“清水出芙蓉，天然去雕饰”。那遍布着的一沓一沓的小植物，可不就是茶？

我迫不及待，和朋友一口气上到山口。山口处稀疏地散居着几户人家，荒凉中便显出些许生气。我们一直穿过曲曲弯弯的山径往上走。走出小径，顿觉豁然开朗。放眼远眺，阶梯状的小群山像一条卧龙屈曲盘桓，其间错落有致地分布着直立的水杉，坚硬的大麻石，低矮的山茶。朋友饶有兴味地讲起这片茶山的成因，讲儿时在这山上玩乐的趣事，讲乡亲们开山种茶的艰辛。朋友滔滔不绝，我听得津津有味。

这些光溜溜的茶枝，是年前修剪成的。截去的旁枝越多，来年就长得越快。时下，它们尚处于冬眠期，静静地伏卧着，吮吸着土地肥美的汁液。渐渐地，它们一日胜过一日地茎强枝壮，不顾一切地显现生命的律动。当河边的柳条抽出小芽的时候，乡亲们便抡起镐锄，开始松动茶地上板结的土壤。小山上的初春，阳光柔柔的，挡不住料峭春寒，更挡不住勤劳的乡亲们热乎乎的干劲。他们在茶杆的周围掘了一个个深坑，把肥料埋下去，那个精心料理的劲儿，如同抚育自己的孩子。清明前后，这些茶杆上争先恐后地冒出了嫩油油、绿浅浅的小茶尖。不几天，小山淹没在一片鸭蛋青中，芳香弥漫。这时的茶尖堪称茶中极品，倘若及时送向市场，准能卖个好价钱。一片片即将冒出头的茶芽不辱使命，蓬勃生长。它们一天一个样，宛如家有儿女初长成。待到满山墨绿时，山茶已葱茏欲滴，轻风一吹，绿影婆娑，绿海翻涌。谷雨前后，春茶的生命便化作缕缕清香，飘到人们的鼻翼，沁入人们的心田。玻璃杯内的新茶，在沸水的潋滟中，舒筋展骨，恣意飞舞。这曼妙的舞动着的绿精灵啊，它奉献得那样惬意，那样酣畅淋漓。生如夏花，逝如秋叶，想必它是无憾的！若以“质本洁来还洁去”“零落成泥碾作尘，只有香如故”来嘉奖它，自是当之无愧。春茶一采，夏茶便踏着它的足印，步履坚实地来到润泽肥沃的土地上，演绎另类精彩。农谚说：一茶苦，二茶涩，三茶好喝苦难摘。摘茶时，是最忙的季节，也是最动人的季节。这些祖祖辈辈耕耘于土地的乡亲，喜看茶的绿色，醉心于茶的清香，累弯了腰，眼角眉梢透着喜；姑娘小伙子们更是不会放过这眉目传情的好机缘，于眼明手快之间，播撒爱的语言。

我听着朋友的描述，醉了。我弯下腰，零距离端详起一丛小茶棵：细矮枝丫，貌不惊人，藏着倚门低首欲语还休的青涩。但它却里外透着一股倔劲，交织茂密，奋力生长，直至在光影里浅斟细饮，于无声处齿颊留香。茶道人生，大俗亦大雅。

置身在茶山的最高处，我默默地望向远方，目之所触，一览无余。我不禁对善良、朴实而又耐劳的种茶人心生敬意！他们耕种荒芜，收获希望；始于平凡，止于伟大。

茶山青青。香飘四野。润我心扉。

2015年6月2日

来到北京

序

决定北上，缘于九月中下旬你的一个电话。简单的两句话：“妈，我想你和老爸了。我这里没有厚实一点的御寒衣服，天再凉点就难撑了。”我没多想，当即就在电话里说国庆我去看你吧。你说好。淡淡的，听不出惊喜。当晚游说你爸与我一起北上，一来给你送寒衣，二来是想看一看你四年求学与生活的地方。没想到他居然松了口，答应安排好工作，一起北上，但要在假期结束前提前两三天返回。我作了让步，同意。遂上网购票，居然一票难求。颇费周章，购得四张来回硬卧车票。那晚即将启程，我却没有了成行的热情，莫名近他乡情怯。

离家那一刻，看着收拾好的大包小包，穿的、吃的、用的，顿觉麻烦。提前一个小时，我们出了门。外面已经黑了，天空飘起了细细的雨丝，骤然打湿了我的心，有了些许离家的惆怅。急三火四赶到火车站，汇聚在等车的大军中，嘈杂、陈旧、暗淡的火车站候车大厅，给人一种压迫胸腔的感觉，焦虑、无奈写满了一脸，毫无挥手自兹去的洒脱与豪放，亦无前方是相聚的憧憬与喜悦。暗想：花自飘零水自流，人生本就居无常。一叹之间不觉升腾起对新火车站建成使用的期盼。沿检票通道一路狂奔，气喘吁吁踉踉跄跄地上了火车，找到卧铺号，坐下来，心安。看着车窗外的原野、树木、电线杆、远处的房屋，此时都已笼罩在高高的苍穹之下，风驰电掣般向后倒去，不禁大赞现代化的交通工具真乃神奇，它把我们装在里面，天涯海角也便浓缩在咫尺之间。

首 日

列车到达北京西站已是午后时光。我们随人流涌入车站大厅。厅之大，人之多，让人感慨不已。我们买了张北京市地图，向车站工作人员咨询地铁站的方位。找到地铁站，买了去清华的地铁票，左冲右撞上了地铁，转乘再转乘，终于到了。走出地铁，看着手机上你提前定好的宾馆名称，以为就在学校附近。可是一打听，不是说不知道，就是说远着呢。私家车主一张口就说八十，我送你们去。闻听不禁讶异。此时已经下午三点多，北京下起了大雨，风很大，气温较之家乡要低许多，突然就有了人在他乡多悲凉的凄惶。没办法，既然出租车不好打，只有任人宰，找到宾馆先安身吧。果然，宾馆挺远！自己先前以为走两步就能到真是太天真了。不禁恼怒起来，定这么远的宾馆！

落实好住宿，想着去清华见你。遂发短信："我和你爸打车送衣服到你学校，直接去紫荆公寓。在那儿等你下课。你别急。我们等。"你回复："我在上课，还要一小时，你们不用急。"我们又一次坐上私家车主的车，向清华驶去。车主说，你们孩子有出息呀，上清华。到了清华东大门，一路往里去。车主又说，清华大呀，想走进去，难！确实，当时因为凄风苦雨，一路颠簸，又冷又饿，几乎无心去感受清华。只有一个感觉：大！我们在学生宿舍区紫荆公寓门前下了车。外面的车不准往里开。剩下的路只有自己徒步去丈量。我们拖着行李，合打一把伞，边走边找，数着栋数，终于找到了11号楼。

第一次见识了像迷宫一样的自行车存放处。整栋楼的第一层是一条狭长的大通道，光线阴暗。在这些大通道的外围，延伸出不规则的一个一个方块，你缩进去我伸出来，仿佛是在捉迷藏，像极了一个一个的小暗堡，这便是自行车的停放地。站在此，无处藏身，四处都是通风口。此时，天色渐暗，冷风嗖嗖地侵袭着我，那种等待的辛苦啊！五点钟了，终于见到一拨一拨骑自行车的学生，都是同一姿势，一手扶把一手撑伞，快速地向宿舍楼骑来。还没反应过来，你已来到我们面前，像是从天而降。轻轻两声招呼，你锁好车，拿起行李，快速走向宿管间，登记。我们紧随你后，蓦然觉得你那样高大。你大步流星，上了楼，把行李送进宿舍，返身出来迎接我们。我这才打量起宿舍格局：楼道宽敞，墙面厚实。隔着一条楼道，宿舍两两相对。进到你的宿舍，见到两个室友，礼貌热情地简短寒暄，迅速把宿舍看了个遍：挺大，四张床，两两相连，紧靠两面墙，中间是过道。每张床其实就是一个独立的小天地，上面是床，下面就是书桌，上下一体，外带衣橱，设计挺合理，使用方便。里面的墙上有空调和暖气管。在宿舍停留不到十分钟，你带着我们去了最近的一处餐厅。雅致舒适的就餐环境，就餐的学生也都温文尔雅，没见大声喧哗举止鲁莽的。你吃得依然如同在家一样津津有味，胃口很好。我可能累了，反而不想吃，就那么看着你们父子“风卷残云”；间或看着进进出出的学生或是安安静静独自用餐的身影。

走出餐厅，你回宿舍，我们回宾馆。雨在夜幕的掩映下更加肆虐地飞舞着……

翌　日

今天是10月1日，共和国建国66周年的纪念日。

凌晨四点钟，你发来短信叫早。昨晚你在网上订了一个两日游，还有四十分钟到达宾馆接我们。不敢怠慢，下床洗漱。看看窗外，北京的天还是黑的，神奇的是昨晚的瓢泼大雨不知何时停的，高高的苍穹上挂着一弯淡淡的半月，射出冷冷寒光。星星也特别神气地眨着眼睛，装点着神清气爽的夜空，天明就是个大晴天。天虽晴了，气温却特别低，我冷得缩作一团。把能穿的一股脑儿全裹到身上，还是觉得冷，后悔离家前估计不足，御寒的衣服带得太少。你爸穿上你的秋衣刚好把寒凉抵挡在外，我就惨了，穿你的衣服就成武大郎了，只好作罢。四点四十，你和旅行社的白色面包车来到宾馆前，我们坐进去。驾驶员是个小青年，车技了得，路况娴熟，载着我们在黎明前京城的大街小巷里像游鱼一样穿行，所有的道路于我们而言都是那样陌生！有那么一瞬间，心头突然闪过《心理罪之暗河》中那辆在黑夜里孤独行驶贩卖少女的白色面包车，画面何其相像！心里的小鼓如雨点般敲击。遂以警惕的眼光在后座审视这驾车的小青年，密切关注时而宽时而窄的道路。假想如若他不是好人，岂不把我们带到不知所终的险象环生之地！一边想着对策，一边默默祈祷！天渐渐发白了，看到了更多的行人和车辆，我悄悄藏起不足为外人道的臆想，暗笑自己神经过敏。终于到了旅行团集合地，办完手续，上到一辆大巴上，加入这个60多人的旅游团。

终于听到了京腔京韵的北京话，导游是个伶牙俐齿的小美女，介绍起北京历史、名胜古迹那叫一个不含糊，如数家珍，信手拈来。太阳升起来的时候，我们到达了八达岭长城脚下。此时已经聚集了数以万计的游客，旅游大巴也是排列成长长的阵列。毛主席说过：不到长城非好汉。不过，我是这样理解的：只要站到长城上，不论在哪一段在哪一级台阶，都算是好汉。此时，风力强劲，刮得北京的天空异常高蓝，太阳仿佛洗尽铅华没有一丝杂质释放着全身的热能，点燃了游人攀登长城争当好汉的热情和勇气。极目遥望，长城宛如一条盘桓在八达岭山间的长龙，屈曲绵延无休无尽，衬托巍巍群山竞妖娆。龙头直指云霄，与白云戏谑，与蓝天环抱。登长城的好汉勇往直前，大有直捣黄龙府与群峰竞媲美的英雄气魄，誓把龙头踩在脚下！也有如我者，浅登辄止。长城台阶之间的距离是普通台阶的两到三倍，每登一级于我而言颇费力气。我只能老老实实贴边扶着扶手往上攀，上几级就腿酸乏力，心慌气短，心中暗暗叹息老啦，真是老啦。站在半山腰，举头遥望苍茫的天际，看奋勇向前不断攀登的人流，气吞万里如虎，去相逢长城的尽头，那定是荡胸生层云，一览众山小吧！可惜我只能错过那种境界了。停留了一会，独自一人沿原路返回。下山要更加小心，抓着扶手一级一级往下探，终于下得山来，静等父子俩。聊以自慰：长城，我算是到过了！

第三日

10月2日一早，旅行团来了辆广本车，接我们去大巴地点汇合。一路疾驰，穿路上桥钻隧道，足有一个小时的车程。音箱里播放着动听的情歌，我享受着清晨的这份空灵与惬意，放空了所有不良的心绪，置身仙境。眼睛却是一刻不停地捕捉沿途的京城风光，唯恐错失一点一滴。北京，这座城市像一幅波澜壮阔的画卷在我眼前铺天盖地展现开来。来不及看清，来不及思量，来不及品味！南北东西无限地纵深延展，无论在哪条道哪个方位，放眼四望皆呈方形。恢弘大气的布局，纵横交错的路桥，四通八达的街道，川流不息的车辆，鳞次栉比的楼宇，古色古香的建筑……每一寸土地，每一丝空气，似乎都凝聚着悠久历史古老文化的气息，散发出历久弥新磅礴大气的芳香。皇城的厚重果然名不虚传！

上到大巴上等待发车，看看时间，近八点了。天是那样高远那样湛蓝，秋阳明媚宛若阳春，完全不见传说中的北京雾霾，和芜湖的天气一样美丽。古老高大的柳树临河伫立，长长的茂密的柳条在风中低吟，风情万种地抚弄着欢乐的河流。卖早点的小贩不时上到车上，操着一口京腔，快活地夹带着地道的京味俏皮话，吆喝大家拿早点。他特别用了个“拿”，好像早点不要钱似的。一车的游客受了他的感染，快乐的情绪在车厢内飘荡。

我们要去的第一站是故宫，也叫紫禁城。无数次在古装剧里见识过故宫，真到亲眼见到的时刻还是真切地被震撼到了。皇家至高无上的威严、尊贵、神秘都尽藏其中了。万头攒动，摩肩接踵，也只能是走马观花到此一游了。一进一进往里走，也不知走过多少进，亭台宫殿外形都是一样的，只有大小之分。数量之多无以计数。这些宫殿，金碧辉煌，气势磅礴，由外向里纵深推进。雕梁画栋，独具匠心，古朴大气，端庄威严。侯门似海，徜徉其中，依稀可见当年一代一代皇家由繁华盛景走向凋敝衰落的过程，至尊皇权也好，落寞宫女也罢，如今都已淹没在历史的烟尘中，随风而逝！

下午，在前往颐和园的渡船售票口我们歇息下来。导游去买联票，这一去不打紧，仿佛去买北京城，两小时不见人。众多游客一拨一拨坐上船走了。五点钟了，眼看就剩下我们这最后的一拨人，心急难耐，无可奈何。终于导游一声大喊上船了！动作慢了点，没能坐到靠窗的座位，看不清水上风光。灵机一动，跑到船头离驾驶舱很近的一角空地，手扶船舷，倚窗而立，望向船外。和风阵阵，拂去满面的疲乏与心头的焦躁，整个人为之一爽。宽大的昆玉河水流由远及近形成一波波激流，撞击着船体，与发动机的轰鸣一起共振，奏响惊涛骇浪之声。这条通向颐和园的长河，在夕阳下波光粼粼，仿佛万点细碎的白银洒落其间，柔滑而有质感。两岸密布的高大垂柳，亭亭玉立，婀娜多姿，临水梳妆，装点得昆玉河千娇百媚，流光溢彩。还没欣赏够河岸风光，天色暗了下来，天将黑了。远处的山峦蜿蜒起伏，呈朦胧的灰色，像卷轴一样缓缓地放开来，我想那便是万寿山了。果不其然，真的是昆明湖畔的万寿山。下了船，颐和园已然笼罩在暮色中，昆明湖、玉带桥，颐和园中一切的一切，都在淡淡的月色中成了剪影，定格成一幅明明灭灭的意象画，成为永恒。回到家乡，如果有人问我去过颐和园吗？我该怎么回答呢？是去过了，还是没去过？

第四日

今天是10月3日。我们选择了自由看风景。

先坐公交找到地铁站。我们要去天安门看看。几经换乘，到达天安门站。跟着汹涌的人群，出了地铁站。天安门广场封路了，只能绕道从人民大会堂后面的一条路进入。既然如此，也就不着急，索性一路走走停停，慢慢欣赏。

不远处一处硕大的圆形屋顶建筑吸引了我们的注意。走过去，原来是国家大剧院。我们走到跟前，碰到一群骑行者，全副武装，很是英姿飒爽。你爸如遇知音，居然走到一位高大的中年男子面前，请求借一下他的自行车，拍照留念。那人很豪爽，把车子推过来，给你爸骑上，并拿出自己的墨镜给我戴上，用我们的相机，帮我们摆好造型，咔咔两声，留下纪念。愉快地挥手告别，我们向人民大会堂那条路走去。

人民大会堂通向天安门的路上人山人海，人潮如涌。排着长长的队，一拨一拨进行安检后再放行。警察、巡逻车来回巡查。好不容易过了安检，得以进入活动区一览风光。人民大会堂、天安门广场、毛主席纪念堂、人民英雄纪念碑，尽收眼底。不远处的天安门城楼上红旗招展，巨大的毛主席画像悬挂正中，倍感亲切。想拍照留作纪念，都成了一件难事，人如山，花如海，难以找到留影的空隙，只得耐心等待捕捉时机。很想去毛主席纪念堂看看，可惜看到的是一则闭馆公告，要到10月5日才重新开放，遗憾不能如愿。

我们又坐地铁去了香山。好大的一座公园啊！一眼望不到边！绿色的草坪，茂密的树海，宽阔的走道，大气的风范，高贵的品质，都不同于我记忆里对于公园的定义。这真是一处极品园林！休闲度假的绝佳去处！走不动了，选择一地等待，你爸游兴好着呢。

第五日

今天是10月4日，是我们离开北京的口了。

一大早，我们打了辆出租车，驶向清华，与你汇合，也做最后的告别。我想乘今天好好看看硕大的清华园。你带我们去了另一家餐厅吃早餐，餐厅之大之洁净，早餐品种之繁多，令我咂舌。难怪你在这里不见瘦身还见长呢。你向同学借了两辆自行车，你骑一辆，你爸骑一辆带着我，在清华园里转起来。无法用语言来描述我对清华的印象，坐在自行车后座上，匆匆飘过，又能说出什么子丑寅卯呢？大概说一下吧，毫无章法，笼统而抽象。大！是清华给我自始至终的印象。感觉从东大门到学生宿舍区，比我上班的路途还要远呢。由此，自行车便成了清华的一大亮点，不得不提。路上尽是骑车的青年，还有一手扶把一手拖着行李箱骑着自行车的青年，这骑行的技术都练出来了！随处可见大片大片的自行车停放地，堪称车海！不禁暗想：在这个小汽车盛行的年代，自行车最大的消费市场应该就是大学校园，大学生就是自行车消费最大的客户群。自行车的商家们，你们发现了这一商机吗？清华的建筑是另一大亮点。没有特别高的建筑，都是些欧式的既洋气又复古的建筑。看起来不似我们通常印象里的教室，倒颇有电影里西方洋行的味道，典雅高贵有内涵。也难怪，清华原本就有梁思成、林徽因这样国宝级的建筑设计大师嘛。清华的植被无处不在，虽已是秋天，仍然处处绿色盎然，流淌着无尽的生命的原色。有幸经过朱自清先生笔下的“荷塘月色”，尽管时令上已过了接天莲叶无穷碧的最佳观赏期，但荷塘依然荷叶恬恬，风过处碧水涟涟。一群上了年岁的老者，在荷塘一隅翩然起舞，多么热爱生活的一群文化人啊！青春不老，岁月如歌，清华人永远年轻！清华的运动场有很多处，不经意之间，就又看见一处运动场。都很大，设施完善。有了强健的体魄，而后才有超能的奋斗的保障！清华的学子们，加油！

匆匆别过清华，留恋处，情依依。

尾声

你坚持送我们去火车站。

最后一次坐上北京的地铁，人密集得就像罐装的沙丁鱼，呼吸都不顺畅。我们在火车站的快餐店吃了离别饭。没有过多的言语，简简单单实实在在地叮嘱几句。进站口，离别的时刻到了。你爸似乎是决绝地走了进去，我还是按捺不住转过身抱住你，眼泪止不住往下流。就那样紧紧地静静地抱住你，哽咽着说不出话。你抱着我，半天才轻声说：别哭，老妈！

坐在北京西站的候车大厅里，我平复好心绪，梳理了此次来到北京的千头万绪。北京太大，走在北京的大马路上，藐小如蚁，沧海一粟，竟至没有存在感。如此特大的城市，生活起来真的不方便。这是一个不折不扣的移民城市，各色人种比比皆是，不足为奇。你若在路上问路，十有八九问到的都是外地人。也正因为如此，北京通达四海，兼容并蓄，有容乃大，真正的国际风范！不由想起导游的一番话：北京，两千年的建城史，六百年的建都史，是全国政治、文化的中心，来北京旅游，三分看七分听。北京美不美，全凭导游一张嘴。想到此，一乐。不虚此行：给你送寒衣，相聚一场，观光只是附加行为，值了！北京，就让我在心中深深地把你礼赞！默默地把你热爱吧！

上了火车，躺在卧铺上，拿出在北京站刚买的《和珅全传》，沉入历史的传奇中，向着两千多里外的家——芜湖，前进！

2015年10月11日

春到响水涧

“响水涧”这个名字，最初听闻是得自于他口中，他闲暇骑行曾数次骑到那里。这个名字听起来韵味十足，亦动亦静蕴藏雅致，她亦由着自己喜欢上这个从未谋面的地方。3月20日，恰逢春分，她终得以亲眼见识这有着好听名字的响水涧。

午后一点多钟，他驾车带着她下了高速，拐进响水涧路。这是一条水泥路面，宽度约莫四车道不足三车道有余。但见不计其数的小汽车车头连着车尾、车尾衔着车头，沿着路的右边，一字排开，宛若游龙，有序无限地向前绵延直至景区大门，展现流线型车景，总有六七公里长吧，铺成一道城市里难得一见的奇观！响水涧路看起来也就更像一条玉带了。

这时候才有心看向路两侧的田野。黄的绿的红的青的银色的枫叶红的，只觉得五颜六色，一股脑儿扑进眼帘，来不及细细分辨，只觉得看着那么眼熟那么亲切：原来都是春天的颜色！春天到了响水涧，她追随春的脚步也来了。

定下心一路走一路观赏。不规则的一大垄一大垄黄灿灿的油菜花笑成了一片金海，引诱得众多男女老少拿起摄像机或是手机，定格这春天独有的金色。齐人高的油菜花风姿绰约随风摇曳，美女们掩映其中，巧笑倩兮美目盼兮人比花娇。有美女灵机一动解下大红色丝绸围巾，双手高擎立在一片婆娑的金黄中，恍若风中的旗帜，猎猎飘扬。齐刷刷的小麦也在风中哗啦啦掀起一阵阵绿色的麦浪，仿佛和油菜花争相吸引游人的目光呢。金黄的油菜花，绿色的小麦田，银灰色的水面，不知名的花树，翩然飞舞的蜂群，热情的农家乐，不时飘过的一支骑行车队，仿佛断裂依稀相连的山峦，在灰色的苍穹下，落笔成画，晕开摄人心怀的徽风皖韵，在眼前四散地荡开……

他说，平地观花不出景，上到山顶花不同。她信了，随他和众人一起坐上一辆上山的大巴。十分钟，登上了浮山。站在山顶往下看，似乎梦里水乡烟雨江南，醉了眼睛美了心扉：远处鹅黄的油菜花、青翠的小麦田、银灰色的流水、可爱的小桥、黛青色的村舍，隐隐约约的小路，朦胧的山影和苍松翠柏，纵横交错俨然井田，仿佛排兵布阵又似水墨图画，无需雕饰地尽收眼底。徜徉在抽水蓄能电站的大坝上，山风呼啸，吹乱了头发，却吹不乱游兴。她和他都戴上了帽子，穿梭在大坝上，穿梭在人来人往的笑声里，穿梭在风萧萧的浮山里：看你来我往，看驻足拍照，看自然的生命的色彩！

徒步下山！他拉着她边走边看，走走停停，遇上好看的角度取景拍摄，权当小憩。路遇一位白发苍苍的老妈妈独自下山，手拿一架摄像机，精心取景，拍摄山光水色，拍摄人与自然，拍摄一切美丽的影像。她心里暗自钦佩老人家这一种热爱生活的心态。走到一处不错的角度，他邀请老妈妈为他俩拍个合影。老妈妈欣然应允，接过她的手机，笑着要他俩摆好姿势，“啪啪”几连拍，留下清晰的影像。他俩一看，异口同声夸赞老妈妈会取景，拍摄技术好。老妈妈高兴地挥挥手继续前行拍照去了。看着老妈妈矍铄的背影，她不禁哼起两句歌词：革命人永远是年轻，他好比大松树冬夏常青……老妈妈可不就是这样的人嘛！他见机说道：“出来看看不错吧。别老缩在家里不出门，生命在于运动，运动的人就像春天一样生机勃勃。以后，只要有时间，我都要拉着你出来到处走走看看，让你看起来更有朝气！”她不置可否，满面红光向山下跑去。

下山的大巴不时像一阵风从身边飞旋，惊得行人连连向路边上靠；骑行者全副武装像一道闪电稍纵即逝；三五成群如他俩一样用脚丈量下山的，都是甩动双臂，连走带跑。孩子们如同山里的小鸟，一路欢蹦乱跳，大声喊叫着追逐着，兴奋得像有使不完的力气。弯道处，几乎都设有一面道路转角镜，状如哈哈镜，引得许多人对着它自拍，嘻哈笑乐。走了一个多钟头，汗湿一身，腿酸力乏，终于下得山来。

归途中，再一次平视这如画般的油菜花，顿感生活的变化仿佛与曾经的记忆断片了，某些生活的痕迹似乎不曾存在过。记忆里，油菜花是春天开得最早的花。当春回大地春燕呢喃春水东流的时节，铺天盖地的油菜花就会争着抢着呈现一派浩荡的金黄，暖黄新鲜馨香扑鼻的油菜花，那么自然朴素不需要关注地铺陈在田野甚至河畔沟渠，从来没觉得它是多么出众多么缤纷的花朵，更没觉得它在多年后的今天会摇身一变成为春天万众观赏的风景。原本在她眼里再普通不过的油菜花，居然在当下的春天不是随便在哪儿都可以一睹其芳容的，得跋涉得流汗才能看见。比如，到了响水涧，才看到开得如此蓬勃的油菜花。这一发现，多么像她的人生写照。二十年前，她绝不可能想到她今天能拥有这样幸福的生活，爱拼才会赢！只要努力，一切皆有可能！

响水涧，一个美丽的名字！春到响水涧，油菜花洒金了，小麦葱茏了，小桥流水了，农家乐了，蝶舞了风吟了，骑行了攀登了，踏青了赏春了，她跟着他也来了！春到响水涧，她追到响水涧看春，看到了不同于往日的诗意和诗情！

2016年3月22日

烟雨西塘如梦幻

应友人之约，在一个有风有雨的四月下旬天，寻着千年古镇——西塘去了。

午后一点，西塘在烟雨绵绵中，带着迷蒙带着雾岚带着古朴带着淡淡的雅韵，展现在我的眼前。

顾不得飘摇的风雨，顾不得人挨人的拥挤，顾不得雨伞碰雨伞的无奈，心生期许裹挟在游龙般的人潮里，放眼四顾，贪婪地只想饱览一个秀色可餐的西塘，捕捉一丝一缕的西塘印象。

水，是西塘入画的风骨。随到之处，都有水的柔姿，明明灭灭与雨天相映，婉约多情，自带诗意，犹如淡墨山水。风过处，水波曼妙，邈邈遥遥，惝恍旖旎，静娴如青梅颔首，欢快如夜上海的霓虹，怎样都好姣美。

木质亭台楼阁古色古香，堪称西塘建筑的风格。灰色小瓦屋顶，呈斜坡状，层次清晰，大概是因为水乡多雨，利于流泻吧。白墙，木屋木柱，有点旧旧的那种，在雨雾中更添江南水乡的风韵。狭长的古旧小巷，湿滑的青砖地面，斑驳的青苔，令人遐想民国时期走在其间身着旗袍撑着油纸伞的姑娘，袅袅婷婷，回眸一笑，淡雅如菊。

走进西塘，走进烟雨长廊……

长廊像一条玉带沿河无限地向前延伸。成串成串的红灯笼像玉坠似的飘摇在长廊门前，远远看去，长廊就像一条灯笼街，红得热烈，顾盼生姿，招揽游客，好似桨声灯影里的秦淮人家，于静谧中暗香浮动，于雅韵中喜气洋洋。水中亦有灯笼的影子，晕红了那一片水域，荡秋千似的，飘忽不定。长廊前是长长的河道，清风吹过，水波微澜。不经意处，有小桥横卧水面。站到桥上，纵观长河，宁静深远油然而生，不管游人甚众，喧哗如沸，她就是能让你缓慢下来，复归恬静。河面不时有木船划过，水流帆动，一河春色。柳条低垂，古屋绿树临水而立，美轮美奂，水乡意浓。长廊其实就是一间一间商铺连贯而成，特色小吃、茶座咖吧、手工制作、纷繁艺术，吃的喝的玩的赏的一字排开，应有尽有，眼花缭乱。尽管春雨一反常态，失了往日柔和，肆虐狂野，打湿了鞋子；春风也不再温和，送来丝丝寒凉，却没有妨碍游人欢游。人头攒动，摩肩接踵，稍不留神，真的会有踩入河道的危险。游客们边走边吃特色小吃，边走边摄下心仪美景，流连观赏，笑语声喧，可长廊仿佛并没有不胜其烦，依然淡定从容慢条斯理笑迎八方来客。想来真是靠山吃山靠水吃水，一方水土养一方人，这里的人用勤劳和智慧把旅游经济做到了极致，富了自己，方便了游客，带动了古镇经济的发展。

午后三点，我玩不动了，走进一间咖啡音乐吧。“旧人旧梦旧时光”，好听的名字，怀旧中充满了梦幻。一条极其狭长的小巷把咖吧分隔成两半，透明的玻璃墙门脸相映，似乎不曾相隔。服务生把我领到一处单人独坐，座位旁边有绿树遮掩，自然就有了雅座的意思。我这才细细打量起这间咖吧：很大，陈设全是木质的，布置得巧妙，虽然一眼看上去就是一间大屋子，但来这里的人都会觉得是安全的惬意的不受打扰的，或书台遮掩，或栅栏遮掩，或树藤遮掩。桌椅的设计也各不相同，有多人长桌配沙发，有两人方桌配藤椅，也有单人圆桌配座椅。幽暗的灯光给整间咖吧镀上了梦幻色彩，长长的落地窗帘都收拢起来，露出淡若明镜的玻璃，抬眼望去，外面略显宽阔的河面上春雨纷纷，溅起一朵一朵跳跃的雨花，柔软了这个四月的午后时光。又看见了一长串一长串的红灯笼在风雨中摇曳，摇进了我的眼眸晃进了我的心里，让我忍不住时时把目光投向那串红。我要了一杯拿铁，不放糖。轻轻搅拌，浓稠得像乳酪一样，点点浅尝，慢慢品味，丝丝入心，愈发地品出它的浓香。看看周遭，人影绰绰，都是一派逍遥慵懒自在酣畅。有的相谈甚欢莺声燕语，有的默默注视久久无语，有的自得其乐翻动手机。我不禁心头一暖，此时此刻真美！音响里不时传来熟悉的经典老歌，再一次触动心弦，那些逝去的久远的淡漠的一个个“曾经”，在这个古镇迷人的午后，像不断播放的老歌一样，缠绵缭绕于我的眼前。鼓手间歇地来一阵或浑厚或苍茫或欢快的手鼓，让这间咖吧瞬间弥漫了异域风情，复古又时尚，深沉又奔放。我的正前方就有玲珑的书台，只手可够，不禁好奇起来，欠一欠身子，在朦胧的光影里浏览书名，都是些好书呢。这样的场景，这样落雨的春天，这样的音乐咖吧，我仿佛置身于幻境，这电影中才有的唯美场景，竟然我成主角了。我也好像小年轻一样，品味香咖，享受音乐，翻动手机，定格画面，怀想生活，沉醉不知归路。

这个有风有雨的四月天，我迷失在千年古镇——梦幻西塘了！

2016年4月27日

五月　上班路上

芳菲浸染的五月
云蒸霞蔚的五月
万紫千红的五月
在你的怀抱里
我一路流连

清晨
开着40码的慢车去上班
听着广播里王扬带来的早新闻
一天的新生活从路上展开

缓缓地，进入神山路
雕塑公园大道的美景
像一幅长长的画卷
随性地朝我铺展开来
心，爽朗朗一颤
目光便不自觉地投向车窗外

贪婪地抚摸这跌入眼里的景致

绿色的山体沿周遭斜斜地下滑
衬着高天流云
仿佛深情凝望
又仿佛紧紧相连
造型各异的雕塑
风姿绰约地矗立在其间
在树海，在花海
各种深浅不一的红，黄
点缀着，交织着，辉映着
红的热烈，黄的典雅
出其不意的
一条恍若带子的流动的小河，蜿蜒到眼前
柳条于风中婀娜起舞，侧畔梳妆
清浅的一汪池塘
已然浮起扇面大的碧绿的荷叶
那乳白色的芦苇
幻化成一大片白雾
缭绕，弥漫在清风与绿水之间

一个个背着书包快速骑行的少年
阳光一样闪过
奔向那求知的圣堂
为理想和希望而战
多好啊
我目送着他们，感动而艳羡

不禁想念起远方求学的儿子
默默把祝福一起送上
用青春抒写壮丽的未来

上班去
在五月的路上
变化着的，是路上的风景
还有——不错的心情
生活，是这样美丽！

2015年5月11日

没有左手的年轻人

我们坐船到了桃花潭对岸，不到五分钟吧。

水畔，游人稀稀落落。放眼望去，桃花潭水清波绿，在阳光下叠翠洒金。远山空蒙。三三两两的大人和孩子弯下腰捡起小石子，调好最佳的投掷角度饶有兴味地向水面扔去，落水处漾开几圈涟漪，花瓣一样漩开，投掷人一阵欢笑；或者嫌水花不大，再捡石子再扔，反反复复玩着这一游戏，给过于安静的一片水域增添了些许生气。除此，也就没什么新颖有趣的项目。

岸边，除了管理游船的工作人员，只有一个年轻人摆了一个摊位，卖些零七八碎的吸引孩子的玩意儿：木质弹弓、手枪、小房子，玩具刀、剑等，最吸引人的莫过于他正在一方电动磨刀石上打磨一只只椭圆形的菩提果，细碎的粉末随着电动摩擦声飘飘洒洒，落向地面。奇妙的是这些菩提树的果子经过打磨后，圆润光滑，好像玉石一般，用红线和金属圆环串在一起，就是一个喜气洋洋的钥匙挂，别致好看。回家后查阅资料，得知这种菩提果有很多别名，最能代表它特征的是一个具有魔幻意味的名字——千眼菩提，因其表面有很多天然斑点，仿佛有众多的眼睛而得此美名，据说它暗含沉香，是吉祥之果。这种果子坚硬无比，为实心状，密度硬度都大，非常难打磨，难怪年轻人得借助电动磨刀石呢。印象中似乎很多景区都有类似的物件，也就没有特别的兴趣凑上前细看。同行的好友向年轻人询问这里有什么风景可观赏，年轻人居然有点害羞地说：既然来了，就随处走走看看吧，言下之意是没什么可看可赏的。他又不无惋惜地说：你们要是端午节之前来就好了，有龙舟赛，可热闹了。我说：那得要等到退休以后才有机会了。年轻人笑笑：哦，我忘了端午节才能放假的。当时，我们都没在意年轻人的与众不同之处，随了他的建言，走了一大圈之后，突然有种被诗仙李白忽悠的感觉，意兴阑珊走回岸边等待坐船返回对岸。

无事，再次走近年轻人的摊位旁。好友的先生悄悄对我们说：年轻人没有左手。我和好友惊讶对视一眼，轻轻靠近摊位，看着他安静地打磨他的作品。我拿起一个成品鸭蛋形菩提果钥匙挂，在菩提果上轻轻抚摸着，斑驳的橄榄绿文身，凉爽润滑，眼睛却是不动声色地看向他的左手：那只左手从手腕处没有了，光秃秃的胳膊桩，看起来比健康的胳膊的相同部位要细一些，已经看不出有丝毫的创面或伤疤，或许失去左手很多年，伤疤完全愈合了，加之常年劳作，断腕处磨平了，居然连茧子都没长，让好友误以为是天生的。但我知道一定是后天失去的。再看年轻人，坐在椅子上，微微低着头，专注于手中的活计，偶尔抬起头回答游客的问话，云淡风轻的姿态仿佛桃花潭的山光水色，给人恬淡安详之感。我一下就动了恻隐之心，轻声说：师傅，我要两个钥匙挂。年轻人抬起头，微笑着说：那我给您现穿线和环。我说：好。他就从盒子里挑了两个已经打磨好的色泽、花纹均属上乘的菩提果，两只金属圆环，又笑着问我：您用红线穿还是棕色线？我说：红线吧，喜庆！他拿起两根红线，开始现场制作。一果、一环、一线、一些微小的颗粒状圆珠，动作靠的就是一只健全的右手。只见他用左胳膊断腕处按住菩提果，右手把红线穿过菩提果一头的两个小洞，再穿上一粒小圆珠，打个结，作为与金属圆环的分界；套上圆环，把红线两头各穿上两粒大小不一的小圆珠作为点缀，打好结，用小剪刀减去多余的长线，最后用打火机轻点火苗，固结线头，一个菩提果钥匙挂制作成功。我看着他的一招一式，不急不缓，不慌不忙，却是很费一番工夫的，心里为他隐隐作痛，又暗暗佩服他的生活态度，没有左手一样自食其力笑容温暖。我再次把目光投向篮子里尚未打磨的一堆菩提果，普普通通，甚至可以说其貌不扬，然在经受严酷的打磨后，脱胎换骨仿佛和氏璧散发着温润的光芒，惹人喜爱和敬畏。年轻人和这雕琢过的果子何其相似啊！船来了，先生们又是喊又是招手，我只好用手指指摊位，示意他们再等等，赶不上这趟船坐下一班。我怀揣悲悯之心静静看着他制作，感受那每一个步骤都饱含的不可言说的辛苦。他快做好第二个的时候，一个年轻女子送来一大碗饭菜，他默默接过饭碗放置摊位后侧，继续手中的制作。我猜应是他的妻吧，送中饭来了。一看表，正午12点多了。约莫半个小时，两个都做好了。我递上20元钱，由衷说：谢谢你！他笑着说：该我谢谢您！

好友的儿子才读小学，他在年轻人的摊子上拿了一只木质弹弓，用地上的小石子当子弹，不停地对着水里打着玩。见我们要离开摊位，孩子央求妈妈把这只弹弓买下。没想到，年轻人友好地对孩子说：小朋友，叔叔这弹弓是卖给大人玩的，你太小，要是不小心打到人就危险了。我和好友连声附和：叔叔说得对，叔叔说得对！等你长大了再玩。和叔叔说再见！

挥挥手，我们向渡船走去。好友还是没忍住向那里的工作人员打听年轻人没有左手的原因。工作人员说：不是天生的，是后来失去的。你们可别小瞧了他，他照样养家糊口，还有个很漂亮的小女儿呢。言语里透着对年轻人的赞美。至此，桃花潭之行没有观赏到好风光的遗憾荡然无存。坐到船上，我凭栏回望：碧波荡漾的桃花潭，清风拂面，满眼的山光水色似乎比来时更加明丽，身心仿佛被洗礼了一番，变得澄澈明净，突然发现这个世界好美！我不禁在心底说：没有左手的年轻人，你是好样的！谁能说桃花潭没有美景？你就是桃花潭最美的风景！

2016年6月14日

查济村夜话

一行人在日落时分终于绕查济村走了一圈，回到翠红旅馆。

这是一家私人旅馆，是老板的第二个分馆，临河而居。一个挺大的院落直通外围，三层楼，24间客房，安静整洁，宾至如归。老板曾经是个医生，母亲是退休教师，朋友在网上预订也是看中这个因素，多了几分信任。标间100元一晚，不贵。让我们感动的是，午后车近查济村，朋友打了个电话，老板居然骑着电瓶车来接我们。办好入住手续后，我夸老板家大业大日子好，问他标间为何摆三张床。老板说："查济村的旅馆主要客源是美院的学生，说学生带活了这里的旅馆业，一点也不夸张。学生通常几十成百地来，一来写生短则十天半月，长则三、两个月，半年也有，吃住都在这里。"我这才知道，查济村保持了徽派建筑风格，有山有水，植被繁茂，酿酒作坊颇为著名，文房四宝更是家喻户晓，不乏美术大家居于此地，天然美景成就世外桃源，徽风皖韵吸引美术院校关注，成为众多美院固定的写生基地。老板快人快语："我开旅馆算得上早，那时生意红火；现在家家开旅馆，蛋糕就那么大，不够分了，惨淡经营。你看今天客人就少。"他告诉我们，这里不挣游客的钱，因为查济村巴掌大的地，一天就玩遍了，留下住一晚的游客不多。看着老板如此实在，我想，在哪儿吃晚餐都是吃，干脆照顾他的生意吧，当场就和他预订了晚餐。

老板见我们按时回来，开心地张罗起来。门前的庭院里就有桌椅，我们决定就在这里晚餐，看星星，吹晚风，听溪流，免去屋子里的局促与燥热。很快，菜上桌了。朋友的先生拿出下午在酿酒作坊买的高度白酒，欲与孩他爸开怀畅饮。朋友知道我不会喝酒，特意买了一种专为女人酿的酒，只有几度。酒倒进了杯中，正准备举杯，老板搬来一台落地风扇，现场拆开，顿时清风送爽。我们热情招呼老板一起来喝两杯。老板高兴地说，那怎么好意思。我们说没事，就图个热闹。老板说："那等一下，我去去就来。"老板转身拿来一瓶酒，说喝他的酒。先生们说：酒都倒进杯中了，就不用客气了。老板说："那我加一碟花生米和一碟凉拌黄瓜，黄瓜可是我们自己种的，纯天然。"老板性情中人，我们也就不再推辞。

话匣子打开了。我们聊下午游览查济村的感觉：沿着长长的村中主干道，两边坐落着清一色徽派建筑风格的房子，两三层小楼，白色墙面，木头窗户，楼檐几乎都有上翘的小角，尖尖的，很醒目。临街家家都是铺面，门前挂着红灯笼，喜气洋洋。小瓦屋顶，青砖地面，鹅卵石人行道，笔直地向里纵深。走在其间，看天空仿佛一块蓝色锦缎，披在头顶，向前延伸。心一下安静，恍若置身画中，想要喧腾也不能够。走走看看，穿过主街，沿河观景。河岸植被葱茏，爬山虎随墙攀爬，许多叫不出名字的绿色植物，染碧了河水，平复了心情。这是一条清浅的狭长小河，一眼见底。大大小小的石子由于细流经年累月的冲刷，磨平了棱角，闪着柔和的光泽。成群的小河鱼摇尾张嘴，在水里畅游，若是手拿一只小渔网，轻而易举就能网罗一群游鱼。孩子们蹲在水边，试图用手抓鱼，可那鱼儿滑溜地从指缝里钻来钻去，速度极快，孩子们总也抓不住，急得哇哇大叫，引来游人欢笑。也见到老妈妈蹲在小河中间的石条板上，清洗衣服，棒槌的捣衣声在涧溪里回响，恍若看见曾经的自己——少女时代的我也是这样洗衣服的呀。木质古亭，别致石桥，曲径深宅，朦胧远山，红花绿叶，参天古树，兴味拍客……三步一景，眼花缭乱，只怕美院的学生来到这里也是写不完的生画不完的景，任意角度信手拈来皆可入画，“清水出芙蓉，天然去雕饰”应的就是这样的景吧。我们不过是到此一游，古村遗梦。

浅斟漫饮。查济村夏夜的静谧也随着酒香在空气里缓缓流淌，不知不觉稀释进我们的菜肴里、胃囊里、笑谈里，唤起我对遥远的纯真年代的记忆。我抬起头，向深蓝的苍穹看去，初六的夏夜星星是天空的主唱，它们密密匝匝地布满天际，闪着快活的调皮的狡黠的晶亮的眼睛，俯视并窥探着大地上的生灵，也包括此时此地的我们，同时也把神秘和美丽带给我们。身后的小河，细流潺潺，只能听见弱弱的声息；夜风习习，有了熨凉的意味；鸣蝉一声一声聒噪，间或拖长了嗓音“吱——吱——”地来一曲咏叹调；蚊虫也不甘寂寞，围着我们嗡嗡，伺机而动；温顺的小狗在桌边转悠，等待我们打赏骨头骨脑……鸟鸣夜更幽，酒酣人清醒。迷人古村落，沉醉田园诗。多么熟悉的乡村夏夜啊！朋友听见我的抒情，说：“你总宅在家里不行啊！其实，田园一直都在，只要你走出来！”

一任夜的气息紧紧地把我包裹，静静享受它的恬淡。不知不觉，老板说起他的旅馆现在到了经营的瓶颈期，向我们咨询怎样才能改变这样的不利局面。朋友的先生见多识广，说要想扭转乾坤，那就要动动脑筋，更新观念，改变经营策略，创出自己的特色，吸引更多的美院师生。他建议老板到各家美院去走走，与文化、艺术和时尚接轨，最好能做一些问卷调查，看看这些搞艺术的普遍喜欢什么风格的旅馆，投其所好进行策划和创意。综观查济村的旅馆，家家基本上都是一个经营模式，只重吃住，就是农家乐，没有亮点，没有吸引人的时尚与美感，更别说文化氛围和艺术气息。如果老板能在文化和品味上下功夫，凸显特色，再加上周到贴心的服务，一定会突出重围，东山再起。我说：“其实，也不一定要有多大投入，最主要是巧妙。可以收集一些来写生的学生作品，装裱一下，挂到里里外外的墙上；房间可分门别类，设计成学生喜欢的风格，比如温馨雅致的，明亮活泼的，色彩丰富的……像酒店那样在门楣上挂个牌子，注明特色，一定会大受学生欢迎。另外，插花盆栽，小挂件，卡通形象等不可少，细节取胜。还可以专门搞一间师生作品陈列室，供人观摩和欣赏，艺术氛围有了，文化品位自然就上了档次，美巢筑好何愁引不来凤凰?”老板听了我们的话，茅塞顿开，表示一定会顺着我们给出的思路去试试。

先生们各回房间准备歇息。我和朋友睡意全无，决定开启只有我们俩的夜话。老板好心情，居然新开一个标间，开好空调，让我和好友静心畅谈。

古村夜深沉……

2016年6月19日

我们的世界别人不懂

那天重读去年写的《祖孙三代的爱情之爸爸和妈妈》一文，觉得题目过于平淡，应该改个题目。爸爸和妈妈的爱情中有一个核心，就是在那个生活贫困的七十年代，面对四个儿女要养，妈妈总是说着那几句话：有什么好吃好喝的，都先让给爸爸，爸爸身体好，家里就有依靠。这些来自于爸爸的妻子我的妈妈的见解，从小到大，斧劈刀凿一样，刻进了心里，影响着我日后在婚姻家庭中对待另一半甚至于对待孩子的态度。平凡如尘的妈妈，她给了我爱情世界里最纯粹最朴素最简单的教诲，我不敢忘也不愿忘。我深得这一份家传，用心经营属于自己的爱。“爸爸是家里的顶梁柱，爸爸好家就好”，妈妈的那句话在今天听来，真如秋桂花一样弥漫着金黄色暖人的芳香，因为难得而弥足珍贵。“爸爸好家就好”，这个名字更加切题，也颇有意味。连读好几遍，发现“爸爸好，家就好”，中间用个逗号隔开，读之更有劲道和韵味。遂张口读出声来，看向身边的友人：你觉得哪个更有语感更适合作为题目？友人道：“加个逗号好，有韵律，耐咀嚼，更厚重。”一拍即合，原文《爸爸和妈妈》变为《爸爸好家就好》最后确定为《爸爸好，家就好》。遂自嘲：我们教语文都教得刻板了，一个标点都要花心思琢磨半天。友人调皮笑道：对于细腻又严谨的语文老师来说，一个标点都值得玩味，加与不加，往往意境真的不一样。”末了又调侃一句：“我们的世界别人不懂。”

“我们的世界别人不懂”，好耳熟的一句话，常从年轻人口中蹦出，儿子说过，小闺蜜说过。不得不承认，年轻人思维就是跳跃，紧跟时尚的潮流，语言俏皮有张力。今天又一次听到这句话，还是心里一亮，刹那间的碰撞，激发了我心头一大波似有似无时而清晰时而模糊的意念，仿佛朦胧月色黛青远山。岂止我们的世界别人看不懂，别人的世界我们又何尝能看得懂？在这浩荡纷繁的世界，我们和别人都在试图相互解读，彼此懂得。走着走着，能够成为朋友知己的，也许都是懂得彼此较多吧，渐入佳境的成就志同道合。那些咫尺天涯的，可能就真是互不懂得的吧。其实，可能是不愿意去懂得。也可能，我们想去懂得别人，别人根本连机会也不给。那么，我们与别人的世界懂与不懂又如何？

国庆小长假的最后一天，友人带我去了一所高校的图书馆。那一天看到的，在我的心里引发了多日的震荡，余波一浪盖过一浪，没有消停，因为那样的场景于我确乎是另一个世界——我此生无力够着的一个世界。可能友人会觉得稀松平常，因为见得多了。一见之下，真心羡慕今天的大学生，他们真是赶上了一个好时代，一个我这一代人曾经想也想不到的好时代！

车在雨雾中缓缓驶进S大学。尽管下着大雨，尽管是假期，尽管坐在车里，我还是感受到这里独特的气息，宽阔、大气、宁静、淡雅、文化，这些词汇一时间涌现于脑海，同时升起的还有谦卑敬畏之情。友人开车绕了一圈，选择了最方便停靠图书馆的一个门，长长的门廊向外延伸足足有两米，下车几乎不用撑伞就可进入。我心下甚慰，从车门出来三步并作两步跨上图书馆大门的台阶。一场大雨让整个城市感受到天凉好个秋，我们不例外，图书馆也不例外。

跟随友人步入图书馆。一进门，迎面就遇到一个年轻人和友人打招呼，说是刚看了一会儿书，临时有事得走了。友人笑着赞赏：这么勤奋呀！又转向我说，是同事，假期无事，来这里看书。往大厅里走，到处是看书学习的年轻人，还有中小学生索性来这里做作业、看课外书。人山人海却风平浪静，坐着的靠着的站着的，学习的姿势各异，学习的专注却是一样的。上到二楼，座无虚席，男男女女，手捧着书，摊开笔记，投入地对照着看。对于过往的我们，好像都与他们无干，打扰不了他们的世界。这样安静的学习场景，这样浓厚的读书氛围，令我肃然起敬。友人不时轻声细语地介绍图书馆的这儿图书馆的那儿，我虔敬地看着，认真地听着，致谢友人的盛情与周到。连续上了几层楼，感觉不适合说话，不适合发出声响，甚至悄悄地流连都是一种不适合。我轻轻地用眼睛看，用心去体味。所到之处，都是一样的学习场景：围满人的方桌，电脑、书、笔，是他们的道具；一张一张沙发上坐满了人，默默地进入忘我的境地；一排排书架旁，也靠满了人，看似逍遥实则呈现另一种学习的姿态；就连每一层楼道的阶梯上都是学习的身影。面对这样浩大安静的学习场景，我像一个不速之客，更像一个闯入者，既新奇又震撼，既羡慕又感动，既欣慰又遗憾，我怀着各种奇妙的情愫，贪婪地让这里的一切都化为眼中的影像，我喜欢甚至是迷恋这份陌生的熟悉，熟悉却又是我此前只能在电影里看到的场景。我维护这份庄重，享受这份宁静，尊重这份求知，我婉拒友人一再的解说和去更多地方看看的好意，沉静在自我的世界里，想象自己就是这些大学生中的一员，在秋日雨中的假期里，远离尘嚣，和寂寞相拥，投身这样一处世外桃源，孜孜学习。身临其境，我试图去懂得这些年轻学子所面临的竞争和压力，梦想和追求，责任和担当。从虚幻中走出来，我不敢再作片刻停留，不敢再打扰这里的宁静，唯恐给这里的书香蒙上杂质。这里没有虚位以待，这里只有争分夺秒；这里没有高谈阔论，这里只有静听花开；这里没有长吁短叹，这里只有心灵的救赎。这里最大的一支队伍是那些为梦想拼搏的考研一族，据说最“疯狂”的人携带两三样洗漱用品，直接就住在里面！我不能徜徉，我得尽快把好氛围还给他们。

我逃也似的走出图书馆。我对友人说，今天的大学生太幸福了，他们现在的学习环境太好了。有植物园一样美丽的校园，草翠花开缤纷清雅；有各种健身的运动场所，不亚于运动员的待遇；住的像宾馆，空调洗浴如同家中；食堂也有多个，什么样的味蕾都可以得到满足；上课学习的地方窗明几净冬暖夏凉；更美妙的是还有在最好的年纪花一样的相遇……这么好的条件，不好好学习实在是说不通的，没有道理。友人深以为然。几天后，我在和儿子视频时建议他没课时别窝在寝室，有惰性，带上书去图书馆学习，有氛围，有自律，有实效。说不定，还有意想不到的邂逅呢。儿懒洋洋叹息：图书馆一座难求啊！又笑眯眯地拖着腔调说：老妈，您想多啦，去图书馆的人都是奔着看书学习去的。哪里有什么邂逅啊！您老文艺片看多了。我一脸真诚地对着屏幕：老妈的世界你不懂！你听听老妈的建议不会错。儿牙一龇，咧开一张无奈的笑脸，满屏！

我们的世界别人不懂，别人的世界我们又岂是都能懂？或许，正是你不懂我我也不全懂你，你有点懂我而我不懂你，我们和别人才若即若离，才保持一丈之外甚或更远一点的距离，才人以群分非诚勿扰，才激励芸芸众生：靠近你，温暖我。

我们的世界别人不懂。这个世界原来很可爱！

2016年10月23日

晚秋好个春

结束了长长一段暗无天日的凄风惨雨，晚秋像一个做错了事的孩子，对我们极尽讨好之能事，一连好几天向我们展露灿烂如春的笑脸，让我们前一秒钟深陷天凉好个秋、一场秋雨一场寒的萧索，后一秒钟沐浴火辣辣的骄阳热汗涔涔，猝不及防，分不清是秋天还是春天！这样的老天像极了一个脾气古怪的老人，软语温言时慈眉善目，恶语相加时怒目相向，覆手为雨翻手为云，做小辈的我们都得接着。难得秋阳如春，秋光春色合一，称心快意，直道：晚秋好个春！

秋光莫负！莫负春日一样的晚秋！

晚秋的周六，我没有如同往日，一大早就起床。我躺在床上，看窗帘上斑驳的太阳花，心情也随之悠然起伏。京城也像我们这儿有晴好的蓝天悠闲的云朵和煦的风儿吗？还是雾霾笼罩寒流侵袭？半月前，就听儿说羽绒服上身了还是冷，如今可供暖了？遂打开微信，轻轻触屏：尚未供暖，请去图书馆看书！期中考出好成绩！儿很快回复：明天开始供暖，据说。又来一条：今天继续排练大合唱。想到儿将不再挨冻，我会心一笑。脑洞已开，我忍不住手指滑屏：昨晚偶然看了你们的生科院教授颜宁在撒贝宁《开讲啦》上的开讲，精彩！流畅机智幽默的语言，清晰敏捷睿智的思维，独到深刻却又容易理解的见解，令人佩服！一个有思想、有信念、有情怀的科学家走到我们面前！她说，她刚去普林斯顿读博时，要同时在三个实验室做实验，以便最后准确选定一个实验室，确定科研方向。糟糕的是，在很长一段时间里，做不好实验，每做必败，在残酷的现实面前碰撞得心头滴血，一度怀疑自己的智商！所幸咬紧牙关，牢记自己是从清华出去的，不能言败！就这样，熬了过来，在坚持一年半后，实验终于成功！也找到了终身最有兴趣的专业主攻方向。她说，很奇怪，从那以后，她再也没有在实验中失败过！她告诉在场的学弟学妹，受挫是每个人都会碰到的，关键是你能挺过来。她还说，年轻时越早受挫，也越容易挺过来，对后续的发展更有推动力。反倒是年龄越大越经不起挫折了。她说，搞科研，没有捷径，如果能读到博士，就别怀疑智商，就是一个词：勤奋！勤奋！勤奋！做实验，也靠一个词：细心！细心！细心！她语速极快，简洁明了，既有抽象的逻辑，又有形象的描述，一个纯粹快乐又紧跟时尚的研究生命的年轻女性，颠覆了我们惯常对科学家既定的认知。用她的话说，她和我们一样，普普通通的，从学生时代一路走过来，只不过有幸很早就找到了自己喜欢的专业，有幸通过不放弃的努力在专业领域小有成就，有幸还可以长此以往在这条科研的路上快乐地走下去，就是这么简单。我内心不能平静，把这些文字分成几条发给儿子，最后敲了一行字：她是你的榜样！过了一会儿，儿回复：知道啦！我又触屏：我相信你！

心情大好。我对先生说："带我出去玩玩吧。"先生难以置信："出去玩？真的?"我笑说："立刻！马上!"

我们迅速出了门。一上车，先生就把外套脱了，穿着短袖T恤，我说："不冷吗?"先生说："你感受感受。"果然，片刻工夫，我也抵挡不住上午十点钟的太阳，浑身热得冒汗。我脱下外衣，放下遮阳板，靠在副驾驶座椅上，与车窗外的蓝天白云、绿树红花、车流楼宇、山石河流、飞鸟行人热切地流连，心里的热浪已然盖过自然的热流，脱口而出：丽日当空须放歌，秋光做伴好闲游。一时间我竟感悟了杜甫老先生当年人在剑外喜听收复蓟北的消息，一路飞奔返回家乡的狂喜心情。秋光，你挺好的！

先生带我来到一个可以深呼吸的地方——隐居官巷。这是一个仿佛从画里走出来的新农村，寥寥几笔水墨山水，似乎写意，又藏着工笔；处处似曾相识，处处又别具一格。我们沿着村中的小巷穿梭游赏，所有的巷道窄而狭长，铺着长条形麻石，呈现淡淡的雅韵，清水出芙蓉，天然去雕饰，干净整洁，安静极了！一个个农家独立成院，树木婆娑，花影绰绰，高蓝的长空投下的日影到达这里似乎也变成亚光了，柔和舒服。一个年轻的姑娘静静地就坐在这午后的小巷里，捧着一本书，读得正专心呢，这个画面一下感动了我。这里，确实是最适合读书的！家里有人，大门都开着，许多人家正对大门的墙上都悬挂着毛主席画像，亲切熟悉的场景，恍然把我带回小时候的故乡。无法描述这里的景色，一切都在朗朗晴空的照耀下，小桥流水，映阳洒金；垂柳扶风，婀娜多姿；鸡冠花红得热烈，细长的翠竹掩映着石板小径，人入其中尽可以做梦、发呆、唱歌、聊天，或者邂逅不可预见的怦然心动。秋千上的游客荡得心神飞扬，巨大的圆形木质水车卷起的水浪宛若飞瀑，大红的灯笼在大锅灶的楼檐下随风起舞，有点妩媚有点招摇，似乎在轻唤路过的游人快进门美食。喝茶、品酒，家家自成一派。可以说，这里有古村落的寂静，又有大观园的热闹；这里小巧精致，隐居在距离闹市不远的一隅，堪称世外桃源。节假日，邀上三五个好友，来这里一聚，最合适不过了！

归途中顺道去了鸠兹古镇。白墙古檐，坐落有序，铺面林立，商品琳琅。期待它仍在扩建的工程，仿古，但别失去自我，别失去我们这座城市的初心！

其实，今天是晚秋的最后一天。虽然暖如春天，但称它晚秋还是透着牵强，有点像小孩硬拽着妈妈的衣角不让她离开自己一样，有害怕，有失落，有不舍。我也像小孩一样，想留住这个明媚如春的最后一个秋日，让它暖在我的心里，长久更长久一些。我想，生逢人生的秋天也好，春天也罢，秋有秋的芬芳，春有春的蓬勃，青春的时候吃苦耐劳勤奋努力，到了人生的秋天，也便享有收获的喜悦和安宁。

这个晚秋，呈现得挺特别。绚烂，但少了绚烂的夺目，多了一分柔和；新鲜，但少了新鲜的水嫩，多了一分厚重；热情，但少了热情的冲动，多了一分从容。这个晚秋，自然的和人生的，于我而言刚好契合。晚秋好个春！

2016年11月6日

走向金黄的那点青

雾气浓重的周六，我和好友苍芒坐上一辆开往江北的大巴，看原乡原野，嗅乡土乡气，给久居闹市的身心吹吹风除除尘，芳香浸染。

时令上已是初冬，温度却不见降低。大巴里密不透风，苍芒上车不久，就忍不住叹息：热，一身汗。随之又解嘲：更年期了，虚！

车过江北，风光大变。成片的树木绿的黄的暗红的时有交替，每隔一程，就有农家的房舍映入眼帘，多为小别墅的外貌，有几户连在一起的，也有单门独居的，静静地依山傍路，农家的气息扑面而来。令人惊奇的是，八成熟的晚稻像鹅黄的地毯漫天卷地，空旷的田野在灰蒙蒙的长空下铺陈壮阔的美丽。一沓一沓常绿的山茶蛰伏在初冬的小山上，有的不甘寂寞开出三两枝乳白色的茶花，淡雅得别致。长长的甘蔗一身军绿，一簇一簇，像做游戏的孩子围拢成一圈，头抵头臂挽臂拥立在田间，守卫着自家的阵地呢。最抢眼的要数农家院子里出其不意冒出一树橘红的柿子，小灯笼一样，高傲地挂在枝枝丫丫间，玲玲珑珑，秀出绚烂的妖娆。苍芒一路看一路赞美，没有阳光照耀的原乡一样美得毫不逊色。

下车了。一眼看见高大粗壮的老榆树像卫士一样，昂首挺立在道路的两旁，叶子黄了，依然顽强地长在树枝上，不肯轻易飘落。连接机耕路与田垄的狭长沟渠，清澈凛凛的水流里，一群白鸭子扇动翅膀正在戏水，掀起一圈一圈涟漪。苍芒脱口而出："出来走走，真好！"

我悄悄挽起苍芒的手臂，高兴地说："那就沿着这条小道，随意走走吧。"

苍芒面向苍郁的山林，微笑颔首。

漫步于菊花铺成的甬道，苍芒说："时间好快，转眼又是一年菊花盛开的时节。"

我随口一问："学校事情繁多，近来可好？"

一丝不易被觉察的无奈浮上苍芒的眉梢，一声轻叹，苍芒说："你这一问，我说件事给你听听。"

那天下午，苍芒从一堆纷乱的迎检资料中抬起头来，头昏眼花。看看时间，还有十多分钟就该去上最后一节课了。苍芒站起来，习惯性做了两个扩胸动作，舒缓一下，准备上课。

同事指了指已经剥去外皮露出淡黄色晶莹果肉的柚子，对苍芒说："吃两瓣，爽爽神再去上课。"

苍芒也不客气，拿起一瓣柚子，轻轻咬了一口。酸酸甜甜的柚汁像一抹清凉的甘泉，从嗓子眼一路润泽到心田，一身的疲乏也化成蜜汁，流淌进每一个细胞。苍芒正欲送上赞美，办公室的门被推开了。

"老师，我让考试作文没写好的同学重写了一遍，送来给你改一下。叫学生做了就要改，不改不行。"说完，小班就把拿着一叠作文纸的手伸向苍芒。

苍芒对柚子所有美好的想象瞬间全被哽在喉头，一时被眼前小班的举动蒙住了。

两秒钟的犹疑，苍芒已然清醒，明白了眼前的年轻人——新任的班主任此来的目的。

苍芒迅速瞥了一眼桌旁两大摞因无暇顾及尚未批改的作业，掩藏起不悦的心绪，看着小班，努力平和地说："好，给我吧。"伸出手接过小班递来的一叠作文纸。

小班心满意足，走了。

办公室的同事面面相觑，欲言又止。

苍芒把捏在手里的柚子塞进嘴里，夹起课本向外走：“上课去。”

回到办公室，苍芒自言自语道：“他在给学生布置作业的同时，也给我布置了作业。学生只做一份，我得做学生做过的总和。他这是分明在给我压担子啊。”

一同事笑道：“他可能没想那么多，只是想帮学生提高学习成绩，也是想帮你。”

“没错，他的出发点是好的，我不否认。可他的做法你可以接受吗？等于他加重学生的作业负担，也加重了我的工作量。说不好听一点，他惩罚学生的同时，也惩罚了我，还是加倍的！”苍芒说。

同事说：“你这样一说，也是啊。这么多年，我工作中没做过也没遇见过这样的事，难以感同身受。”

又一同事说：“没错，他这样做就是加重你的工作量。小青年真是只会做不会想啊！”

苍芒说：“我哪一天是不忙的？六十多个学生的班级，任何一套语文作业，堆在桌上都似一个小山包。哪一天不是紧赶慢赶，作业改得抬不起头？碰上迎检，准备材料，作业都来不及改！他进门刚巧看见我在吃柚子，说不定以为我很清闲。”

“说到底，我的教学工作我自有安排。怎么也轮不着他来为我安排吧。布置作业谁不会啊，张张嘴，快速轻巧；批改作业才是最费心耗时的。”

苍芒越说越生气，不禁想起一周前期中检测成绩出来的那个下午。

在教务处看到本班学生的语文成绩，年级居中，苍芒对这个排名是心下安慰的，尽管对某些学生的成绩并不满意。这个班是苍芒本期刚刚接手的，为了相互快速磨合，稳中有升地进行语文学习，苍芒不敢有丝毫懈怠。不敢说能让所有的学生和家长满意，但苍芒敢说对得起自己的良心！对得起这份职业！苍芒在心里为自己加油：巩固排名，成绩再提高一些！

年轻的小班行色匆匆跑来问学生成绩。看到这个结果，他当着众人的面对苍芒说："没事，老师。这次只不过是期中检测，小测试。下次期末检测我们再往前冲一点。"

一旁的老师调侃道："你这班主任让任课老师好有压力哦！"

漫步在乡间小路，苍芒在述说临近尾声时来了个结语："年轻人，刚走上工作岗位，有热情有责任心都是可贵的。可是，在做事的时候，光凭热情和冲动，不注意方式方法，不考虑别人的感受，是不是欠妥呢？"

我听完，不客气地对苍芒说："这显然欠妥。他若真想帮助学生提高，他布置的，他自己改。他布置的作业怎么能让别人改呢？"

苍芒说："年轻人不懂事，我不能不得体。我接过他的作文纸，只是顾及他的颜面，不想让他在我的办公室里尴尬。也不想伤了他初入职场一颗热情的心。但是，我不认同他的做法。"

午后，坐在一间露天的农家茶座里，我和苍芒点了一壶碧螺春，要了几样无污染的农家小菜，边吃边喝。

雾散了，云开了。不远处，有一片蜡黄泛青的晚稻在午后的阳光下撒着欢儿地舞蹈，苍芒看向那儿的神情感动多过温柔，恬淡多过欣喜。我知道，她心头的郁结也随风儿融化在那蓝天里。

苍芒说："年轻的小班正像晚稻走向金黄的那点青，他需要时间，需要磨砺，相信他会慢慢成熟的。"

我笑着说："比喻得好。我们都曾经带着那点青，一步一步走向成熟。可以说，从青涩的热情到金黄的成熟，就是整个人生。"

原乡的午后美极了！

2016年11月26日

8/讲几个故事

蓦然间，她依稀看见了一双盈满歉意的眼睛，一抹褪色的粘胶蓝，还有一缕特熟悉的温存的笑意，心头倏地敞亮起来……

80年代末的她

雨天的傍晚黑得早。刚刚还有些浅灰的亮色，这会儿已被暮色淹没。

她静静地坐在桌前，“哗哗”翻着书页。纤若蚊腿的字密密麻麻，搅得她心里乱糟糟的。

“妈，看场电影去，好吗?”她急急地小声说。

“还是多温习功课吧。说不准哪会儿就会招工。”母亲说。

她不语，黑黑的眼睛越发空洞，凝固了神智。一滴酸雨终于“吧嗒”滴落在书上。接着又是一滴……

哦，那梦中的伊甸园！永远永远尽随着“黑色的七月”漂流了。她觅不见源头，费力地沉下去，浮上来，又沉下去……几个回合，她仿佛一下子老了。

“穿上外衣吧，看电影去。”不知何时，母亲悄然站到她身边。

售票口醒目的票价：八角钱一张。

“啊，两张一元六!”母亲轻叹。

“妈，看吧!”她幽幽地恳求。

母亲默默地看着她，迟疑着。末了轻声说：“我买张票给你看。”一张一元的纸币伸向了窗口。

“妈……”

“妈有点累，明天还要上早班，想回家早点睡。”摸一下她的脸，母亲一脸歉意。

她木然。怔怔地看着母亲背转的身影远去……

还没到放映时间。

独自一人置身在笑语声喧的影院门口，袭满了孤寂。那灯光似乎很刺目，少了些许柔情。沐着它的白光，她感到从没有过的苍白无力。迅速地，她走进雨中。一阵凉风斜雨的痉挛，她才想起撑开小花伞。

漆黑的风景织出夜的帷幕。不也是这样一个风雨夜？她突然高烧39度，满脸通红，满嘴梦一般的胡话。刚下夜班的母亲，顾不上喘口气，背起她冲进黑暗朝医院奔去……

过农历年了。她姐弟四人从头到脚一身新，宛若初绽的蓓蕾。母亲，却永远只穿着那件粘胶布的蓝褂子，早褪了颜色。母亲只顾瞅着孩子们，满足地笑。

最后一年复读，学费猛增到100元，她难过得直打退堂鼓。而母亲恰好累病了。不管怎么劝，母亲就是不愿看医生，更不用说买些滋补品。母亲叫她到身边，吃力地含着笑说：“三儿，书是要读的，不能中断。妈和爸苦点累点不算啥，只望你们都能好。”她噙着眼泪使劲点头。

她依旧缓缓地移着脚步。雨丝无声地飘零，风儿在低吟。她的心寒寒的，颤颤的，似雨花，似秋叶，落寞着找不到归处。

蓦然间，她依稀看见了一双盈满歉意的眼睛，一抹褪色的粘胶蓝，还有一缕特熟悉的温存的笑意，心头倏地敞亮起来：大海拥抱雨丝，土地亲吻落叶，母亲温柔的怀抱温暖着她！

“明天，我要好好地看书。”她切切地想。

她使劲眨了几下眼睛，荡开那些水雾，疾步向电影院走去。

那个夜晚，细雨蒙蒙。

述说一段忧伤、甜蜜而难忘的岁月。

一个80年代末的她，清晰而坚定地向我们走来……

2015年6月18日

生活就是那半杯水

毕业二十年同学会。她们这对昔日的大学同窗，当年班里最艳丽的两朵姐妹花终于又见面了。同学们不敢相信眼前的她俩：一个风华依旧，似乎岁月无痕，反而在岁月的积淀中，气定神闲，举重若轻，优雅迷人，让人惊为不老女神；一个则慵懒颓废，虽然极力穿戴得珠光宝气，但却周身上下透出酸腐庸俗的气味，让人只想暗暗离远点的同时，再一次慨叹岁月无情催人老。

同学会的第二天傍晚，两姐妹避开众同学的视线，悄悄走进了郁金香咖啡屋。服务生送上来两杯南山。俩人几乎同时开了口："你……"时光仿佛一下子回到十年前。

她们学的是法律，因为年轻，缺资历少人脉，在小城市律所遍地开花的当年，大学毕业后的她俩，很长一段时间里举步维艰，生存尚难，更不要奢谈什么发展，几个月接不到一起代理案件那是常事。十年前，一个偶然的机遇，俩人靠智慧，替一家民营企业打赢了一起漂亮的合同纠纷官司，掘到了第一桶金。俩人早想改变死水微澜的生活现状，一商量，平分了第一桶金，决定去大城市寻找机会，开辟人生崭新的天地。记得离别的前夜，俩人在月下漫步。那晚的月亮出奇的皎洁，照得俩人心里亮堂堂的，冲淡了离别的惆怅与前路未知的迷茫。俩人相约，如果都发展得好，就各自乘胜追击；如果谁发展得不如意，一定投奔较好的那一方。

带着满满的信念，怀揣半桶金，一人去了上海，一人到了深圳。起初，俩人还常有联系，大半年后，“深圳人”玩起了失踪。“上海人”通过多种渠道，也觅不到“深圳人”的踪迹。她不禁感叹：深圳真是一个神秘的地方，人到了那里，居然会离奇到人间蒸发。一对好姐妹从此失联。上海人看着自己的半桶金，咬着牙暗暗发狠：我只有半桶金，我要把它作为开辟事业的原始股，发挥它最大的潜质。几经周折，她被一家律师事务所录用。她用勤奋、智慧、热情和执着获得了同仁的首肯。同时，她以惊人的毅力把外语水平提升到娴熟的高度，让她在代理任何一件案子时都能驾轻就熟，畅通无阻。渐渐地，指定她代理的各种案子源源不断。她在上海的律师界声名鹊起，打出了一片新天地，令许多同行难以望其项背。原始股一跃成为潜力股，一路飙升，增值为绩优股，她创办了自己的律师事务所，业务拓展得四通八达，门庭若市，案子多到接不过来。深圳人则在一个酒会上被一个公司的部门经理看中了。她想，反正自己还有半桶金，先逍遥着再说。眼前有人喜欢自己，又何必浪费天生丽质呢。人生得意须尽欢嘛。决不能辜负了许多人想拥有而不曾拥有的美丽。要让这份爹妈给的优势散发最夺目的光芒，为她梦寐以求的好生活铺平道路。她迷失了自我，来深圳的初心和抱负被抛到九霄云外。她施展所有的娇媚，心甘情愿做起部门经理的“太太”。谁知部门经理就是个情场老手，一个感情骗子，早有妻室，孩子都会打酱油了。得知真相后，她哭得花容失色，全职太太的美梦一枕黄粱。更没想到的是，部门经理还偷走了她的半桶金，再次给了她毁灭性的打击。万念俱灰，她自暴自弃，更加放纵自己，沦陷于纸醉金迷灯红酒绿一发而不可收。直到两年前，眼看着已成半老徐娘，不得不勉强嫁人。令人唏嘘。

俩人的目光不约而同地看向各自尚有半杯的咖啡，她们都想到了半桶金。是啊，生活就好比是半杯水。上海人从杯里只有半杯水中看到了生活的忧患，前程的多舛。于是，她总是给自己打气，不敢有丝毫懈怠，在直面现实中奋起直追实现人生的华丽转身。而深圳人呢，却从杯里还有半杯水中，丧失正确的价值观，盲目乐观，不思危厄，剑走偏锋，终至享于安乐，废于贪念。

2015年7月5日

汇款之谜

她头脑昏沉地走出教室，步履拖沓下着楼梯，鞋底与水泥地面蹭出不协调的声响，仿佛背脊上压着个重物，每下一级，身子都要一沉。她的思绪一直纠缠在那件事上：敏做的梦真会灵验吗？下午没课，还是独自去医院吧。山穷水尽，她快撑不住了！满心凄怆，她的脸像一张白纸落了浮灰，和眼前阴霾的四月雨天甚是匹配。

“岚，你的汇款!”她不以为是在叫自己，以为听觉错乱。

她急切地瞥了一眼师范学校传达室门旁的小黑板。只一瞥，她涣散的眼眸云开雾散，瞬间焕发明朗的光辉。

她收到了五十元汇款。

她如释重负，长长地松了一口气。双手郑重地抓紧汇款单，想看看寄款人是谁。居然看见爸爸的名字，一瞬间心里柔软了。聪明的她，却忽略了汇款单的始发地点是她求学的这座城市的一个邮局。

学校放假三天，她归心似箭，乘上北去的列车。夕阳西沉时，她一身风尘跨入家门。

她和爸妈漫不经心地说东道西。说了许久，爸爸一句话：我和你妈准备五一后给你寄生活费呢。你回来了，也就不用寄了。

她的心顿时陷入困惑。

是谁借她爸爸之名，在她落水挣扎呼救无望的时候，送来一根救命稻草？而知道她爸爸名字以及详细地址的人，更是寥寥无几。她的心颤了，无言的感激像小河淌水，哗啦啦喧响得漫无边际。于是，老家那些闺蜜姐们的笑脸一个个在心头闪现，又都一个个被她排除。

她愈发感到此事蹊跷。她茫然地来到院子里，抬头仰望那弯不知何时隐到云层里的月儿，禁不住轻声问道："月儿，你怎么藏起来了？你也认为这是个难解之谜吗？"

她急于要找到汇款的人，把钱还回去，并向人家深深致谢。饥时半口粥，解人于水火之困，绝不能不明不白。然而，十天、二十天过去了，她一直没能如愿。渐渐地，她淡忘了此事。

转眼到了毕业季，她突然留念起这种生活。两年的生活中，她有过迷茫、彷徨，也有过眼泪、失望，但更有过希望和追求，尤使她割舍不下的，是同学的倾力帮扶，老师的谆谆教诲。

一天下午，她怀着离情别绪，去看望她的恩师。这是她最依恋、最敬重的老师。一路上，她的脑海里不时涌现老师的每一句良言，每一次指点，每一片苦心，竟有流泪的冲动。

老师的家里。老师仍像往昔，高兴地和她畅谈社会与人生，做人与治学，更多的是谈她毕业后的去向。

"岚，有件事我早就想告诉你，但又不知该不该讲，也不知该怎样讲。我是答应过替人家保密的。"老师突然改变话题，欲言又止。

她的心一动，望着老师，真诚地说："老师，您了解我，有什么话，您尽管说。"

是的，老师太了解她。望着这个好学上进、外柔内刚、颇有见地的学生，老师说出了一个秘密。

“我要讲的就是敏和你的故事。”老师慢慢地说。

啊，敏！那个一直视她为小妹，处处关心着她的大姐姐！想到敏，她有些迫不及待了：“老师，您就快说吧！”

“你们来上学的第二学期，有一天傍晚，我路过操场边，意外看见敏独自一人神情忧郁地站在一棵大树下，便走过去。我吃惊地发现，敏流了一脸泪水。一见到我，敏连忙不好意思低下了头。但脸颊上的泪水流得像条无声的河。

“‘敏，你怎么了？遇到难心事了？’我关切地问道。

“敏仍旧低着头，试图擦拭流不完的泪水。半晌，摇了摇头。

“我恳切地说：‘敏，你信不过老师？有什么难处，说出来吧。兴许我能够帮到你。’

“敏泪流满面地抬起头，哽咽着说：‘老师，我，我，可以告诉您。但您要答应我，永远保密。’

“看着敏蜡黄瘦削的脸，我默默地点点头。

“‘老师，我自己并没有难事。我是为岚伤心。’说完，又止不住泪流。

“‘你为岚伤心？岚出什么事了？’我惊诧地问。

“听出我急切的问话，敏不再顾虑，擦了擦红肿的眼睛，缓缓地说下去：‘岚来这里读书，和家里有矛盾，这大概您也知道。这段日子，岚生活上很困难。她很倔强，不愿意主动向家里伸手。前天晚上，她要我陪她去医院卖血，我一听当时就吓慌了神。岚本来就贫血，我担心她这样做会伤害身体，坚决不同意。我要借钱给她，她想都不想就一口谢绝。我说服不了她，急得哭。后来，我终于想到一个办法：以岚爸爸的名义给岚寄钱。无奈我自己也囊中羞涩，力不从心。情急之下，我跑去向王老师借了五十元钱，谎称自己急用。就这样，我把钱寄给了岚。这总可以缓她一时之急。可我还是放心不下，不知她家里何时能寄钱来。万一再出现这种情况，可怎么是好啊！’说着说着，她又哭了起来。

“我被敏的朴实、善良深深地打动了。自己的生活捉襟见肘，艰难求学，却还能这样无私地帮助同学，这在现实中该是何等可贵啊！

“我当即决定要把这事告诉你，可经不住敏一再恳求，只好答应永远不对你说。现在快毕业了，我想是我该告诉你的时候了。你一向信赖我，我不该隐瞒这件事。”

从老师家出来，她的内心汹涌着巨大的感情波澜，一时百感交集，心绪难平。老师说的故事，不啻是大漠中的一泓清泉，骄阳下的一阵凉风，驱走了她心头的燥热与烦闷，滋润着她激动的心田。不觉中，她的思绪又倏地回到一年前那个细雨霏霏的夜晚……

楼梯走廊的尽头，一片黑暗。淅淅沥沥的春雨，斜斜地飘洒着，不时地飘落到两个正在说话的人的脸上、头上。

“这怎么可能呢？岚，你怎么能做这种事！你又怎能这样固执！我说什么也不会陪你去卖血！”她没想到，敏这个平素忠厚寡言的大姐姐，竟是这样坚决地阻止她。

敏的话字字句句击到她的心上。她鼻子一酸，眼里浸出一汪泪水。但她不愿流露出一丝一毫的脆弱，一如《欢乐颂》里人前装强大背地泪长流、死要面子活受罪的樊胜美，憋足力气，让泪水只在眼里打转。

异地求学，囊空如洗，举步维艰。她要强得如疾风中的劲草，只想凭着自身的力量走出困境。窘迫的处境常令她心急火燎，寝食难安。她要去卖血！虽然她的体质弱得如扶风嫩柳，但她就是这样一个女孩，她要自己依靠自己。

想到这，她一把拉住敏的手，切切地说：“敏，我对此地毕竟生疏，而且卖血有哪些程序，也一无所知，一个人去医院，不免胆怯。看在你我的友情上，你就陪我去吧。求求你了。”

“岚，我也求求你！先从我这拿点钱用，缓过这些日子，你家里一定会寄钱来。快打住做傻事的念头。这可不是闹着玩的！”敏一下子哭出声来，哭得好伤心。

她一时无措，感动、心酸至极。面对这个为他人多舛命运哭泣的大姐姐，她固执的心融化了。

第二天中午，敏悄悄拉住她说："昨夜，我做了一个好梦，梦见你家里寄钱来了。我做梦很灵的，你就耐心等个一两天吧。一定要听话啊！"她惊讶了。只不过一夜工夫，敏的眼窝陷了个坑，面容憔悴。她知道这是为她伤神了。她再也关不住感情的闸门，泪水夺眶而出。

记忆犹新的往事，如海潮般撞击着她的心。这个故事的背后，深藏着的，又是什么呢？

敏来自乡下，求学此地，困难显然要比她大得多，竟然为她做出这般牺牲，她能不动容不惭愧吗？若不是老师坦诚相告，她也许永远背负着这笔感情债。她欠的，何止是金钱呢？她欠的，是金钱买不到的真挚情谊。世间有什么比萍水相逢却能肝胆相照更珍贵呢？在这短暂的同窗时光里，心灵上竟能产生如此强烈的共鸣，怎不让人震动，让人欣慰？也许，这正是生活叫人留恋、叫人难舍、叫人热爱的地方啊！

她带着全新的感受，沐浴着夕阳的余晖，向敏奔去。她要把未完的生活乐章，播入一曲高亢激越隽永绵长的欢乐颂！

2016年5月7日

红唇印与黑巴掌

期望值小区的后门口，有一处条石台阶，共九级，寓意九九归一，连接围墙，不通外面，但挺宽敞，因为偏僻而安静。火和冰第一次相遇就是在那里。

那天，火的右脸上有一个好看的带笑的红唇印，冰的左脸上却有一块刺眼的黑巴掌。一个是没舍得擦去，另一个是力度够狠嵌进去了一时难消。因为脸上的记号，两个人迎面碰上不约而同地指着对方：你这是？妈妈的奖赏！妈妈的惩罚。

两个小伙伴就这样认识了，我姑且就称他俩火和冰吧。事有凑巧，俩人居然在同一所学校读书，同年级不同班。听说火考了100分，妈妈奖励他一个笑吻，冰讪讪地说：原来你就是我妈妈嘴里常念叨的“别人家的孩子”。得知冰考了55分，挨了妈妈一记耳光，到现在还火辣辣地疼，火安慰说：没关系，从现在起我们一起努力。你有不懂的问题尽管来问我，只要我会的，一定不会保守。两人击掌相约，相视而笑。

一日，又发考试卷了。火一下惊呆了，一道选择题漏选被白白扣去2分，得分栏清清楚楚地写着98分！火后悔自己犯下的弱智错误，暗暗告诫自己绝不再犯！也就没再往心里去。可是，当他把试卷呈给妈妈时，妈妈洋溢的笑脸倏地乌云翻滚山雨欲来。她瞪着那个红彤彤的

98，像是见到极其讨厌的怪物，眼里喷出怒火。猝不及防，她抬起一个巴掌，对准火的脸甩过去，一记清晰的巴掌印结结实实落在火的半边脸上。火被打蒙了！怔了足足5分钟，才明白刚才发生的事，委屈的泪水无声地流淌。几乎同时，冰也拿出了他的考试卷，虽然还是不尽人意，但当妈妈真实地看见红色的61分，竟然嘴巴惊得一张一合，笑意浅浅爬上嘴角。冰正不知所措时，妈妈给了他真真切切的一吻。

俩人又相遇在期望值小区后门口宽敞、偏僻而安静的围墙边，这回的景象却是冰火两重天。冰一遍遍回味妈妈慢慢爬上嘴角的笑容，沉醉地抚摸脸上留下的妈妈那开心的红唇印。当他猛抬头看见火脸上的黑巴掌印时，吃惊地说：98分，这么好，也挨打呀，你妈妈要求太高，就是要你永远稳稳地站在这面围墙的最上面，你抬头看，那么逼仄，多危险！谁能保证每次都考100分？天下有这样的孩子吗？跟你妈相比，我妈还是明理些。她觉得只要我进步了，哪怕分数不高也值得表扬。看来，我还是不要羡慕你更不要成为你这样一个“别人家的孩子”，太累！

注：高考作文根据芜湖漫画家夏明作品改编，没有限制文体，局外人来写，多以议论文为主。我就试着讲个故事，一家之言，自娱自乐。

2016年6月8日

攀 比

夜晚，我正独自在电脑上处理一份材料，忙得不亦乐乎，手机突然响了，划破夜的静寂。伸手拿过手机，来电显示：王哥。按下接听键放到耳边，瞬间传来王哥爽朗的声音："兄弟，帮个忙。"我嬉笑："这么晚了，啥事急成这样？这不像你呀！"王哥一改往日的淡定，连珠炮般道出事情原委，末了还不忘催命一声："兄弟，快点儿。可别把我家老太后和你嫂子急坏了。"我笑道："就这事啊，至于这么急吗？好，冒着大晚上被人骂的风险，我来找朋友问。"

搁下手机，一看都夜里十点一刻了，这个时候打电话无异于扰民。可是没办法，答应了王哥，又想尽快解救他家那一对婆媳于水深火热之中，便也顾不得那么多了。怀着愧疚之心，我拨通第五中学教务主任的电话，还好，"嘟嘟"两声后传来对方清晰的声音。我没给他喘息的机会，直奔主题请他帮忙查一个学生中考的分数。他诧异道："中考分数各人凭准考证号码在网上直接查就好了。"我只好对他实话实说，是朋友想知道邻居家孩子的成绩，但那孩子及家人始终不肯透露，吊起我朋友一家人的胃口，都快魔怔了。没想到，这时教务主任才告知我他在外地出差，回来后一定第一时间查了告诉我。

我发了微信告诉王哥。要他一家别急，耐心等待几天。

这么一番折腾，突然就觉得疲惫了，无心再忙材料，窝在沙发里闭目养神。这才有时间开始重新梳理王哥电话里讲述的故事。

王哥和赵哥是一单位的同事，本来也没多少交集，不承想单位论资排辈分房，两人竟然分到同一单元的楼上楼下，成了邻居。更巧的是两家都有一个小公子，同岁同年级，初一时还一同进了第五中学同一个班。因为两个孩子的缘故，两个家庭不知不觉中走动得热乎起来。王公子经常到赵公子家学习，赵公子也时常到王公子家探讨问题，两个孩子都彬彬有礼，学习上也是互帮互助，不相上下。王哥的老母亲和赵哥的老岳母没事时也喜欢走动走动，唠唠嗑，甚至交流起育孙经验。赵哥的老岳母是一名小学退休教师，更是喜欢在王哥的老母亲面前滔滔不绝，大谈自己是如何把孙子教育得这么优秀。王哥的老母亲虽说是一名退休工人，但也是识字的，也一直为自己能培养出个优秀的儿子很是骄傲，又娶回一个知书达理的好媳妇，添了一个同样聪明伶俐的孙子，人前人后从来都是腰板挺直的，还轮不到一个退休老太太来跟她卖弄什么育孙经验！如此一想，王老太面上的笑容就勉强了，心下更是平添了些许不痛快。王哥的老母亲回家就把这事对儿子媳妇一说，叮嘱他俩一定要狠抓孙子的学习，决不能输给了赵家的孙子。王哥夫妻俩一听，笑着说："妈，何必呢，赵家老太也是一番好心，她教了一辈子书，偶尔好为人师也属难免，您老别想太多，开心最重要。别因为这点小疙瘩，影响了两个孩子的友谊。"

王哥的老母亲见儿子媳妇如此一说，叹了口气，心想作罢，又回归到正常邻里状态。日子日复一日地过去，两个孩子眼见着一同上学一同下学，你来我往，友谊像清澈的细流漫过少年的心间。可是，两家大人之间却渐渐暗流涌动，伏起波澜……

进入初三了，学习的压力越来越大，月考模考期中期末考，各种考试就像家常便饭，填满了两个孩子的日常生活，也常常影响到两家大人的心情。

问题是，两个孩子似乎和大人们较着劲，成绩总是浮沉起落此消彼长。这次王同学名次靠前一点，下次赵同学靠前一点，王赵两家的老太太也跟着忽而欢喜忽而忧愁，都暗自咕叨着：小子怎么就是不争气呢？怎么就不能把邻居小子比下去？二老在各自家中不消停地念叨，一个影响了儿子和媳妇，一个点醒了女儿和女婿，原本两个老人家的攀比骤然升级为两代人四个大人的攀比。王哥夫妇与赵哥夫妇好像商量好了似的，一旦卷入就上瘾了，悄悄地迫切地关注两个孩子像跷跷板似的成绩与名次，升上去了兴奋，降下来了沮丧。由于内心的这种不能明说的攀比心理，两对夫妻之间也莫名就有了隔膜，尽管见面还是客客气气，但笑容背后都已潜藏着提防。而两个孩子却是毫不知情，一如既往地学习和来往。

两位老太见了面，也不再像往常家长里短，夸赞孩子的学习，只是不咸不淡哈哈两声，各走各的；两对夫妻见了面，也是顾左右而言他，要么说天真热啊，要么说雨真大啊，尽是些敷衍的寒暄。好在大人们尽管心里谁都不服输，但毕竟都还算有教养，在两个孩子面前什么也不说，什么也不露，但是暗地里两个家庭之间已然打响了没有硝烟的战争。

终于，中考过去了。王哥的儿子吹了一把响号，中考成绩全市第15名，在学校更是第7名，名字也上了大红喜报，几乎尽人皆知，夫妻二人那个扬眉吐气自是不必提；王家老太更没闲着，乐得在家里唱起《中状元》，声音坐火箭似的从楼下一路上扬直冲楼上赵家老太的耳膜，退休教师出身的赵家老太自然心生悲凉，长吁短叹后，忍不住来一声：离状元十万八千里，神气什么呀！女儿女婿心里也憋着一股气：有啥了不起，咱孩子若不是考试那两天身体不舒服影响了发挥，不见得考得没有她家好。上了高中好好努力，指不定谁会笑到最后呢。

一日，两位老太太在菜市场不期而遇。赵老太一反常态，放下昔日的清高，主动招呼起王家老太。王老太心想：太阳从西边出来了，面上却堆着笑迎上去："赵老师啊，买这么多菜，是要慰劳慰劳考了好成绩的大孙子吧。"赵老师心里一紧，这不是成心吗？不就没你孙子考得好嘛。脸上佯装轻松地应和着："是啊，孙子学习辛苦啊，中考那两天都累病了。现在得好好为他补补。"王老太心想：没考好就是没考好，少拿生病当幌子。嘴上却依然不依不饶："累病了？那是该补补。下这么大劲，你家孙子一定考了高分吧？考多少啊？"赵老师也不是吃素的，心想好你个王婆，在这儿给我下套啊，没门！接下来只怕还要在我面前卖卖瓜。休想！只一秒钟，赵老师居然喜笑颜开地说："考得不错，和你家差不多。"说着就丢下王老太神清气爽地径自走了。王老太纳了闷了：你就吹吧，好意思说跟我孙子差不多。差多了！

王哥听老妈回家一说，心想：敢说和我儿子考差不多，有那么好吗？真考那么好，干吗要捂着不说出来！儿子的学校也就四个人排在全市前20名之内，没有赵家小子啊。死要脸面活受罪罢了！既然不肯说，我就找人帮忙查出她家小子的真实分数，看她们还怎么装相！

这不，我就在夜晚接到了王哥的求助电话。

如此攀比，真是啼笑皆非呀！

2016年8月6日

我爱月夜也爱星天

今天是周五，刚刚下晚学，送走了一班又一班的学生，校园复归于安宁。

金焰走回办公室，收拾好办公桌，拿了教案装进包里，锁好窗，关了灯，轻轻掩上门，快步走下楼梯。一抬头，秋色迷人的黄昏校园映入金焰的眼帘，许多叫不出名字的植物在红的黄的紫的碎花的映衬下，深绿浅青，跌宕起伏很有层次；鸟儿不停地啼鸣，伴着晚风互道晚安归了巢；不远处，夕阳正缓缓褪去薄薄的桔黄的霓裳羽衣，羞答答地要去和月夜私会。校园里的雕塑、假山、喷泉、广场、小径都依偎在高大的教学楼的暗影下，渐次融入恍惚迷离的月色之中，多美的景致呀！金焰的脚步也情不自禁慢下来，心神也完全被眼前即将消逝的婉约多情的瞬间所吸引，想到初为人师，真正成为这里的一员已经三周，全心都投入到熟悉学生熟悉教学中去了，都还没来得及好好看看这座美丽的师范大学附属小学，难得此情此景，不如乘兴一游，反正回到出租屋里也是孤身冷清一人。

金焰踱步至篮球场的时候，看见灯光亮了起来，有两队人生龙活虎地奔跑着喊叫着，横冲直撞抢球的、见缝插针传球的、左冲右突运球的、奋勇向前投篮的、伸长手臂高跳拦球的，拼杀得热火朝天，没有观众，只有力量和汗水。金焰神思恍惚，仿佛那个高大威猛的帅气中锋就是他自己，看着他勇猛灵活的篮下防守，一丝笑容爬上嘴角。他知道，大学时班上的男篮中锋已经成为一段辉煌历史，再热闹的繁华再偾张的热血都将复归平淡。曾经只可忆，未来明确追！

金焰没有停留，继续慢慢地走着。一切都从看到附小在全省范围内公开招聘有正式编制的教师公告后改变了。毕业就是失业，他正为渐近的毕业出路感到茫然无奈甚至惶恐的时刻，这个招聘公告像母亲温暖的手抹平了他纠结的心，他整个人倏然就变得明朗起来。

当金焰把要报考附小的消息兴冲冲告诉最好的朋友黎勇名时，黎勇名讶异后劝说他："哥们你别冲动！你读的是心理学，小学有心理学课程吗？没有！你教其他学科，用得上心理学吗？这就是说你大学四年的专业白学了，这是一种专业的浪费，也是对专业极不负责任的行为。你成绩那么好，专业上应该再上一个台阶，将来一定会有更好的发展。你形象好，声音条件又好，当一名小学教师你就真的甘心？"

金焰的回答却是："勇名，我深思熟虑过了，你说的我的这些优点恰恰可以助力我成为一名更好的小学教师。心理学有益于和各类学生打交道；声音好听，课堂上不更能带给学生听觉上的享受吗？形象好，为人师表更亲和嘛。再说，现在小学普遍是女教师的主场，你没听见家长们呼吁男孩子更需要阳刚之气，基础教育急需男教师吗？我幸运地成为稀缺资源，若真能加入这样一个阵营，不是会有很多潜在的优势吗？我是很想考研，可我母亲在老家仅依靠一间小店独自苦撑，供我读完四年大学，这份艰辛，不能再继续下去。我母亲年纪也大了，去年骑三轮车进货还摔了一跤，险些骨折，还瞒着我，要不是舅舅打电话给我，我到现在还不知道，这件事让我担心负疚了许久。我回去看她时，她还一再嘱咐我一定要考上研究生，有个好出路。可我不能再自私地只顾自己往高处走，我得抓住时机就业，顶起头上的天，然后将母亲接到自己身边，让母亲有一个相对安逸的晚年，我就心安了。至于别人怎么看待，不是我能左右的，当然我也就不予考虑。人要真实而真诚地活着。”

黎勇名听完金焰的陈述，叹息一声。最后还是诚挚地说：“既然你什么都想清楚了，我支持你！祝你成功！”

金焰瞒着母亲报了名，他想成功后再告诉母亲。随后，金焰毅然停止一切业余爱好，一头扎进招聘复习中。

金焰看着此时已然升起的天幕，苍茫中荡漾着深沉，不觉又自顾自地笑了笑，虽然这笑无人应和。他走到图书馆与小广场之间的甬道上，在一张木椅上坐下来，半个月亮不知何时已经爬上了树梢弯钩一样挂在天空，星星也似一粒粒小眼睛，不间断调皮地眨巴着。星星和月亮交相辉映，一会儿月朦胧，一会儿星闪亮，她们捉迷藏一般，把疏朗的光辉洒向这条静谧的甬道，在金焰的身上镀上淡淡的光晕，金焰的心弦一瞬间被轻轻地拨动，他默默地吟诵起“我爱月夜，但我也爱星天……”低沉的男中音把金焰带回教师招聘考试的最后一关——面试。

面试那天是五月的第二个周日，也是母亲节。天不作美，从夜里起就滴滴答答下起了淅淅沥沥的小雨，一直都没停，早晨开门湿淋淋的。金焰却觉得这场雨下得好，浸润了他焦躁不安的心。金焰起得比任何一天都早，洗漱完毕，穿上大半新的干净白衬衫，下面是一条洗得发白的蓝色牛仔裤，白色运动鞋，简洁干练。今天是他一生中最重要的日子，没有之一。今天要过此次招聘考试的最后一关，如若顺利通关，那无疑是送给母亲最好的节日礼物。金焰在心里为自己打气，他相信自己有这个实力。

金焰来到了附小D栋教学楼四层第七待考室，这里是小学语文面试准备室。满目望去，几乎都是女生，幸好还有一个男生，金焰可不想这样一枝独秀。金焰不动声色默数了一下人数，24人，最后录取2人！小概率，绝对的小概率！他知道这些考生中卧虎藏龙，本科生是底线，研究生可能不在少数。不可轻敌不可泄气！他暗暗做了几下深呼吸，调整了一下心绪。他又恢复到平时的自信，坚定地对自己说：我一定会把胜利的红旗插上面试的阵地，让它像金色的火焰一样飞扬！

面试分为三个步骤，上午完成两个步骤，胜出者下午完成第三个步骤。上午的面试开始了。现场抽签，金焰抽到了1号！

考场设在三楼的一间教室。金焰微笑着走上讲台，向坐在台下的7位评委端端正正鞠了一躬，问候一声：评委老师们好！按照主考官的要求，讲台上放着答题卷，两道题，现场完成。金焰镇定地拿起第一张试卷，一个片段朗读。语文教师，朗读是最重要的基本功和素养，不外乎普通话标准，朗读要正确、流利，有感情，有表现力。金焰两秒钟的酝酿，声情并茂、抑扬顿挫、清新自然、从容得体地朗读起来：

“我爱月夜，但我也爱星天。从前在家乡七八月的夜晚在庭院里纳凉的时候，我最爱看天上密密麻麻的繁星。望着星天，我就会忘记一切，仿佛回到了母亲的怀里似的。

……

“渐渐地我的眼睛模糊了，我好像看见无数萤火虫在我的周围飞舞。”

金焰极具磁性的男中音，张弛有度的语速流露出最朴素最贴切的情感，几乎把评委带入《繁星》片段的意境：清辉普洒，寂寞的月夜是美的；银河飞泻，繁华的星空亦是美的。让人平生寂寞的成功固然惊艳，千帆竞秀白鸥翻飞的境地也值得人们期待。评委们都还意犹未尽，金焰的朗读自然收起。

金焰拿起第二张试卷，那是教学活动中很普遍的一个案例答题，要求从教育学理论对这一现象进行分析。金焰看完题目，略一沉思：我不但要用教育学理论，我还要辅以心理学理论，完美地阐述我的观点。金焰胸有成竹有理有据滔滔不绝地说起来……

终于在艰难的等待中熬到几近正午，金焰等到的结果：他是上午24人中的第一名！下午13：30将继续现场抽签，按序完成15分钟的无生上课，课题相同，提前半小时公布。金焰抽到的是2号。显然没有充足的时间准备教案。

金焰又一次走进考场。完成了应有的礼节后，他拿起粉笔唰唰唰在黑板上写下刚劲潇洒的一行字：

走遍天下书为侣

最终的结果是，金焰以综合成绩第二名完美圆梦，成为这座美丽的滨江城市软硬件设施一流的师范大学附属小学的一名有编制的语文教师。

起风了。夜微凉。金焰站起身，又一次向高高的苍穹望去：月儿好像亮了一些，星星疏淡了许多，只有间或这里一亮那里一闪，顽皮依旧。金焰又一次深情地默念："我爱月夜，但我也爱星天。"

2016年8月15日

对 峙

深夜。苍芒睡得迷迷糊糊。夜色如水一样深沉，先生趿着拖鞋，踏出沉重的疲惫，惹来苍芒一声叹息。

苍芒柔声细语："几点了？"

先生回道："12点了。"

"儿睡了吗？"

"不知道。"

"你去他房间看一看，把空调关了，吹吹电扇应该不热。门窗打开，换换空气。他房间整天开着空调，门窗紧闭，气味好难闻。"

先生应声前去。

片刻，一声气愤的声音"给我！"划破夜的静寂。又一声："给我！"似乎更添了几分暴躁，仿佛有场战争一触即发！

苍芒惊得睡意全无，抬起头向声音处望去。

就在卧室门口，苍芒看见了惊心的一幕。儿子与他爸起了争执，伫立在朦胧的黑暗中对峙着。没开灯，父子俩的剪影与周围的景象交织在一起，模糊了轮廓。

人高马大的儿子像一座山抵在他爸的面前。相比之下，爸爸是那样弱小，甚至是可怜。显然老子被儿子欺住了！爸爸在儿子面前明显处于劣势，只以静默回应儿子一声一声的“给我！”

不由心生凄凉之感：廉颇老矣！

苍芒看不下去了，她由一瞬间的混沌转回清醒随之愤怒，岂能容忍儿子如此嚣张如此不孝如此不敬他的爸爸！

怒从心中起，顾不得老腰不灵活，苍芒一个翻身跳下床，三步并作两步冲到房门口，厉声呵斥：“胆肥了，敢这样对你爸爸吼叫！”

“老爸突然跑到我房间把我的空调关了还抢走了遥控器！”儿仍不罢休。

苍芒忍着怒气，但是却不容争辩地说：“空调关了就别再开！房间一股怪味。吹风扇睡觉吧，开门窗通气。”

儿一转身冲进自己的卧室，“砰”地一声关上房门，房子似乎都震颤了一下。剩下怒火中烧的苍芒。

苍芒抓住门把手一扭，打开儿的房门，声音提高了八度：“门开着！通风！”

“我关上门留住房间的凉气，不行啊？”

“不行！门开着！嫌家里不好，明天买车票回你的大学去！我和你爸眼不见心不烦！天天躲在房间赖在床上，无休止地捧着手机，各种小说、综艺、恐怖片、动画片，就是你的假期生活？不运动不见同学不看眼前的风景，你的样子与我和爸的预期真是渐行渐远，这样的你能有未来吗？刚才还这样对你爸吼叫，搞得像有人养无人教的样子！亏我天天时不时地教导你！”苍芒越说越来气，借题发挥劈头盖脸又是一通批评。

儿闷声不响，裹着薄被，背对着苍芒，在电风扇呼呼的声音里，以沉默抵抗苍芒的指责。

被人无视地唱着独角戏，苍芒意识到了无趣。停顿了片刻，无可奈何地回到自己的卧室。

彼时，先生已独享美梦，鼾声均匀。

苍芒无奈地自言自语：“没心没肺的家伙，都这样了你也能睡得着！枉费我为你出头，你居然没事人一样！”苍芒再一次感觉到了索然。

重新躺下身，苍芒却没有了睡意。窗外的月色和着路灯的光亮一齐漫过厚重的窗帘的缝隙，投下斑驳的影子，在房间里铺开一片恍惚迷离。偶尔传来夜间行驶的车声，蝉声嘶鸣，夜愈加安详。

苍芒的思绪在这夜的静谧中又一次纠缠到儿子的身上……

儿子上初一那年。即将开学的一天，苍芒和儿子展开了一场母子间的对话。在苍芒的心中，那场对话是深思熟虑过的。

“儿，你很快就是一个中学生了。你长大了。妈妈觉得应该改变一下我们之间的关系。”

“您是妈妈，我是儿子，母子关系也能改变吗?”儿诧异地说。

苍芒笑了。“母子关系当然不能改变。我是想对你说，除了母子关系，我们首先应该做朋友，做无话不谈的好朋友，然后再做母子。”

“母子就是母子，怎么能做朋友呢?”儿一脸憨萌。

“当然可以，而且是最真心的好朋友。你看，你读中学了，懂事了，懂感情了，自然也懂烦恼了。妈妈就想分担你以后遇见的所有不开心的事，有了妈妈的分担，你的烦恼就减少了一半，妈妈会为你分解，教给你直面的方法和勇气，可能你的烦恼也就随风飘逝了呢。当然，妈妈也想分享你的快乐和成长，见证你的努力和成功。如此，妈妈不就是你最好的朋友吗?”

“可是，假如我的快乐和烦恼是不便告诉你的呢?”

“那也没关系呀。谁都有自己的小秘密。不过，妈妈有信心，朋友之间只要有足够的信任，就一定会坦诚相见的。妈妈觉得你是个心地善良文明礼貌的好孩子，一定有你自己的原则。妈妈只想告诉你，在你成长的每一天，无论欢乐抑或忧伤，妈妈一直都在，一直都是那个最理解最支持你的人，因为妈妈爱你！”

儿抱住苍芒：“妈妈，我们做好朋友！我也爱您！”

从那以后，儿果然重要的事都会征求苍芒的意见。时常，也会主动与苍芒分享同学间的趣事。每个晚上，儿专注地学习，苍芒在一旁看自己的书，乏了也眯上眼小憩一会儿，有时也悄悄注视儿聚精会神的侧脸，心生满足。儿学习累了，苍芒便与儿聊一聊有趣轻松的话题，疲累也随之烟消云散。夜晚的伴读，辛苦又幸福地持续到儿去上大学。两千个日日夜夜，儿和苍芒真的成为贴心贴意的朋友式的母子，儿虽然有时坚持自我，但儿也不愿意看到苍芒难过。苍芒常想：儿也可以裁剪成贴心小棉袄，心里很是欣慰。

可是，这个假期儿回家来的生活状态，苍芒是不满意的。苍芒曾问儿子："是不是大学生活让你觉出了失望，才变成现在这样的萎靡?"儿一贯性地从容笑着说："也不是。"随后又补充说："世界上有两种悲剧……"苍芒接过了下面的话："一种是得到了，一种是没得到。"儿依旧是好脾气地笑着。苍芒没有停止话头："就算你得到了现在的大学，可大学后面的更高一个台阶或者完全陌生的领域你不是还得去攀登吗？其实，人永远不能下结论说：我得到了！人永远都在得到与未得到之间的路上，所以，你不能迷茫不能懈怠！你得有活力有激情地前行！"儿笑对："妈妈永远是对的。放心吧，我不会萎靡的。"苍芒说："你每一次都是虚心接受，每一次又都坚决不改。"真是儿大不由娘啊！苍芒又联想到今夜儿对先生的态度，尤为心下难平。那个一瞬间的对峙，那个高大的身形，那个弱小的背影，苍芒在怜惜先生的同时，恼怒于儿的不敬与不孝！

一夜无眠。

苍芒早早地起床了。头脑昏昏沉沉。上班出门之前，苍芒轻轻走进儿的房间，儿居然已醒，在看小说。见苍芒走近，微闭眼睛，假寐。

苍芒柔声道："醒啦!"

"嗯。"儿答道。

苍芒知道，她与儿即使再大动干戈，也没有隔夜仇。应了民间一句话："家鸡打得团团转，野鸡打得满天飞。"自家养的，打不散。

苍芒坐到儿的床边，抚摸着儿的头，和声细语地说：“夜里骂了你一顿，就再没睡着。整个人都不好。”

儿说：“对不起!”

苍芒说：“你接受了十几年的教育，又在最好的大学读书，怎么能如此野蛮无理地对待你爸爸！爸爸老了，在自己儿子的诘问之下如此隐忍，你就不愧疚吗？没有爸爸，哪有你的今天！你不知道你和他对峙的那一幕，多么刺痛妈妈的心！爸爸那么爱你，为你竭尽所能，无怨无悔，甚至包容你的不敬。可妈妈不行！妈妈看不下去！你欺负爸爸，妈妈不答应！你记着：父母恩深似海！不管将来你走多远走到哪个层面，都别忘了你的老爸和老妈!”

儿轻轻地说：“妈妈，对不起!”

上班的路上，苍芒小心翼翼地转动着方向盘，控制着刹车和油门，驾驶着小汽车穿过一条条车水马龙的街道，内心却温柔似水。儿子能够认识到自己的错误，就一定能改正它。未来，一定能看到一个真正孝顺优秀的儿子吧!

2016年9月3日

“老头子做事总不会错”

一

45周岁那年，苍芒有机会参评小高职称了。赶巧，这个年龄职称计算机考试免试。苍芒的心头有感动也有惊喜，像雾气散尽后的远山长河，明朗朗的，不再苍茫。

一众同仁加班加点，家里的“老头子”也不肯袖手旁观，友情加亲情，帮着苍芒一起忙了半个多月，分门别类，逐款逐条，整理、审阅、签字、盖章，材料装了满满四个牛皮纸文件袋，赶在最后上交期限，于那个秋日的下午送到了教育局职评办公室。

工作人员热情周到，验完各种证书原件复印件，就细心地一一验收几大包材料，不厌其烦。末了，递上寥寥数行打印好的一张纸让苍芒签字。“支教承诺书”！苍芒快速浏览：凡于当年参评职称者，必须承诺三年内完成去遥山支教一年的任务。否则不予参评。苍芒脑袋一轰：怎么这样？没听说评小高还需要支教的呀！工作人员波澜不惊，笑着补充：今年本区的职评新规。考虑到评前来不及支教，先评后支，希望大家理解支持。不及细思，到这份上了，退无可退。苍芒拿起笔，牙一咬，心一横，签下名字，眼前起了一大片灰蒙蒙的水汽。

翌年夏天，苍芒的名字出现在支教的名单中。

那时，孩子高二，学业紧张。

苍芒的一颗心瞬间跌入遥山之麓……

二

对苍芒而言，遥山就像它的名字，遥远的万重山，一个无可预期的遥远之地。实际上并非危言耸听，据说分布在遥山的中心校、村小几十所，去那里，百八十里路算近的，这一天怎么个来回呢？

最现实的问题是孩子的学业紧锣密鼓，到了白热化的冲刺阶段！苍芒怎能置之不顾长途跋涉去完成支教任务呢？苍芒做不到！

苍芒还有一个尽人皆知的身体原因，腰病缠身。几乎每隔一段时间，腰病就会像不听话的孩子故意捣乱，出其不意趸摸回来骚扰一回，温柔的小伤害就能让苍芒一段时间扶着楼梯上下攀爬；劲道足一点儿，苍芒就得趴到针灸科的床上，让针扎得大洞小眼，倒抽凉气。十几年的腰病，苍芒不再敢爱美了，最爱穿的裙子夏天也很少穿了，受凉是致命的；也不敢外出旅游，连续走上一个小时腰椎疼痛难支，劳累是致命的；就连坐着，也得三两个靠枕抵住腰，悬空亦是致命的。残腰如老树枯枝，一丝风吹草动都可将它摧折。

和“老头子”一说，老头子竟然没事人一样。他一边喝着小酒，一边慢条斯理地说：“政策呢对事不对人，评职称支教这也是大势所趋，没办法。只不过眼下要你去支教，确实不是最佳时期。以你的性情是放不下孩子学习的。”

苍芒已然急火攻心，老头子依旧不紧不慢，说两句吃一口菜，咪一口酒。“要不，找领导说说，争取缓一缓，等孩子上大学去了，身体又可行，再去支教？”

“老头子，你最会变通呀，”苍芒说，“这个办法可行，领导应该会考虑这个实际情况，我明天就去找领导说。”苍芒焦虑的心头豁然开朗，语调也平缓了。

领导很豁达。支教固然重要，孩子的学业前程更是头等大事。缓一缓吧。

三

孩子上大学去了。

转眼苍芒评过职称第三年了。支教旧事重提。

苍芒再一次面临不敢面对的事情。

苍芒几近知天命之年，这两年腰病加剧。陪孩子学习几乎耗尽了力气，苍芒的精力像一根绷紧的弹簧，一松动就皱花花的，溃不成形。比之两年前，苍芒更加没有信心奔赴遥山了。

可是政策不容抗拒！

苍芒开始白天黑夜地叹气，睡不着觉。大把大把地掉头发，白头发也速速地增生。

苍芒知道，纵有一万个理由也不能成为不去支教的理由。一句话，年龄大了，身体不好了，毕竟还能动，还能在自己的学校上班，怎么就不能换个地方上班，这个地方怎么就不能是遥山呢？执行政策的人说：“一年时间，快得很，克服克服怎样都可以过来。”

苍芒几乎下了去遥山的决心。

好友说：“我们陪你先去遥山走一趟吧，实地感受一番你心里会定一些。到时你开车，我们指挥你。”

四

八月末一个骄阳似火的午后，苍芒驾车，四个人向遥山进发。

苍芒拿驾照的时间不短，真正开车也才一年时间。没有方向感，所以不认识的路苍芒绝对不开。在友人的指挥下，她小心翼翼地驾驶着，穿过市区，上了高速。

大鹏快乐地说："快看，长江。江水浩渺，波光闪耀。你去遥山，天天一路都是美景，乡下空气都是甜的。"

苍芒只顾驾车，哪还有余力去看大桥下的碧波万顷，船行帆鼓。

清韵笑："是啊，我们可以去你支教的学校搞教研，顺便看看你。想着也挺美。"

利文倡议："干脆明年我们仨一同去支教，我们就住那儿，周末回家。"

一车的笑声与畅想，苍芒也受了感染，好像真是奔着无限的美妙而去，快乐随着光影爬了苍芒一脸。

车窗外的蓝天和高速路扑面而来，白云淡淡的，遥遥袅袅，轻纱一样曼妙。川流不息的车海中，四个人坐在空调车内，隔开了自然的酷热，开启了热烈的话唠模式。他们不时提醒苍芒换挡，加速或减速，切记注意观察路标指示牌，苍芒的心起起伏伏，在微微的颠簸中游弋。

车下了高速。时而开阔时而狭窄的镇街路面，不时飞起一片扬尘，三轮车摩托车穿梭而过，行人稀少。不起眼的方向路标，绕得苍芒七荤八素，心一时蹦到嗓子眼。

"今天是练了车技和胆量。我一直只开一条路，家与学校；一直没换过五档，最快时速50码。这下五档也体验了。这一趟，值。"苍芒笑道。

七弯八绕后，看到了"遥山"路标，进入遥山地界。遥山，遥是不虚，却没有山，好似"夫妻肺片"，肺片是真，哪有夫妻！

停车。大鹏下去问路。

车慢行一段路，果然看到了入遥山以后最近的一所小学，校门缩在巷子里，正对马路。下车。

看看手表，离临来时过去了一个小时还多六分钟！这是单程，还要回去呢！今天友人陪同指挥，心里是有底气的。自己一个人，也能这般顺利吗？雨雾天风雪天又怎么办？苍芒不敢想。

推门进去。

学校一眼见底。一个长方形的四合院，一排平房是教师办公室，教学区是一栋两层楼，半新不旧。绿树环抱，花叶婆娑，日光竟不胜浓烈，投下斑驳的影子，知了拉长了声音“吱吱”地嘶鸣，校园静雅极了。一阵风吹来，似乎都能闻到淡淡的书香。苍芒轻轻地说：“多像我八年前工作的水上小学啊！”

大鹏高兴道：“那算故地重游了。”

很幸运，办公室里有人。大鹏主动凑上去说明来意。

那人走出来，很朴实的样子。他是学校的老师。

听说开学要到这里来支教，那位老师说他们学校不缺教师，学校也没有食堂，中餐大家都是回家吃的。建议四人再到别校去看看。

苍芒刚有点热的心凉了半截。

不用再看了，其他学校更远。

打道回府。一路上，不复来时的心气高昂笑语声喧。苍芒默默地握着方向盘，决意不去支教。

五

苍芒向领导如实陈述支教面临的种种具体困难，她不想千辛万苦支持政策到头来并不招人待见。劳动都想得到认同和尊重，否则何须！

开学一个多月后，苍芒被告知：因不去支教，小高职称暂时保留，但评聘分离，拿低档待遇。

苍芒心下难过。百口莫辩。没去支教是事实。

晚上，苍芒早早睡下了。一觉醒来，夜入膏肓。

打开手机，看见“老头子”发给自己一条信息，点开：安徒生童话

《老头子做事总不会错》。静静阅读，那个可爱的老太太即使面对老头子一错再错的犯傻行为，把贫困家中唯一值钱的瘦马一换再换，最后换成一大袋子烂苹果，依然选择对老头子坚固的信任，赞扬他，亲吻他。

正如童话中和老头子打赌的两个英国人所说："我喜欢看这幅情景！老是走下坡路，却老是快乐。这件事本身就值钱。"

看着身旁熟睡的"老头子"，听着他均匀的鼾声，苍芒明白他温暖的宽慰和机智的开解，他要以他的方式告诉苍芒：不妨学学童话中宽容乐天的老太太，不要抱怨，来到的就接受，不管好坏。物质和利益都不重要，内心的快乐才是活着的真谛。

2016年10月16日

“我是来给您送花的”

晚上七点，苍芒才等来先生回家。

看到餐桌上一大盘鸭肉烧土豆，油汪汪地冒着暖色，先生摸着肚子自言自语：“别着急，我洗个手就来犒劳你，把你装得满满的。”

苍芒嗔怪道：“不是肚子闹革命，还想不起来回家吧？我们家节俭呀，晚饭和夜宵一道吃了。”

先生耍起了嘴皮：“我不把肚子折腾瘪了，老婆烧的好菜岂不是吃不掉啊，那多对不起老婆的美意啊。”

苍芒无奈：“长了一张鸭嘴，做成菜了还硬。”拿起筷子夹了一小块鸭肉放到嘴里，佯装小小的不满。

“叮咚！”门铃响了。刚刚准备坐下来用餐的俩人不约而同对望一眼：来客了。

苍芒赶紧把含在嘴里的鸭肉快速吞咽下去，抹抹嘴角，向门边走去。

打开门，一位年轻的姑娘微笑着站在眼前。

“您好，我是来给您送花的！”不待苍芒反应过来，一束小花递到她跟前。苍芒赶紧伸出手接住。

“真花还是假花？”苍芒下意识地问。

“是真花!”姑娘含笑说。

“那多不好意思，白要你的花。” 苍芒微笑。

姑娘大方又似有点羞赧：“我在圣亚阁开了一个花店，欢迎您随时光顾。”

哦，圣亚阁，马路对面。苍芒暗忖。

苍芒这才注意到姑娘挽着一只花篮，里面还有小半篮没有送出去的花。

“您如果喜欢，可加我微信，花上有。” 姑娘指了指花束上的标签，满脸期待。

苍芒的心像渐欲浓厚的夜色，一点一点变柔软。她笑说：“好！如果需要花，我一定记得去你那里。”

姑娘道了谢，转身轻盈地离去。

苍芒注视着姑娘的背影在楼道灯光的暗影下很快消失不见，全然不觉得她是一个不速之客，打断了自己等待已久的晚餐，反倒觉得她轻挽花篮，披着长发，一袭碎花长裙的窈窕背影似曾相识，充满了令人回味的悠长：像19世纪欧洲坐着马车跟随姨妈来到庄园走亲戚的乡村少女？像戴望舒笔下撑着油纸伞弥漫丁香一样的芳香走过雨巷的姑娘？像情人节手捧鲜花一脸幸福依偎着亲密爱人的小女友……哦，不，都不像！苍芒不禁回忆起仓促之间看到的姑娘的样子：二十几岁年轻的面庞，针织线衫配上长至脚腕的碎花长裙，宛若从风中飘来，一双会说话的眼睛荡漾着纯净的喜悦，仿佛花篮里一束一束精致的小花，安静地美美地开放着。她没有初来庄园看什么都新奇的少女的天真，没有独自走过雨巷的姑娘寂寥的愁怨，她也没有甜蜜小恋人的娇羞妩媚。苍芒在心中迅速否定这些一闪即逝的群像，她们都不符合这个送花的姑娘。她就是她自己，一个无可替代的上门推销自己花店的接地气的姑娘。她积极创业，创新营销，诚意服务，乐观生活。

手拿这束小小的包花，苍芒顾不上先生“快来吃饭，不然饭菜都凉了”的一催再催，细细端详起来：淡蓝色的绵纸折叠成玲珑的三层，最里层贴上一枚椭圆形商标，白色打底，宝蓝色中英文“花·如意”，雅致醒目。鸭蛋绿的丝带系了个蝴蝶结，仿佛包装纸的腰带，上面挂了一块长方形的白色纸板标签，正面印有一大束紫罗兰色米粒花，又一次附上“花·如意”中英文，微信二维码、电话号码躺在一侧。背面则是花束、花篮、花盒、瓶花保养小知识，寥寥几语，透着“花·如意”主人精巧细密的心思。温馨提示，令人顿生好感。包装纸里插了两朵小花，一朵紫罗兰，一朵勿忘我，三片绿叶，色泽鲜艳，娇嫩可爱。

苍芒把“花·如意”放到了客厅最显眼的案台上，小心翼翼摆正。

重新坐到饭桌旁，苍芒好像已经吃饱饭，思绪依然沉浸在花·如意里，耳畔响起“我是来给您送花的”，觉得那真是太美好的一瞬间。姑娘送来的岂止是花？她送来了自己开花店自己营销的大胆创意，送来了青春不知疲倦的勤奋耕耘，送来了上门服务的便捷生活。

花店开在圣雅阁，花美也怕巷子深；花儿再美，美不过花儿一样的姑娘亲自上门做广告；花店遇见如此聪慧勤劳的女主人，怎能不“花·如意”呢？

屋里，似乎也因为“花·如意”的到来，满屋飘香。

苍芒猛然觉得：生活充满芳香的奇遇、感动和快乐！在有些倦意的时刻和被忽视的转角，不期而遇，你又心生热情和暖意，去寻，去追……

2016年10月30日

9/ 试一试，再试一试

第一次上车，我就后悔自己的自不量力：女性，年逾不惑，协调性差，天生无方向感。不争气的『海拔』，迫使我要把座椅向前调到不能调为止，引来教练不满，认为影响方向盘转动……

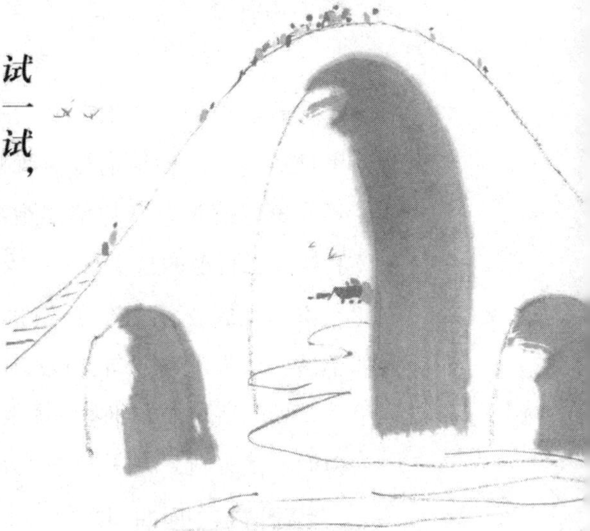

桩 考

2009年8月20日，高温37度。等待桩考的驾校大厅里人满为患，嘈杂的人声伴着“秋老虎”的威力，把临考前的紧张气氛渲染到了极致。

此时已近正午，我坐在大厅一隅，浑身是汗，心慌气短，呼吸困难，考试正一分一秒地逼近。我开始莫名地抱怨自己：好端端一个暑假，不在家好好休息，却偏偏跑来学什么驾驶，活该受罪！第一次上车，我就后悔自己的自不量力：女性，年逾不惑，协调性差，天生无方向感。不争气的“海拔”，迫使我要把座椅向前调到不能调为止，引来师傅不满，认为影响方向盘转动……“七号库的10号进场！”突然听到叫号，我立刻站起来，朝考场走去。

遵循考试规则，我从指定的外围路线走向七号库，绕库一周，心无杂念，迅速留意车库四周的每一个关键点，这对桩考至关重要。随后上车，摆正车身，调后视镜。考前准备工作就绪。我下车面向“电子眼”举起右手示意。“七号库宋清平请走到车门口！”我快步走至车门口。“七号库考试开始，请倒车！”我打开车门坐进车内。说来也怪，此刻，我竟一扫考前的种种忧虑与紧张，有条不紊地做着每一个动作：调整座位，踩离合器，挂倒车挡，松手刹，轻握方向盘，半联动，向“正库”

倒车。车子慢慢向后滑行，我向右后方侧目，当“反库”的杆子与对角线的杆子双双出现在视野中时，迅速向右打死方向盘，向正库倒去。可是意想不到的情况发生了，我看错了杆位，车倒早了。继续倒，显然倒不进去。我紧急刹车，思索对策：下车，弃考？念头一闪，便被否决。想起酷暑高温，早上六点多钟就离开家门，从市区疾奔湾沚考点，经历了一个上午的漫长等待和巨大的心理煎熬，就为在此一搏，怎能刚上战场就当逃兵？必须扭转乾坤！想到此，我做出了令自己意想不到的举动，迅速向左打方向盘，启动车，向后滑行了一点点距离，再向右打死方向盘。谢天谢地，成功倒入正库！虚惊一场，汗水淋漓。此时，我信心大增，开始“移库”。位置准确、不压线、步骤完整，整个过程一气呵成，漂亮！我注视左右倒车镜，确定任何一方都不会碰杆，车子出了正库门。正准备向左打死方向盘，向左前方半联动行进时，车子突然熄火。重新启动，准备倒“反库”。回正方向盘，向左后侧看库杆，这一次我倍加小心，当人身和“正库杆”及“反库杆”成一条斜线并稍出一点头时，向左打死方向盘，车子以极其缓慢的速度向反库靠近。感觉左车身离杆距离较小，回正方向盘，略微倒一点，再向左打死方向盘，车子平稳进入反库。透过两侧后视镜，发现车子不在正中，遂向距离大的一侧打方向盘，不料分寸失控，车子不但没修正到中间，反而快压右车道线。这可是最后一步，万不能前功尽弃。半联动，车子像蜗牛爬，眼看车轮就要压线，我判断车头已经缩进库中。一不做，二不休，回正方向盘，挂前进挡，确保后视镜不碰杆，把车子开了出去。停下，向右打死方向盘，驶向待考原地。就在此时，我听到最激动人心的电子通报：“七号库考试合格，请下车！”

2015年5月30日

拔 牙

一大早，我如约来到地区医院。口腔科在二楼。快步进入口腔科地带，但见各科室都早有患者躺在治疗椅上，医生全副武装，一身白，只有口罩是淡淡的蓝色。我泰然走到口腔科3室，谢天谢地，即将为我拔牙的医生正在做准备工作。我们相互道了声好。他好听的声音传过来："约好的患者没来，我替你先治吧。"说完还不忘问我吃饱了早饭没有。我笑说，吃过了。

我躺到治疗椅上。他坐下来，为我调好躺椅高度。再把治疗仪上的照明灯挪近，对准我的口腔。一系列工作准备就绪，他拿出一针麻药水剂，熟练地吸进针管。我暗暗吸了口冷气。想着马上就要经受针头的刺戳，心头微微一颤。医生重又坐下来，温和地说："放松点，没事的，只有一点儿疼。"我点点头，故作镇静。医生左手拿着一只小勺模样的治疗仪，扒开我的口腔，找到右边上牙的最后一颗——需要拔掉的裂开的牙齿。他小心地探视着。再用小镊子敲敲打打，问我疼不疼。在得到我准确的回话后，右手拿起针，在坏牙的周边，找到最适宜麻醉的部位，把针头刺了进去。一阵疼痛袭来，我脸部轻度扭曲。麻药很快注射进去，针头随之拔离口腔。瞬间，我就感到被麻过的地方好像鼓了包似的，没有知觉。紧跟着，喉咙处也好像被东西堵住了，难受。医生说，麻药起作用了，可以拔牙了。

医生一只手用力扒开我的口腔，另一只手拿起一把钳子，要我张大嘴。我使劲张大嘴，但钳子伸不进去。医生说："再张大！再张大！不然钳子伸不进去，怎么拔出牙呢？"我用尽最大力气张开口，就快把嘴撕裂了。可钳子依然伸不进去。医生没办法，把躺椅上半身调高，自己也从座椅上站起来，才勉强把钳子伸进去。他刚一用力，我就疼得嘴歪眼斜。他只好停止动作，拿出钳子。他说可能麻药药力不够，再补半针麻药。妈呀！还要再受二茬苦，忍受针头的刺戳。正想着，半针麻药注射了进去。真正的拔牙开始了。医生站立着，弯着腰。他说，姿势好难受哦。他再一次扒开我的口腔，我拼尽全力张大嘴，配合着。可那颗裂开的牙，似乎知道它就要被主人遗弃，离开它生活了快五十年的家园，坚定地守护着，不肯轻易被撼动。而钳子毫不手软，发起进攻，紧紧地夹住它，铆足了劲，使劲拔。牙誓死捍卫自己的领地，与钳子展开了一场殊死博弈。钳子握在医生的手里，猛然发力，可就是拔不动。半躺着的我，早已疼得叫起来。我含糊不清地说，既然牙还如此牢固，是不是不需要拔。医生笑说："我还没敢用力呢，哪是它牢固？"我心下叫苦不迭：人为刀俎，我为鱼肉啊。这种任人摆布的无奈是多么绝望啊！医生再一次用钳子紧紧夹住牙，使出蛮力，不管我疼痛的叫喊，一下一下往外拔。连拔数下，终于拔出一半裂齿；再拔数下，又一半裂齿被钳出来；再进去敲敲，把第三个根钳出来，一看，都碎了。我无力再叫，恍然出现幻觉，我就是那不怕死的地下工作者，躺在敌人的老虎凳上，经历着最严酷的折磨呢。医生全然不知我的小心思，细心查看牙有没有拔干净。他把拔出来的牙放在盘子里，拼凑成一颗完整牙，这才放心了。拔牙大功告成。他说一颗牙有三个根，他指给我看，而我哪还有心情看呀。

牙拔完了。出了很多血。我咬着医用纱布，坐到走道内的椅子上，静观半小时。爱人伴在一旁，心疼地宽慰着。我忍不住拿出手机，给在异乡的儿子发去了消息：在地区医院拔牙了！疼得我呀！医生说这颗牙全裂开了，保不住，没有留下它的必要，必须拔掉！活着多么不易啊！那么多的疼痛！你一定要爱护好牙齿！

半小时很快流逝，医生叫我重新躺到椅子上，查看了创面。交代好注意事项。开了消炎药。建议三个月后，可考虑重安一颗牙。

回家的途中，鳞次栉比的楼宇，葱茏繁茂的植被，在骄阳的映照下，美不胜收。车水马龙，繁华都市，生机勃勃。然而，一路上，我却无心看风景，在创口的疼痛中，生发颇多感慨。其实，这颗牙原本是可以保护好的。去年冬天，我曾在一家口腔医院做了根管治疗。因为怕麻烦，治疗过后就没有装牙套，也没有复诊，导致牙的开裂，致使今日无法补救。人呀，小处的疏忽，好时的不珍惜，只有在付出代价后才幡然醒悟，再想来珍惜，已然没有机会了！

活着。且生活，且珍惜！

2015年6月6日

我被岁月撞了一下腰

残腰又开始折腾了。

快一周了吧，腰部的疼痛随着时间流逝变本加厉。坐下去就站不起来，得依赖墙或桌子，双手撑着站上一会儿，等到适应了，才可慢慢挪步；上下楼梯就更艰难了，扶着扶手，伛偻而行，汗水浸透一身。看那些跑跑跳跳的学生，大步前行的身姿，风摆杨柳的倩影，只能在心里羡慕：多么健康，多么自然！暗叹白天不知夜的黑，又有谁人能知自己那仅仅渴望能够自由行走的心？

几天前的夜晚，睡意来袭，浅淡入梦，恍惚间听见手机的提示音，打开一看，一行字跳入眼里："我回来啦。在门外。"我赶紧下床开了灯，走到客厅，仍不放心地提高嗓音问："是你吗?"熟悉的声音透过门传进来，确信是孩他爸接婆婆回来了。我打开反锁的门，招呼婆婆进家。简单寒暄罢，拿出换洗衣服安排婆婆洗澡，再拿来干净床单为婆婆铺好床。忙碌完这一切再躺回床上，已经睡意全无，心里一急，燥热难耐，也不敢开空调，害怕残腰受凉。孩他爸打开风扇，在阵阵凉风中才渐渐入睡。没承想风对着我吹，虽然盖了被子，一觉醒来还是感到腰和腿明显不适。下床后腰竟直不起来，呈下坠的痛感，双腿从膝盖以上肌肉无力，似乎支撑不住上身的重量。顿感不妙，只怕残腰又要折腾我了！果不其然，这几天受尽了残腰的折磨，疼痛无时无刻不如影随形。躺着不行，站着不行，坐着不行，行走也不是正常的姿态！一声长叹：残腰休矣！可是又心存侥幸，毕竟还能动，还站得起来，希望能够硬撑过去，自动好起来。

年轻时喜欢活蹦乱跳，到哪儿去要么步行要么骑车，两条腿虽不修长，但却健康有力，能够胜任生活中力所能及的重量；腰也是康健结实的，从没疼痛过。那时多好啊，可惜从没意识到它们的好，只是有恃无恐地肆意挥霍。30岁的时候，大冬天的，为了臭美，穿上毛呢长裙就过冬了。一年四季，大部分时日都是穿裙子。春捂秋冻，秋冻倒是自然，春捂就实实在在地忽略了。现在想来，只怕那时的臭美，引得寒凉久积成患，早早种下了腰疾的种子。现在大夏天的，裙子也不轻易穿了，倒是看见单位里年轻的女孩，从春凉到秋，从秋冻到冬，不免为她们日后担忧呢。

要说对腰疼有真正意义上的感知，要“归功于”儿子出生的那八个小时了。那是刻骨铭心的疼痛，在那么长一段时间，为了顺产，为了不剖腹，与腰疼做着殊死抗争！我从来不知自己坚忍如斯，竟可以承受那样几近断裂的疼痛，介乎于生死边缘，我为自己自豪！我对自己说：我别无选择！为了儿，腰残了，也值得！

可能生活总爱在人生的冬季雪上加霜，当我因为病痛每日战战兢兢，如临深渊，如履薄冰的时候，却被岁月撞了一下腰。那是一个冬天的周日，我正穿着胶靴，在卫生间用大盆踩洗羽绒服，满盆的洗衣粉泡沫随着我的动作飞溅。客厅电话响起来，我顾不上擦擦胶靴上的液体泡沫就跑去接，刚跑到客厅，毫无防备地脚下一滑，重重摔倒在地砖上。仅仅一阵疼痛，当时也没往心里去。第二天，我忍着疼痛上了一天班，居然就再也不能动了。到医院拍完片子，尾椎骨骨裂！那时刚好学期接近尾声，在床上修养了一个寒假。

再后来，骑自行车、骑电瓶车都有摔过，腰疾成顽症！

自此，椅子上多了一堆靠枕，就连开车也得用靠枕抵住腰，保证坐时腰部不会悬空，腰才不疼，也才能坐得久一些；一天忙下来，晚上躺到床上，腰部与床半天不能契合，要慢慢调整身体，找准最佳契合点，才能放心舒展开来，而且仅限于平躺，左右侧卧已成奢望。

近些年，随着年岁增长，残腰愈发娇贵。久站疼，久坐疼，久躺疼；走不了长路，坐不了矮凳；不能弯腰，不能劳累，不敢受凉。这几条，条条都是高压线！胆敢触碰，轻则罚痛好几天，在小心翼翼的修复中慢慢好转；重则被逼去医院，推拿牵引熏蒸针灸拔火罐，手段花样繁多，赶上一条龙服务。托残腰的福，我领略了传统中医的技法，其他疗法都已失效，针灸似乎成为唯一奏效的手段。

我第一次针灸是几年前的事了。那次残腰病发，站不起来，孩他爸把我抱进车里送到地医。到达时朋友已在等候，他把我们带进骨科诊疗室。来给我针灸的是一位主任医生，趁他准备之际，我趴在病床上偷偷看向其他正在被针灸的患者，被扎的部位各不相同：有颈部，有腿部，有背部，也有腰部。细细密密长短不一的针，在医生的手里，变魔术一般扎进穴位，轻轻旋动，看得我心惊肉跳。少的扎三四针，多的扎十来针，一眼看去，俨然大大小小的乌龙阵。终于轮到我了，医生先用手按摩腰部，疏通筋脉，不断地问询："这里疼吗？"得到疼、不疼或有一点疼的回答后，他确定针灸的范围，告诉我腰部骨头已铁板一块，很易受损，平日定要多注意护腰。温和的谈话分散了我的紧张，第一针进去的时候也就如蚊子叮一般，没啥惊吓。我能感觉到，每扎一针，他都仔细而慎重，找准关键穴位，针针不虚。扎到第六针时，筋脉像突然受到电刺激一样，远远波及脚上一处穴位，如遭雷击，全身痉挛！心下大骇，心头就有了阴影，针在扎与不扎之间，小心脏暗暗颤抖。待针都扎进了穴位，放一会儿，医生再将针轻轻旋动，也是害怕到不能自已地全身僵硬。约莫半小时，才把针一一拔下。面上风平浪静，我却自此对针灸产生了恐惧。可是没办法，也只有针灸能治残腰，我既依赖它又怕沾上它，像个吸毒的人痛恨毒品又戒不掉一样，慢慢深陷泥沼中，永无出头之日。针灸一个疗程十次，我每次最多坚持五六次，稍微好转就不再去扎针。这些年，我反反复复光顾地区医院那间针灸诊疗室，认定同一个医生，倒是成了熟人。

当然，每次残腰发病，都要牵累众人。有一次，在单位爆发疼痛，走不了路，糖糖半扶半抱把我送上车，开车到二中找到我先生，一起去了地区医院，把她累得够呛。好友们总是帮忙做这做那，关爱像芳香弥漫，萦绕在我周围。有买来中餐的，不用我一瘸一拐去食堂；有买来万通筋骨喷剂的，让我缓解疼痛；有送来百敷宝的，利用谷物热敷祛除寒气，怕我偷懒不用，晚上还特意打电话督促我……一直到好转。平时也不忘提醒我保护腰，手机里总会收到各种护腰治腰的信息。当然，最受累的莫过于孩他爸了。儿没离开家时，父子俩一起上阵，陪治疗，做家务，饭菜都端到床头，儿甚至给我喂饭；儿去追寻远方的诗，只有孩他爸默默侍奉于眼前，毫无怨言，有的只是无尽的呵护和怜惜。

残腰将伴随我的后半生了。但我何其有幸，能够拥有怜我爱我的先生，孝顺我的儿子，关心我的友人。

我被岁月撞了一下腰，但我分明能够感受到，那漫漫时光中的甜蜜和温柔。

2016年6月26日

10 / 真情永远

是啊，眼前的两位空巢老人，我的恩师夫妇，使我在这座举目无亲的城市第一次触摸到爱的温度。

我的老师和师母

周五一下班，我就匆匆带上礼物，打上的，奔着园丁小区去了，看望我的老师和师母。

按响门铃，老师开了门。一见是我，惊呼着："你怎么来了！那么忙，下班也不好好休息，你腰不好！"虽说连连嗔怪，看得出，他心里可高兴了！我笑吟吟地："有日子没来，心里内疚！"老师说："丫头，说哪儿的话。你忙，我和你阿姨都理解。我们有事，肯定会给你打电话的。"

师母闻讯，从房间里拄着拐杖想移步到客厅来。我忙走过去，搀扶着她。只叹这么久了，腿病依然没怎么好转。年前，师母突然腿痛，不能行走。奇怪的是，可以站立，可以坐着，就是不能走。几个月来，看遍了本市各大医院，专家多次会诊，愣是找不出病因。让他们自己去南京、上海的大医院看病，又谈何容易！他俩都已年逾古稀！我和爱人想陪她去看，他们又坚决不肯答应，怕耽误我们的工作。就这么拖了大半年，现在，拄着拐杖勉强可以挪两步。

看着师母，我心里酸了！眼前的她，满头白发，佝偻着腰，依托着一根拐杖，艰难挪步。昔日精明干练，连家里更换电灯泡、修理家什这等男人做的活都全权包揽的师母，一下子变成眼前风烛残年的老妪，眼窝更深深地凹陷下去，仿佛行将燃尽的灯芯，柔弱无力。老师也是一副苍老疲惫的模样，无能为力的痛苦淹没在一声一声的叹息里。

是啊，眼前的两位空巢老人，我的恩师夫妇，使我在这座举目无亲的城市第一次触摸到爱的温度。

老　师

1991年，我只身来到芜湖师范学校求学。那是八月底的一天，到大门口迎接我的，竟然就是我的老班——我一生的恩师。此后多年，我们常说起那一幕，不得不承认有缘一说。那时的老师，正值人生的盛年，身材高大，意气风发，浑身上下透着一股成熟与沉稳。一口乍听不是很清楚的皖北方言，让我有点小小的不适应。而我在老师的眼里，是一个面庞白皙，看上去有些孤傲的女孩子。老师热情地拿起我的行李，亲自把我送到女生宿舍。原来，宿舍的床位早分配好了，都贴上了姓名，倒省得我们费脑筋挑选了。

我们的班是成人幼职班，清一色女生。年龄悬殊，大的已为人母，小的才刚初中毕业。同学来自全省各地，还有13个川妹子。来自同一地方的，自然就是老乡。女生多，是非多。班级里，宿舍里，不知何故就暗流汹涌，上演大剧。这样一个班级，当初很多老师都不敢接手，只有德高望重、一身正气的老师堪当此任。老师成为老班，常常冲锋陷阵，充当灭火器。每次都能化干戈为玉帛，赢得了每一个学生的喜爱与尊重。老师毕业于华师大中文系，博古通今，才华横溢。他的语文课堂，普通话不标准，也只能算白璧微瑕，瑕不掩瑜。课堂上，他才思敏捷，出口成章，巧用典故，借古讽今，讴歌生活，针砭时弊，颇具百家讲坛之风范，其文学素养之高深，尤其是古典诗词的深厚功力，让我膜拜！我是那一届最高分入学的，一开始就受到老班的重视，当了班上的学习委员。因为学的是幼师，大多数同学都不重视文化课，她们更喜欢艺术类的课程，美术、舞蹈、视唱等课，最受欢迎。说实话，我在家乡生活二十多年，除了读书、代课，还是读书，基本没有艺术细胞，一上舞蹈课，肢体僵硬得像根棍子，做出来的动作就只剩下心虚了。为此，我的精力更多还是用在文化课上。没有悬念，我的成绩一直最好。课余时间，我又不爱出去玩，就花大把的时间读书、写文章。小试牛刀，小有斩获。我在杂志上发表了小说、散文和诗歌，同学们对我刮目相看，老师更视我为得意门生。

毕业了，同学们都从哪里来回哪里去。只有我留在了这座城市。老师带着我去应聘，顶着炎夏的烈日，没有半点犹疑。很幸运，同时有三家幼儿园接受我。慎重考虑后，我选择了一家可以给我提供住宿的幼儿园，而把我的两个本市同学推荐到另外两家幼儿园工作。

去幼儿园报到上班的那一天，我坐在老师的自行车后座上。师母骑一辆车，驮着我的一些书和简单的行李，两辆车并行着。一路上，他俩千叮咛万嘱咐。那次送行的画面如同一张黑白照，一直定格在我的心上，二十多年挥之不去。

再后来，还是老师的牵线，我来到了一所小学当学前班老师。一直到现在，成为一个有编制的小学教师。

师　母

第一次见到师母，是因一次班级的联谊会。我和另一个同学代表全班去老师家邀请师母来参加。初见师母，就感觉她长着一副类似于外国人的五官，高鼻梁，凹眼睛，头发也是烫成卷卷的那种。起先，她不肯来，说谢谢同学们的好意。不过，最终还是没抵过我们的热情相邀，高兴地赴会。那时，师母是聋哑学校的教师，给我的感觉挺严厉，不容易亲近。只是没想到，二十多年过来，我和师母早已俨如母女，这份情缘就如春水东流，自然而然。

到幼儿园上班后，每到休息天，师母一定要我回到她家来。每次来，就是家里加餐的日子。师母烧得一手好菜，色香味俱全。吃饭时，师母和老师总是不停地往我碗里夹菜，一边还说：丫头，多吃点，别挑食，什么菜都要吃，营养才全面。不要怕长胖，女孩胖点儿好看！临走前，还会烧一大瓶菜，给我带到单位。印象最深的是，冬天的夜晚，只要我回到师母家，她总是陪我睡，要么抱着我暖身，要么把我冰凉的脚焐在怀中。那份温暖，足以消融我当时生活中遭遇的每一块坚冰。若是逢到休息天加班，回不来，师母就会打电话到单位，问明情况才会放心。

后来，也是在师母看似无意却是有心的安排下，我认识了我的爱人。她总说我个性比较强，一定要找一个好脾气的人，才可以给我幸福。在暗暗观察和详细了解后，师母相中的这个他，果然就是我生命里那个对的人。婚姻二十年，甘之如饴，我活在踏踏实实的幸福里。出嫁前，师母为我张罗着一个母亲想为女儿做的一切，还特意用缝纫机给我做了一件当时最流行的一款红格子夹克衫。我们在一起，也曾被人误以为是母女，她也不解释，爽朗朗地说：我女儿。

人生易老，叹匆匆韶光，任谁也敌不过呀！二十多年弹指一挥间，回忆我与恩师夫妇的件件往事，禁不住几度落泪。他们是我这一生最大的贵人！父母给了我生命，而我的老师和师母给了我生活啊！这份恩情，此生铭记！

2015年5月24日

木 子

今晚我特别想到一个人，想起和她二十多年的知己情谊，件件桩桩，历历在目。于是，我写下这个以她微信号作为题目的名字，致敬我们共同的青春岁月和绵绵不绝的人生情缘。

与木子结识，还得从1991年我在芜湖师范学校读书时说起。那时，我的班主任恰巧是木子的语文老师。我是老班最得意的学生，木子恰巧也是她的语文老师最青睐的学生。我们都喜欢爬格子、码文字，且都码得颇受同一个人——我的老班、她的语文老师的抬爱。老班在木子班的课堂里提过我，在我面前提过木子，我们就先在彼此的心里存了印记。一次偶然，我们在校园真的见面了。那一面，多年后我不得不承认，那是历史性的一面！因为于我而言，正是那一面，改变了我日后生活的道路，让我残破的人生格局峰回路转。

那天，木子和老班在校园说话，我刚巧从水房打完开水回宿舍，半路碰到他们，老班老远就大声喊我。我走过去，老班热情地为我们介绍：这是木子，这就是……就这样，我们认识了。我这才发现，木子个儿好高呀。披肩的长发，圆圆的脸，红扑扑的，笑起来，眼睛像两弯月牙，看起来特朴实，特真诚。她看着我，露出雪白整齐的两排牙，笑得我心里很温暖。神交的两个人，就这样在当年的师范学校匆匆见了一面，简单礼貌的寒暄过后，很快毕业再没交集。

然而，世上的缘分就是奇妙。就是那仅有的一面之缘，在毕业几年后，在我人生最落魄的时候，居然神奇地续上了，而且一续就如涓涓小溪，流淌进彼此岁月的河里，不眠不休，不干不涸……

木子从师范毕业后，进入了本区一所小学担任语文教师。而我就历经曲折了。先去了当时很红火的一所厂办幼儿园工作。然而好景不长，第二年，单位改制，搞起股份制，必须拿钱入股。我因为经济拮据，又不够喜欢幼教职业，便毅然辞去幼儿园的工作，先后辗转于多家私人企业。那份辛苦，不足为人道。性格倔强的我，就这样疲于奔命，就是不愿意在家吃闲饭。终于等来了机会，我参加了开发区第一次人才交流招聘会，同时向六家单位递交了个人简历。不敢相信的是，在面试之后，六家单位不约而同地录取了我。就在我权衡再三，选择到一家单位当文秘时，我接到了老班打来的电话。问我还记得木子吗？说在街上遇见木子，谈天时，木子问到我的情况。老班告诉她我的窘况，说我这几年为了工作，到处打游击。木子要老班问我，愿不愿意去她所执教的小学，那里需要学前班老师。就这样，我放弃了去开发区工作的计划，去了木子执教的小学当了一名学前班老师，一直走到现在，成为一名专业的小学教师。可以说，没有木子的举荐，就不会有今天的我。这份情，没齿不忘。

这所小学是我的福地。我在教学前班的日子里，和木子的友谊随着相处，与日俱增。她当时已是本校乃至本土有名的语文教师了，业务水平一级棒。我听过她好几次不同级别的公开课，听着大家对她的褒奖，由衷为她高兴。多少个中午休息的时光，她会在学前班的教室里陪着我，我们谈儿时各自的生活趣事，谈学生时代的浪漫理想，谈对文学的喜爱和追求，谈工作中的人和事。志趣相投，无话不谈，笑声常常飘荡在教室里，萦绕在我们欢乐的心头。最难忘的是，儿子还在我肚子里的时候，她常常利用午休时间买来新鲜上市的水果，在教室里看着我吃，自己就笑眯眯的。我吃得多，她高兴！有一次，我突然肚子痛，她吓坏了，立即带我去医院检查，直到把我送回家休息，她才放心。那一天，来来回回，可把她折腾得够呛。

后来，木子离开了学校，去了更大的适合她发展的舞台。她的工作越来越忙，空间越来越大，平台越来越高。我们相见的机会也越来越少。但，不管多久见不到面，一条信息，一个电话，就像一切又昨日重现。那份熟悉，那份默契，那份相知，已然都已深埋进各自的心底，无需多说。难得一见，见了，总有说不完的话，叙不完的情，只恨时间无情！

木子于我，就是生命里的贵人，生活中的知己。我们从青春年华相识、相知，我们从默默相守到遥遥相望，我们一起走过了最难忘、最美好的人生华年。今天，我的生活与工作踏实而美好，而木子家庭幸福，事业也走到全新的高度。我默默地祈愿：老朋友，一切顺遂！长相知，不相忘。你好，我心的一隅，安然了。

2015年6月24日

老 沈

不知从何时起，小姐妹中有人称呼她老沈，而她的QQ号居然也冠名老沈。当然，我从不认可这一名号，向来以大名称呼。因为她年岁小我半轮。但是今日我想借用这一称呼，为老沈撰文。

初识老沈，大约在冬季，不是1996年尾就是1997年初。那时的老沈，二十刚出头，青葱水嫩。乌黑的头发用发卡简单扎成一束马尾，白里透红的脸盘珠圆玉润，印象最深的是她鼻梁上终日架着一副眼镜，更加衬托了她的内敛与不多话的个性。她一来，办公桌与我对面。初始，默默地，不苟言笑。关于她的来头当时有好几个版本，归结为一句话：家里有人。这让当时学校里大多数土生土长的本乡人心中纠缠起一丝复杂的情愫，眼光里言语间不经意就流露出羡慕与嫉妒。然而，在不到一年的时间里，当时那样一个众人眼里不善言谈的老沈，却意外地走向我，走成了近二十年肝胆相照、相互扶持、知冷知热的生命里不能少的那个人。当然，所谓家里有人的揣测也只不过是市井八卦，一笑了之。

老沈出身于知识分子家庭，父母皆为师大校医。师大的凤凰山，古木参天，山岚氤氲，有些年头的灰瓦楼房静静地显露着朴实庄重的质感，倘若你走近它，不知不觉便会感受到一丝沉静、一缕墨香、一份超脱。老沈就在那样的环境里长大，骨子里都散发着淡淡的书香。她不喜欢修饰外表，没有分毫世俗之气，性格沉稳，谨言慎行，举止得体，除了潜心教学，多半的时间都是用来读书。没有两年，她便成为学校乃至全区最出色的英语教师。工作于她一如浩渺烟波里欢快的游鱼，逍遥着展露最美的身姿。一晃到了告别单身的季节，老沈心中对爱情懵懂而又甜蜜的憧憬还没形成燎原之势，她便寻得了生命的另一半，仿佛一片林海清风骤起拨云见日，一轮明月高悬苍穹，清风林海便沐浴在朗朗光华之下，相映成趣奏响爱的和弦。真是有内涵的女孩不愁嫁，老沈要出嫁了。那时，我因父母公婆双亲健在又有儿子，被老沈视作有福之人，受邀为她缝喜被。欣然应允，在一份虔敬里用一根长长的不能断不能打结的红线为她缝了新婚喜被，也缝进了我对她满满的祝福！喜宴的地点和我生命里的好日子竟是同一地方。佳偶天成，良缘永结，和美如画！

北京申奥成功的前一天，老沈成为幸福的妈妈。儿子的降生，让老沈一夜成熟起来，仿佛饱满的秋稻挣脱秸秆，把实惠的米粒尽数奉献，老沈脱胎换骨，倾尽心力哺育着心爱的儿子。儿子幼儿园没毕业，儿子的爸却要去复旦读博。自小生活在单纯的书香之家，没有多少生活经验，因为个子不高连自行车、电瓶车都不敢骑的老沈，去哪里不是坐公交就是全凭两只脚丈量，却将面临一个人带着儿子生活、工作的挑战，不免陷入了两难境地！可是，爱人的学业前程也实属得之不易，怎能因为家庭的拖累而放弃呢？深明大义的老沈最终还是选择了支持爱人的学业和前程。男人，事业是第一位的！既然爱他，就要支持他实现理想，在他的身后站成一道风景！几经协商，婆婆从老家来帮着带孩子，自己的父母也可帮着带孩子，总算解决了实际难题。就这样，爱人读博三年，远赴新加坡做研究员一年，老沈一个人带着儿子过了四年。这其间的辛苦与负累、希望与思念、奔波与忐忑，岂是几个词几句话所能描述！每一个早晨与下午，老沈要乘公交接送孩子；每一个夜晚，老沈要一身疲乏地伴着孩子学习；每一个周末，老沈都会带着孩子走进大自然，用眼用心欢乐看世界。老沈做得最经典的事情居然是带着儿子坐公交，只缘儿子喜欢。母子俩从首站坐到末站，几乎坐遍了全市所有的公交线路，认识并记住了许多站名，熟悉了城市的很多地方，在我看来简直不可思议。老沈还有一大爱好，热爱美食，经常不辞辛劳不怕周折倒腾公交只为去买儿子喜欢吃的某一样美食，这在我看来，又是不可想象。市里哪家有什么好吃的品牌，老沈都能如数家珍信手拈来。更多的时候，老沈陪着儿子一起阅读，儿子读的书，她基本也都读过，母子一同读书，共同成长。待到爱人学成归来，儿子已是四年级小学生了，品学兼优！老沈也数次被儿子的老师邀请去学校给家长作报告，传授教育孩子的经验。谁能想到曾经一个不谙世事没有生活历练的老沈，在婚姻里修炼成一个坚强乐观的妻子，一个智慧温暖的妈妈！老沈也由此赢得爱人更加深挚的爱意。如今，儿子已是一名学习成绩拔尖的初三学生了，素养与学业齐名，前程不可限量。

老沈走近我的那会儿，我在学校里只是一个代课教师。虽然凭借自身的能力与努力，学校里的人也从没对我投以薄凉之眼。但事实是我那时的心灰暗得犹如一只残破的瓷碗，一碰即碎，看不到希望。在表面朗声笑语暗地里泪流成河的际遇里，老沈闯进了我的生活，像一米阳光慢慢、慢慢投射进我的心田。戈出世了，她第一次随着同事来家里看我，给了我不小的惊喜；后来，她和热恋中的男友一起来给我送工资；一个夏天的傍黑，她居然一个人坐公交来家里看我，还给戈买了一套好看的小衣服。那一晚，我们谈天说地，仿佛看得见彼此的真心，驱散了低矮屋子里湿热的气流，心为之清爽。说实话，由于四考大学而不成，自己又是工人家庭出身，当时又是个编外人员，内心的自卑像鼓胀的气球，不能触碰。她的走来，在一点一滴消融我不为人知的卑怯。她的真诚、朴实就像璞玉，温润着我一颗残破的心。我开始相信人间自有真情在，相信人与人之间原本就没有那么多沟沟壑壑，相信出身没有贵贱之分。只要内心明亮，自尊自爱自强，一切都不是问题。终于，我走出了人生的低谷，一步一步走得踏实有力，越走越好。生活里，我们学会了居安思危，长存忧患意识，一星半点的机会，一丝半缕的希望，我们都会在一起未雨绸缪，从长计议，相互鼓励，那些激情燃烧的岁月，陪伴、见证、记录了我们的成长，我们也成为一生的知己。记忆深刻的是，我第一次买商品房是一次性支付全款，当时还差一点，老沈知道了，不声不响送来五千元，还带着歉意说，不好意思，拿不出更多。我百感交集，那时她正筹办婚姻大事，哪儿哪儿都需要用钱。这份情谊，缭绕在我的心中经年不散。还有一事，不能不提，我去一所偏远的学校就职，第二年，不顾交通的不便，老沈毅然从大学校来到我的小学校，又一次和我并肩战斗，为我分忧解难！因为老沈父母都是医生，平日里，她相当于半个医生，常常为我普及一些保健的常识。

孩子小且没有学业压力的那些年，我和老沈喜欢相聚在茶楼，孩子们一起玩，我们则慵懒地靠在沙发里，一任舒缓的音乐在包间里柔柔滑过，知己间的悄悄话绵延不完。老沈有一个特点，要么不言，要么舌吐莲花，惊倒一片；每一个新年，我和老沈总要开心一聚，在美味佳肴里品味烟火人生，感怀曾经的我们期待无限的未来；不管谁遇到什么难心事，都会在第一时间相互倾诉，因为都深知对方即便不能帮自己解决也能给自己一个好建议，即便不能给自己一个好建议也会给自己一点好宽慰；当然，谁有好事了，一定也是急于在第一时间彼此分享，那种心意相通已然长到了肉里。

时光匆匆，我们曾经如花儿般年轻的脸庞淹没进岁月的河流，飘零得七零八落；我们曾经如泼的黑发交织进光阴的机器，散落得令自己心疼；我们曾经明澈的眼眸看惯世俗的烟尘，渐欲花了浊了。然而，见过了时光匆匆里的起起落落跌跌宕宕，我们却愈发的从容淡定智慧真实。老沈依然不老，依然还是我心中最初的模样，朴实真诚、热爱生活、蕙质兰心、乐观上进。还有，更有生活的经验了。

2016年1月3日

不好定义的情感

午间和一小姐妹散步，我挽着她的胳膊，窃窃私语。她突然问我：你说，异性之间真有纯洁又暖心的情感吗？我说：有啊！我的生活中，这样的情感从没间断，好比初夏的连绵细雨，少了春雨的寒凉，又荡涤了这个季节阳光极好时的燥热，舒适度刚刚好！

关于异性之间有没有纯洁的友谊，这是一个老掉牙的问题，又是一个到什么时候都敏感的话题。回顾我几十年的生活经历，无需细想，无需罗列，一个一个温暖的形象就那么接踵而至，立于眼前，等着我絮叨我们的故事呢。

认识曹是二十多年前的事。那时，我刚成家，辞掉了我的第一份工作。我应聘到一家私人装潢公司，位于这座城市一个繁华的路段。在那里，我遇见了曹。瘦瘦的，脸从鼻梁处开始凹进去。戴着一副眼镜，平添了一丝文气，也恰到好处遮掩了几分其貌不扬。事实也如我所想，曹于平凡的外表外，藏着文化人的情怀。他一张口，地道的本地人。熟了以后，领教了他的三寸不烂之舌，风趣幽默，表情生动，尖酸中流淌着小资味儿。工作之外，他妙语连珠，有他在，就热闹。他时常毒舌，但毫无恶意。我也不是吃素的，逮着机会，以牙还牙，损他个头撞南墙，鼻青脸肿，惹他喊我“辣子”，说我无理也要搅三分。当然，我也并无恶意，只是逞逞口舌之快。我和他算是棋逢对手，高手过招，从此天下不太平。吵吵闹闹中，趣味多多。不知不觉中，他关心我，即使常常掐架，但掐的都是爱护，掐的都是温暖，掐的还有赏识。英雄惜英雄嘛！那时，他家就在公司附近，我和公司的人没饭吃就去他家蹭，和他的父母相熟起来，一对和善勤劳从不怕搅扰的老两口。他当时离异，有个上幼儿园的胖儿子。慢慢地，我了解了他的婚姻经历，无奈帮不上他什么忙。所幸他父母把孙子带得非常好，省去他不少后顾之忧，一家人乐乐呵呵的，过着平民式的幸福生活，热情、善良、朴实、厚道，连我爱人也跟着我常去他家走动，一去就在那儿把伙食也解决了。我去公司的第二年，几个合伙人陆续有人抽身去做别的营生，公司也就难以为继，关门告终。无妨，关的是公司的门，我和他之间的情谊之门却洞开在岁月的长廊，进进出出二十余年。没事时，通个电话，一声问候：丫头，最近还好吧！好像那张没正行的笑脸就在眼前。有事了，要么打电话，要么见面聊：丫头，你看这事可行吗？强装出一本正经让我也不得不暂时回归淑女风范。其实，他年长不了我几岁，硬要倚老卖老，叫我丫头，随他叫吧，开心就好。反倒是现在，年纪真正大了，却偶尔改叫老妹。情商高的他，没几年就把事业做得风生水起，在这座城小有名气呢。他也找到了心上人，一个情商和他一样高的可爱女子。这么多年，见与不见不重要，只要听见声音，或是看见真容，心，没有违和。这份情感，犹如法国拉菲，没喝过，仅仅是听说，也能想象它的芳香柔顺呢。

1996年，我来到一所小学代课。陈是学校的教导主任。认识相当长一段时间，也没觉得能和他会处出工作以外的多少情谊。可是，一不留神，我和他竟然也处出了兄妹一样的情感。许多事许多人，在经历了时间的打磨后，才会迸发相互信任相互包容相互关怀的情谊，弥漫进彼此的生活，经久不息。陈一路见证了我的奋斗轨迹，工作的、生活的，距离慢慢拉近，心也慢慢靠近，就连他的爱人，我也真心真意称呼一声大姐，见了面，有聊不完的话。记忆里，那个暑假，我面临工作上一个关键的转折，陈也为我劳神牵挂，一打电话就是个把小时，为我出谋划策分担压力排解烦忧。他家里有事，我也一样，想方设法，尽己所能。他爱整洁，整天把自己捯饬得整整齐齐的。有时见到我的着装，会有一句两句评价：这件衣服好看，款式好，颜色好，很配你；这件大衣的颜色不衬你的皮肤，适合你老娘穿。我同意他的赞赏，笑着回应：谢谢夸奖！我不同意他的见解，会佯装生气，瞪着他说：老同志，时尚和品味，你懂不懂？他笑模笑样继续自己的见解，若是旁边有人，他就拉着别人支持他的观点，固执又可爱的一个人！这么多年，每个春节，我都要去看望陈和大姐。他们方便，也会来我家里一聚。这份情感，就像革命战友之情，历久弥新。

2005年，因为工作需要，我来到一所小学校担任负责人。初来乍到，人地两生，工作更是混沌不清。就是在这里，我遇见了一帮淳朴的老师，遇见了王。王是一个经验丰富的老校长，几十年都在这所学校，当之无愧的镇校元老。他给了我最周到的帮扶，全心全意指导我的工作，在不长的时间里，我迅速打开了局面，适应了新环境，把学校工作开展得井井有条，和老师们打成一片，好像一个其乐融融的大家庭。那三年，眨眼之间，是我工作生涯中最值得回味的一段时光。我和王相处得不像同事更像亲人，虽然年岁相差十多年，却能心意相通。后来，我们并入新的学校，这份情谊也就绵延到了今天。我有事，言语一声，只要他做得到的，定会全力以赴去做好。我说一件记忆深刻的事：2014年五月的一天，儿子突然来电，说要河蚌、乌贼、大虾做动物解剖实验。同事说，菜场、超市能买到。我立刻告知儿他爸，要他抽时间去买。当时，儿备战全国生物决赛到了紧要关头，耽搁不得。儿他爸跑遍了超市和菜场，买到乌贼和大虾，河蚌就是买不到。我找到王，把事情一说，他说："没事，我来办。"他跑到学校附近的大菜场，没有。下午下班后，他居然要去他家老宅旁的一口大水塘边，下水摸河蚌。我要阻拦，他骑着电瓶车风一样跑了。我回家一路上都在担心他的安全，五十多岁了，季节上还不是真正的夏天，水还很凉，腿抽筋怎么办？那一带全拆迁了，碎渣废玻璃锈钢筋遍布水塘边，万一扎了脚，那可不是闹着玩的。我想着种种不测，备受煎熬，后悔没有坚决制止住他。我还没到家，电话响起来，王高兴得像个孩子，说胜利完成任务，摸到三只大河蚌，已骑车在路上给我送来了。我忐忑的心总算落了地。自责、感激，这些情绪纠缠了我多日。他就是这么一个实在人，我的事就是他的事。他遇到事了，自然也会在第一时间找我商量，他说我是他心里的一根支柱，总会给他很好的分析和建议。他除了上班，业余时间多用来种地，尽管拆迁几年了，他还是最大化利用那些还没有建设的土地，种上许多时令蔬菜，隔三差五带些给我，我不喜欢吃的，直言；我喜欢吃的，从不客气。我常调侃他劳动人民本色，只晓得劳作，不懂得享受生活。他总是憨憨地笑笑：命里享不了福啦。再有大半年，他就要退休了，我还真不舍得那些他为我担待为我劳累的日子。这份情感，就像他播种的沃土，深厚着呢。

其实，无论是生活里还是工作中，我都像个男人一样去战斗。在和异性相处的过程中，没有私心杂念，自然就没有暧昧不明。他们在和我相处的过程中，多半是欣赏我的真诚、端庄、知性、大气与果敢。很大程度上，我视他们亦同事亦兄长。这份情感，无关爱情，不是亲情，比友情又要深刻许多：向来都是甘心情愿为你分担为你受累伴你左右护你安全，你顺利他高兴，你受挫他比你还难受！这份不好定义的情感，是纯粹的战友情？是深深的知己情？暖到骨头里了。我很幸运，我遇到了，且拥有那么多！倾尽毕生，珍惜！

2016年5月22日

你总能找到理由

认识清的人也仅仅限于认识。了解清的人只能是朋友。对待朋友，平和时，清像三月的阳光，浅浅地照着你，慢慢地包围你，让你在不知不觉中暖意盈盈，仿佛襁褓中的婴儿，安恬舒适。倘若你偏离正道，比如，对某件事的做法有失偏颇，言辞失当；或者杞人忧天，不在状态；再或者衣着不得体，有损形象……清就会像使着暗劲的秋风朝你席卷，让你由气恼到气顺再到完全没脾气，心悦诚服。朋友们太了解清的行事风格，一张功夫嘴总能把大道理小道理灌进你的肝脏脾肺，让你越琢磨越是那么回事，只恨自己脑子笨反应慢还易冲动，心下释然，悟出清的好！清那颗心不管置放于怎样的容器里，无论是坚硬的不锈钢碗，还是冷冰冰的玻璃瓶，都不妨碍它就像刚出锅的热豆腐，散发着蓬勃热浪扑向你，你的烦心事一下就被熏化了。清对自己也不袒护，常常夹枪带棒自嘲一通，当然这种杂耍只会玩给朋友看，调节气氛小怡情呢。朋友们都喜欢有清在身边，热得欢心，冷得幽默，不冷不热恰如22℃空调，正舒服。

午休。清上楼推开门。“亲爱的，来啦！”糖糖满脸笑容地招呼，两条丰腴的手臂猫上锅灶一样缠绕过来。清习以为常任糖糖黏着，还很配合做出小绵羊状，就势靠向贴过来的肩膀。众友一通调笑：真见不得你俩的黏糊劲！糖糖听了胳膊越发箍得瓷实，脸上也愈发笑得陶醉。众友没辙，见怪不怪，你一言我一语开始聊新的话题。

"清，分享一件奇葩事。爷爷奶奶整天带着小孙女，宝贝一样疼爱着，想亲亲小宝贝的脸颊，小宝贝竟然不让亲，你说爷爷奶奶寒不寒心？问题是爸爸妈妈可以亲，其他人都不行，这肯定是妈妈教的。"华递上话题。清笑着说："这算什么奇葩事，这又有什么可寒心的。妈妈教没教都是臆测。站在科学又卫生的角度而言，人到了一定年岁，口腔或多或少都有气味，不会健康洁净，爷爷奶奶何必要用腐浊之气污染那么娇嫩的花朵呢？不能因为爱孩子，就一定要亲吻。爱的表达方式那么多，牵着孩子胖嘟嘟的小手蹒跚学步，是爱；抱着孩子看一看小花小草，是爱；陪孩子咿呀学语做做游戏，也是爱。"华说："不行，将来我有孙子孙女，那么可爱，那么玲珑，我是忍不住要亲亲的。"清说："你还是老传统，光顾着自己高兴，不管孩子的感受。孩子太小，不明事理，要是他们懂事了，一定不会想给你亲。试想，假若你是那么娇嫩的一朵花，你愿意给老人亲吗？己所不欲，勿施于人！"华又说："那为何爸爸妈妈就让亲？"清还是不紧不慢笑着说："那是爸爸妈妈孕育的生命，血脉相连，爸爸妈妈就是孩子的摇篮，小小的孩子怎能轻易离开自己的摇篮呢？再说，此时的爸爸妈妈还很年轻，口气也还清新，孩子当然只愿意给父母亲吻。嫩藕一样的小不点儿，亲人和朋友爱护他们就好，看着他们快乐健康成长就好，做自己该做的尽自己愿意尽的力就好。尊重孩子和孩子爸妈的想法，给爱留一段合理的距离，给爱留一个适度的空间，这样，大家都开心。"莲说："我同意清的观点，我也不赞成老人或者外人打着爱和欢喜的旗号亲吻孩子。"糖糖笑眯眯地冒出一句总结："还是我亲爱的说得有道理！"

最近，糖糖家"大的"据说瘦了许多，突然间就觉得害怕，似乎身上这里也不舒服那里也不对劲，怀疑自己有病，在外出差也不安心，一天几个长途向糖糖诉苦。搞得一向热情开朗没心没肺结婚数年仍一往情深像少女一样的糖糖见了清就像祥林嫂一样重复着同一个话题，简直也是要抑郁的节奏。糖糖说："我真是给大的搞得没办法。好好的，非要疑神疑鬼，自己受煎熬，搅得全家都不安生。"清说："上回见到你家大的，虽说有些时日，也不过三四个月光景，满面红光的，能不好到哪里去？年富力强，能有什么病？无病呻吟，有病也是心理毛病。"糖糖说："最主要还是前一段时间大的战友突然被查出来癌症，晚期，对大的打击太大！紧接着，大的一个舅舅也被确诊为癌症，大的心理阴影面积扩大。加之大的突然间消瘦不少，这就胡思乱想起来。"清安慰说："身边的亲朋好友生病，固然为他们心痛，可也别生生往自己身上联想啊！工作累了，精神压力大了，瘦掉一些不很正常吗？你家大的肯定是心理问题，心病缠身，误以为身体疾病，陪他全面体检，让医学给他一个放心。"果然，在一通体检后，一堆数据显示：一切正常！那位大的心里的石头落了地，拨开阴霾见晴天。清说："生活中，人们容易受负面信息的影响、不良心理的暗示，随之产生消极情绪，甚至升级为心理疾病。多运动，多看书，多听听音乐，亲人多多陪伴，多聊聊愉快的话题，抽时间出去走走看看，心向太阳，哪里还会疑心生暗鬼呢？"糖糖高兴起来："亲爱的，你说得真好！回家我就对大的说！以后一定多多去想好的事情，心就光明了！"

莲极其爱穿。工作日一天一套衣服，不重样！干净整洁，大方得体，笑靥如花，气质温婉。看着莲，清喜悦地说："就看见你天天美美的，饱眼福啊！"莲一脸灿烂："你不美吗？你们说她哪天不美？"清说："我老啦，回不到你们的年岁，已无兴致穿啦。你们看我这一身，都穿好几年了。"华说："借用糖糖的话形容，你的衣服只要穿过一天就变成旧衣服了，可问题是你的衣服穿了好几年看起来也好像还是新的。"莲打趣说："明天我带你去买新衣服。"清故作羞赧："俺没钱呢！"莲大笑："我买单！"糖糖豪放起来："你没钱，青弋江的水要干了！"清像才看见糖糖一样，盯着她说："亲，你今天的衬衫可是有点透哦……”糖糖突然害羞起来：“华已经说了我一上午了，你就给我留点面子吧。下次再不这样穿了。”清语重心长地说：“女人穿衣，首推得体。不露不透为宜，即便不能两全，宁可露也不能透。至于为什么，你好好想一想，想不明白，我再传经送宝。”大家见清卖关子，又嘻哈起来，喋喋不休，办公室瞬间变成清晨的菜市场，欢乐的气氛仿佛连绿盆栽都感觉到了，葱郁得妖娆呢。没过两日，清穿着新买的面料、款式和颜色都极佳的夏装出现在闺蜜面前，引来齐声惊呼：“真好看哪！不要太时尚哟！”清自嘲道：“老得不能看了，全靠衣服撑着。眼瞅着奔五，只怕穿不出好样子来，暴殄天物啊！这是其一，得赶紧穿！其二，说不定哪天就脚一蹬眼一闭跟这个世界说拜拜了，就更得争分夺秒，穿一身是一身了！”一直没言语的凤闪着一双带电的笑眼说：“其三、其四就免了吧。你穿件新衣，都能说出这么多理由，服了你！”众友看向她齐笑：“你做哪件事没有理由！你总能找到理由！多年前，你就这样说，也没见你老！”清嗔怪说：“你们就不盼我点好！我老了，我不吃饭了，你们得多伤悲啊！为了你们的生活能多点乐趣，我得努力保重我自己！”众友齐呼：“祝你天天美美的！做一个快乐的老妖精！”

注：糖糖昵称孩他爸为“大的”；其实，“大的”最先是清的专利。

2016年6月4日

云朝山的那端飞去

一段轰轰烈烈的雨季满地打滚撒完泼，太阳从被囚禁多日的水牢里赤崭新地放出来，它一反常态，任性、狂放、为所欲为，在天与地之间，铸造了一座太上老君的炼丹炉。大地刚浮出水面，却不料又一头栽进火海，人们轻易不敢出门，空调累到浑身抽筋。我只敢挑开窗帘一角，偷偷向外张望，海蓝色的长空有几朵浮云向山的那端飞去。这个铁板烧一样的七月末，年轻人哼着“我们就这样各自奔天涯”，告别了昔日同学老师，告别了双亲故友，潇洒地去追寻远方的梦。我虽说早已过了这样的年纪，是一个局外人，却也没能置身事外，眼看着一朵云踩着风火轮，飞奔另一场盛大筵席。

通常云在下班时分都会来到我们科室，看他一身运动装扮，同科室的球友便会意地一笑：稍等，马上结束手头工作。云脸上挂着暖暖的笑意：不急，慢慢来。

那时的我和云并不熟悉，毕竟分属不同的科室，年龄上也不是一代人。这些年，各科室走马灯似的人进人出，低头各忙各的，抬头职业性的微笑。大家各司其职，都是天昏地暗的节奏。像我这样一个人到中年上有老下有小的老阿姨，白天只管忙乎自己分内的工作，只盼着能叫领导们都满意就行了，下了班都是以百米冲刺的速度往家奔去接管柴米油盐的家务事，对于各科室谁今天跳了槽，哪个科室又来了新面孔，就像束之高阁的书落满轻尘，无暇顾及的。然而，就在这样稀里哗啦的纷繁中，我还是和云慢慢熟悉起来。

一日，云来找我们科室的球友，球友不在。刚巧那会儿我刚忙完手头的材料，正想放松一会儿，便礼貌地招呼云稍等一会儿，球友去领导办公室汇报工作去了，应该不会太久。云略带腼腆地坐到球友的座椅上，我们有一句没一句地聊开了话题。

云说话的嗓音低低的，在不大的办公室显得格外得慢条斯理，显示出良好的教养。说到科室里的人和事，一副恬淡朴实的样子，对于自身发展的诉求居然谈之脸红，与他高高大大的外表形成鲜明反差。那平和纯净的心态着实让我心生小小的诧异：这样阳光明净的年轻人在如今这个浮躁的社会中可是不多见了。

也是机缘巧合，云在后来的人事调整中来到了我们科室，真正成了一个战壕里一荣俱荣的战友。在一起共事后，我对云有了更深的了解。他性格慢热，不言语的时候，会觉得他严肃得有点儿闷。尤其与不熟悉的人初次打交道，时不时会流露出一丝丝腼腆，多出一分温文尔雅书生之气。但这些都是掩饰了的表象，其实他幽默明朗，简单快乐，做事高效，为我们科室带来了和风祥云、明净天空，带来了新技术新力量，带来了年轻一辈的活力和时尚。

云说，他特别希望工作的环境轻松愉快，朝九晚五，工作时间比休闲时间长，一块共事忙点累点不算啥，氛围和谐最重要。我特别赞成他的观点，好氛围一直是我们科室的人心所向。这些年，我们科室不论谁走谁来，幸运地保持了和谐氛围，团队成员就像一家人，每天都在愉快紧张的气氛中完成各自的任务，相互帮衬，不计得失。云的快乐和简单，像科室里长势极好的爬墙绿萝，亮了眼睛润了心扉。我在科室里年龄最大，又是唯一的女同胞，云和大家一样，自然处处照顾我，争着抢着把技术活力气活都做了。我呢，也就做一个老姐姐的轻松活计，为一帮小老弟把后勤做好，擦擦桌子烧烧水泡泡茶浇浇花剪剪枝，顺带为他们鼓鼓气加加油。人心齐泰山移，凭着我们的团结协作与共同智慧，只要交到我们手上的工作，领导那是把心稳稳地放在肚子里。偶有不忙的间隙，我们也开心地聊一聊生活。

云是家中唯一的孩子，80后，父母都是最朴实最勤劳的工人，云自然接受了最传统最朴素的工人阶级的教育。不趋炎不附势，直爽谦逊，善良忠厚，不卑不亢，有自己的原则。云的娇妻是大学师妹，两人结婚多年恩恩爱爱，儿子也读小学了，聪明可爱。平时父母撑起了大后方，料理家务，接送孙子，小两口只管把精力都用在工作上。节假日，一家五口经常自驾游，典型美满的中国式家庭！

云是个理科男，却也是个文艺青年，会弹吉他会唱歌。在一次新年庆祝宴上，云弹起好听的吉他，自弹自唱，引得一旁的同事手舞足蹈。云也常常把好听的歌分享给我，让我第一次听见了“生活不止眼前的苟且，还有诗和远方的田野”；偶尔，云会趁着闲暇，专注于音乐曲调的研究，小蝌蚪一样的音符在五线谱上跃动，想必在他眼里已经幻化为最美的音律。

云还是一个运动健将，篮球、羽毛球、野外骑行，样样拿得出。每年系统内举行羽毛球比赛，云总会不负众望喜笑颜开地拿个奖回来。春天里，也可看到云发布在群里的骑行照片：喧鸟覆春洲，杂英满芳甸！

不知不觉，我和云并肩战斗整整三年。云在专业技能、工作经验、为人处世等方面都已日臻完善，游刃有余。他走过的地方，有一树一树的花开；他制作表格的桌前，还留着浅淡的余温。三年时光说短不短，说长也的确不长，仿佛回首便是昨天。当我为办公室葱茏的绿意由衷喜悦时，云正在给高架上的盆栽浇水除杂；当我们完成科室的一项任务后，我们会开心地不念辛苦期待明天；我们也常常分享生活中的欢乐和忧愁，我们已是忘年知己。

三年前，一只鸣蝉驻足聆听的时刻，云轻轻地来了；三年后，还是一只鸣蝉驻足聆听的时刻，云行将悄悄地离去。我知道，纵然有许多不舍，成全是最好的送别。今天的云，已然是只羽翼丰满的鹰，只待去搏击长空。可以说，他至少拥有二十年的黄金期，他的事业刚刚开始！我该为他鼓掌才是。我亦会静静待在鸣蝉驻足的地方，聆听他的消息，希望他砥砺前行，永葆初心。

就此别过吧。祝福的心一直在。

我曾在这多雨的红尘陌上遇见一朵洁白的云，一朵流动的云。他给我渐进暮色苍凉的心田携来一缕清风的悠然，让我明白，人生的四季从来都是不停流转，容颜易改，华年易逝，只要一颗心从容淡泊，心中的春色便可永驻。

于我而言，安忍不动的大地保藏了历尽千帆后的沧桑与深沉；而于他而言，辽阔无边的苍穹才能让他尽情绽放才华与活力。放眼处，云，朝着山的那端飞去。

2016年7月27日

金色的雨披

那件金色的雨披事关一位老人，时常像一缕暖风，吹拂到我的心上，拂去琐碎的愁绪和时光的尘埃，唤起我难以忘怀的记忆，感动一次比一次清晰，及至流落到笔尖。

那是大约四年前的事了，儿子正上高一。

似是一个傍晚，我正在厨房准备晚餐，儿子也刚好回到家。

叮咚，叮咚……门铃响了。我手上正忙，就高呼儿子去看看是谁。应该不是先生，因为他会用钥匙自己开门的。

儿子快步走到门口问："请问是谁呀？"抽油烟机的轰鸣声混着锅铲在锅里炒来炒去的金属摩擦声、油水滋啦滋啦声，掩盖了门前的动静，只听见儿子开门，随后传来隐约三两句对话。

我知道来客人了，赶忙关了火走出去，一看原来是曾在电梯里见过的一位爷爷，银白的短发梳理得服服帖帖，精神矍铄，穿着一件朴素的浅灰色外套，脚上着一双休闲鞋。我赶紧迎上去招呼，老人慈祥地笑着，连皱纹也舒展开来，手里拿着一件金色的雨披，他居然是来送雨披给儿子的。

"小伙子好啊！每次见到我，都很有礼貌地喊我爷爷好。今天又下雨了，我刚才看他回来，头上、身上都淋了雨。我好几次还看见下雨天他都没穿雨披，淋雨怎么行呢？正好我家里有雨披，就给你送来了。”老人一口气说完来由。

“爷爷，这可怎么是好呢？其实，我书包里有雨伞的。雨不大，我也就懒得拿出来。”儿子不好意思地解释着，试图婉拒这份来得突然的礼物。

“骑车打伞，不安全的。穿雨披也方便些。这雨披虽然不是崭新的，但我老伴都把它洗得干干净净的，你也别嫌弃，放心穿吧。”老人笑呵呵地递上那折叠得整整齐齐的金色雨披。

看着朴实真诚的老人，我知道受之有愧，但却之更不恭啊！只有先收着了。我对儿子说：“快谢谢爷爷！爷爷这么大年纪，特意为你送来雨披，拿着吧。”儿子只好伸出双手从老人手中接过雨披，连声说：“谢谢爷爷，谢谢爷爷！”

我请老人进来坐坐，老人不肯。老人说：“你们都忙，我就不打扰了。小伙子上高中最苦最累啊！我家两个孙子也上高中，我知道辛苦啊！小伙子，好好学，考个好大学！”说完，转身就要走。

儿子不想就这么平白无敌接受长者的馈赠，赶忙问：“爷爷，您家住几楼啊？”

“我家住六楼。”

“六零几啊？”

“602！”

爷爷挥挥手，转身欲走。

儿子抢先一步，拉着老人一只胳膊，说：“爷爷，我送您到电梯口。”我也招呼着：“爷爷，您老慢走啊！”

送走老人，我对儿子说：“老爷爷多好啊！七十多岁了，以为你没有雨披，怕你淋雨，记挂着，特意上楼送来。这份真情得记着。”

其实，家里雨披有好几件，但我一直觉得雨披随风飘起来，不小心会被别的车辆挂到，很有危险；刚好儿子不喜欢穿雨披，我也就不坚持要他穿。但是，面对老人的关心，我和儿子都不能说出实情。尽管儿子骑车打伞，也总让我揪着心，担心不安全。

“那我们就这样收下爷爷的雨披啦?”儿子显然被这位平日只是点头之交的老人的真诚和热心肠惊得有些不知所措。习惯了钢筋水泥包裹的城市森林般的淡薄人情，那些貌似温文尔雅的彬彬有礼面具后的距离，在老人像一团暖阳的举动面前，已然在儿子心中引起小小的塌方。我知道，在儿子的观念中，只有亲朋好友才会这样彼此关心无私帮助。至于每次遇见老人的礼貌问候纯粹是一种自身素养的惯性罢了。儿子只是把老人当作普通邻居，一位既熟悉又陌生的长者，怎么好就这样收下他的礼物呢?

对此，我开导儿子说：“负了爷爷的心意，显然是不敬的。这么着吧，等你考上大学的时候，送点喜糖给爷爷吃。”

“那也行。”儿子想明白似地说。

吃晚饭的时候，我把这件事对先生说了。先生说：“等会我给送还回去吧。不好就这么收了人家的东西。”

我温言细语说：“这样不好吧。一件雨披很普通，可它代表老人对我们孩子的一片关爱！这份心意，我们不能拒绝。这也是明知家里有几件雨披，我还是笑着收下的原因。‘长者赐，不敢辞’，说的就是这种情谊啊!”

先生被我说服了，应道：“你说的有道理。那就什么时候买点合适的东西上门去看看老人吧。”

我笑说：“来日方长，顺其自然吧，刻意了反倒不好。情谊在心就好。”

后来，儿子居然真的在下雨天，穿上了那件金色的雨披。

儿子没上高三就接到去读大学预科的通知，走得匆忙，也没顾上去和602的爷爷告个别。当然，也没送上大学的喜糖。

我依旧忙忙碌碌地工作和生活，可经常会在不经意间看到家中那件金色的雨披，便想起楼下的老人。他老人家还好吗？

猛然有一天，我在电梯里遇见了老人。我热切地问老人好，吃惊地发现，不知不觉间，老人真的衰老了好多。还是一如既往的浅灰色外套和朴素休闲鞋，头发几乎全白了，恹恹的面容，应该正生着病，佝偻着腰，旁边他老伴搀着他。老人遇见我很高兴，笑得吃力。

“爷爷，您这是?”我关切地问。

“不行啦，身体不行啦！这一年病病歪歪的。”老人摆摆手，有气无力地应着。又想起什么似的，“儿子考哪去了？”

“儿子上清华了。”我答道。

“上清华好啊！小伙子好啊!”老人喃喃低语，有些浑浊的目光浮现孱弱的笑意。

我又道：“我还没跟您老说呢。儿子去上学走得急，也没和您老告个别。我们失礼啦!”电梯到了，我帮忙扶着老人从电梯走出来再走下几级台阶，叮嘱他和老伴慢慢走，别着急。

晚上，我和先生说起看见老人身体衰弱的情形，先生也是唏嘘不已。

又一次在电梯遇见老人，看上去精神好了很多，我很欣慰，由衷地说：“爷爷，气色好了不少啊。您老多保重。”老人乐呵呵地说：“儿子不在家了，你也要照顾好自己啊!”

今天，儿子从外面回来，兴冲冲地对我说：“老妈，我刚才遇见了602的爷爷，他拉着我的手问我上大学想不想家，苦不苦。我们说了好一会儿话。看得出，爷爷见到我很高兴。”

“是啊，爷爷见到我，总问起你呢。爷爷这两年身体大不如以前了。”我说。

“我也有这种感觉。改天，我们去爷爷家看看他老人家吧。”

“好啊！你这样说，我真的很高兴!”

我和儿子又说起金色的雨披说起善良的老人，我突然想把雨披和老人的故事写下来，留住这份温暖和感动。

金色的雨披，流动着康乃馨一般温馨的情愫祝愿他老人家健康长寿！

2016年7月20日

尾声／一点诗情

回忆是一首永恒的老歌
弥漫在岁月的沧海桑田

老师，我们爱您

上学的第一天
我看见了您
您拿着拼音卡片
一遍一遍
教我读：ɑ、o、e
温软的语音
像妈妈爱的絮语
我于是
天天期待
聆听您的声音

我和同学们一样
慢慢学会了拼音
像您所说的
拼音是那么神奇
它像天使的翅膀
带着我遨游文字的王国

我认识了“老师、妈妈、祖国、爱”
还有越来越大的世界

老师
记得刚握笔的时候
我总是姿势不对
字写得又慢又不好看
您握着我的手
手把手
耐心教我
我小小的心
犹如花蕾绽放

三月的一天
老师，您欣喜地问
春天来了，可它在哪儿呢?
于是，我们欢跑着去寻找
校园里，我们看见了
嫩绿的小草，红红的花朵
我们还在大街上、公园里，看见了
剪刀尾的燕子，飘舞的七彩风筝
我们争着抢着
去告诉您答案
您笑眯眯地说
孩子们，你们就是春天

老师

您教给我们求知、做人的道理
我们经历了一次一次成长
老师
您教给我们战胜困难的信心和勇气
我们强大了！困难吓跑了！
老师
您对我们说：生活好美
我们看大自然仿佛马良的神笔
老师
您教给我们的
我们都用心一一去牢记

老师，您真像我们的妈妈
我们爱您！

后记：今天是五月的最后一天。这个下午，孩子们在报告厅载歌载舞，庆祝国际儿童节。我坐在电脑旁，一时童心大发，下到浅水里，扑腾出几片浪花！祝福孩子们！明天，我也过一个儿童节。

2016年5月31日

端午，像诗一样的好日子

2015的端午
近了，近了

合欢树红色的花朵深了又浅了
清浅池塘的绿荷张开了嫩油油的大伞
这个热辣多变的六月啊
第一天就展开它魅惑的笑容
花朵般孩童的灿烂

很快它撕下热情的假面
上演一出又一出诚惶诚恐惊心动魄的
年度大剧
高考与中考
形成波澜壮阔的接力
对决花样年华
席卷千家万户
当这些芬芳的美丽

当这些甜和痛
走来又走去的时候
端午，这个传统的民族佳节
顶着扑面的热浪
甩开强有力的阻碍
与我们相会

不去想，今岁的端午是晴还是雨
只愿意：细雨迷蒙斜斜地飘
屈子峨冠博带风姿秀美穿越而来
也愿意：端阳无雨丰年相随
晴好的一天把佳节共度

不去想，今岁的端午是喜多还是忧少
只愿意：赛龙舟的喊声
把历史的纵横串联

插一株艾草续一根泥菖蒲
化淡淡的愁绪作袅袅的幽香
喝一碗雄黄酒吟一首清丽的诗
在端午的习俗里把生活礼赞

半城山半城水的城哟
养育着这方土地上的人民
延续着红红火火的日子
咬一口喷喷香的粽子啃一嘴甜滋滋的桃
节日的浓情蜜意

在每一个人心头荡漾

端午，像诗一样的好日子
让我轻轻地靠近你
让我像一个诗人一样
为你尽情地赋诗吟唱
歌唱你：千秋流芳的《离骚》美政
歌唱你：万世古老的徽风皖韵
歌唱你：祖祖辈辈的勤劳勇敢
歌唱你：荡气回肠的大爱无言

2015的端午
在我的歌唱与期盼里
近了，近了

2015年6月30日

享受独处

——享受独处
就那样一个人
静静地，静静地
斜倚在暖暖的床头
捧一本可心的书
沦陷进她的世界
展开心灵的对话
时而痴痴地欢笑
间或默默地泪流

——享受独处
就那样一个人
静静地，静静地
轻靠在厚厚的椅背
握一杯袅袅的香茗
抵触柔柔的红唇
深嗅她怡人的芳泽

时而美美地浅眠
间或幽幽地沉醉

——享受独处
就那样一个人
静静地，静静地
蜷缩进软软的沙发
剪一缕长长的思绪
垂下乏力的眼眸
梦一个唯我的世界
时而傻傻地走近
间或悄悄地远离

——享受独处
就那样一个人
静静地，静静地
流连在宽敞的客厅
遍看家中的一切
听凉拖轻轻地踢踏
恋恋彼时的韶光
时而欣欣地快意
间或悠悠地轻叹

2015年6月20日

祖国，秋光里的妈妈

——最美的歌儿献给您

引　子

城市的街巷，香樟正绿
神山的枫叶，此时渐红
诗情画意的秋光里
银色的鸽子振翅在蓝天下
动情地呼唤一个
最爱的名字
祖国，亲爱的妈妈

第一章　历史的回眸

又一个金色的秋天
我们又将迎来您的生日
六十三年了，祖国妈妈
我们该奉献一曲怎样的赞歌
礼赞你经天纬地的日月江河
追寻你浩然正气的历史长卷

回忆是一首永恒的老歌

弥漫在岁月的沧海桑田
仿佛可以穿越时空的隧道
回到你红色征途的从前
南湖上轻轻荡漾的红船
承载着开天辟地的建党伟业
中国革命有了一座闪亮的航标
再也不怕暗礁险滩惊涛骇浪
井冈山闪闪的红星
映照父辈们走过
千帆竞发岁月峥嵘
天安门城楼上高高飘扬的红旗
尽情地涂染十月的阳光
向世界直播开国大典
照耀一个壮丽锦绣的中国

从那时起
我们发自肺腑地高唱
没有共产党就没有新中国
从那时起
我们庄严地举起右手
坚定地朝着您的方向
开创中华民族的复兴之路
满怀豪情
我们在鲜红的党旗上写下
建设有中国特色的社会主义
而今迈步
我们讴歌你九十一年的战斗历程

马克思主义
毛泽东思想
邓小平理论
“三个代表”
科学发展观
一部生动的中国现代史
纵横捭阖
指引我们国富民强

第二章　腾飞的鸠江

在秋风的絮语中
依稀听见你动人的故事
奔流的长江水
激荡起欢快的鼓点
把你深情地召唤
你——
一个大手大脚的
劳动人民的儿子
吹响了官陡门大捷的号角
古老的鸠江
怎样燃起了明亮的火炬
今天，你是民族精神的化身
你是官陡门不朽的灯塔
一代又一代青年
在你战斗过的地方
成长为坚定的共产主义战士

把足音汇成最有力的合奏
演绎人生的华彩乐章
您看到了吗
您崇高的理想之花
已在英雄的大地上
绚丽地绽放

从弋江北路汽车园到裕溪口煤炭储备中心
从方特欢乐世界到文化创意孵化园
从苏宁环球到柏庄观邸
招商引资的成果大放异彩
高速公路像神马奔腾
快速通道绿色长廊犹如白帝彩云
我们也可以豪放如李白
潇洒来去千里江陵
一条条新建的道路
一个个惠民安置小区
城市化的脚步日新月异
军民共建广场
系列“大绿化”工程
谱写了一曲城市生态的美丽赞歌

跨江创业，联动发展的讯息
像长虹一样凌空天堑
鸠江大地
从江南到江北
传递着多少人瞩望的目光

寄托着多少人心中的期盼
滚滚长江
又一次扬起与时俱进的风帆
民主科学、创新发展的呐喊
响亮在大江的天空
沈巷，一个古朴的乡镇
义无反顾地飞扑进
鸠江大发展的怀抱
看云卷云舒
画壮阔蓝图

第三章　崛起的翰文

也是在这样一个收获的季节
教育整合恰似明月清风
照拂鸠江大地
三所不同学校的创业者
背负起新时期教育的重任
在最短的时间里迅速交融
应运而生了一个响亮的名字——翰文
摸着石头过河，开创
一个崭新的教育模式——九年一贯制

如果说年轻的翰文是一叶飘摇的小舟
党支部就是小舟里摇橹的水手
坚定地举起笔直的桅杆
挺进只争朝夕的兴校之路

厚德励志，勤学笃行
我们用同一个声音呼唤
崇真求实，和谐健康
我们用同一支画笔描绘
博览精思，敬业创新
我们用同一种方式演绎
乐学勤思，勇于探索
我们用同一颗红心创造

我是留守孤单的孩子
我来自贫困的家庭
是你张开温暖的臂膀
用爱心成就我们读书的渴望
我们在课堂上大声诵读
少年强，则中国强
我们在心里默默地铭记
三更灯火五更鸡
正是我辈读书时

我们是排球小将
排球场是我们坚守的阵营
龙腾虎跃是我们不变的姿态
训练，训练，训练
去市里比赛，去省里比赛，去全国比赛
我们的视野无限扩大
我们的战绩灿烂辉煌
排球让我们懂得

任何人都不可以轻易成功
只有顽强的拼搏能够让铁树开花

我们是年轻的一代
我们把愉快的欢歌配上旋律
撩起飘逸的裙摆
忘情地踏歌起舞
我们人到中年
肩负的重任让我们力不从心
我们也悄悄地走向体育馆
拿起羽毛球拍竭力地挥舞
我们工作了近三十年
船快到码头车就要到站
我们却在此时幸会阳光体育
趣味运动会，快步走，冬季慢跑
我们高兴地大喊
每天锻炼一小时
健康工作五十年

我有幸去遥远的西藏援教
收获了人生无数的感动
我拿了全国信息技术整合课一等奖
我们在区域里校际联动
分享优质的教育资源
你好，我好
共创教育的火树银花

尾　声

当岁月悄然流逝
当思绪的花朵在秋光里飞舞
祖国，亲爱的妈妈
对您的爱意绵延悠长
在这个即将为您庆生的欢乐金秋
“十八大”宛如一轮明月
从太阳升起的地方冉冉上升
把最大的喜讯传向祖国的四面八方
祖国，亲爱的妈妈
让我们与您深情相拥
把最美的歌儿献给你
祝愿您盛世欢颜灿烂辉煌

注：此诗为翰文学校三周年庆典而作。

2011月9月30日

后　记

近期花了一番精力把87篇文章整理了一下，按照内容分类，其中有一些文章不好归类，且容量偏大，方寸之间，搜索点墨，头绪繁杂后仍旧不明所以。看着像西山的李，又像东山的桃，放左手篮可以，搁右手筐凑合，完全油滑得四不像。一念之间竟有些疑惑。疑惑时竟也挤出一线灵光：不如就叫它“一念之间”！及至细思，其实所有的文字都诞生于一念之间，每一篇文章也都是一念之间的浪花一朵。“一念之间”，可以说涵盖了我所有码字的动机、趣味与结局，今用它作为这部文集的书名，应该说是再恰当不过了。

2015年3月，儿去清华读预科，那时正值高三下，与他可爱的同学们相比，他提前一学期去了大学。离别前，我写了一封不算短的信，为了引起他的注意和珍视，一念之间，我特意用红纸打印出来，用心折叠好，放到他书包里。想象当他读到信时的样子，已然孤雁北飞，遥遥渺渺。千言万语，道不尽儿行千里母担忧。碎碎叨叨，希望他此后一个人的求学之旅不管是芳草茵茵抑或是偶遇荆棘，都可以从这封家书里获得勇气，不忘初心，不失斗志，去成就自己的人生。

虽然在心理上已经做好儿远离的准备，但当这一切成为现实后，内心却似一件温暖厚实的棉袄被无端掏去所有的棉絮，空荡荡的只剩下单薄可怜的套子，在寂寞里晃悠，悠悠荡荡间全是儿自小到大的影子。一个人杵在厨房，切菜时想念，能把刀切到手指上；捧着一本书，一行行文字不知不觉里也会跳出儿憨憨的笑脸，抬手一抹，满脸泪水。饭桌上，先生自斟自饮，也会突然冒出一句："没有儿与我抢肉吃，这酒喝得没味。"一念之间，种种思念的滋味发酵一样扩散，才下眉头，却上心头。

得想个办法从这种苦苦思念里走出来。

一念之间，许多的过往乘着歌声的翅膀，跋山涉水远渡重洋飞越时光的河流来与我相会。我激动于这时候记忆长河的苏醒，洞开沉睡的心扉，我张开双臂忘情拥抱岁月带给我的欣喜与慰藉。不负流年，我要把这些往昔都化为文字，快乐的，忧伤的，再活一回。

世间所有的相遇都是久别重逢。一念之间，我又和文字相遇了！

于是，键盘"嗒嗒"地响起，外公外婆眉笑眼笑颤巍巍地向我走来，父亲也一脸慈祥地唤着："三儿，我看见你了。"天国的亲人，你们可都还好？

文思"哗哗"地涌流，我又重返故乡的小城。也是这样晴好的初冬，老榆树的叶子在风中起舞，片刻就落了满街满巷，小伙伴们纷纷手拿一根细长的铁丝戳向一片片黄叶，捡拾到箩筐里，笑着跑着，有柴火了。落日的余晖涂抹在那一片荒草屋顶土垒白墙的民居上，家家炊烟袅袅，大锅饭阵阵飘香，那是黑白电影里才有的生活；我仿佛看见依然年轻的妈妈，一身旧蓝的工作服，戴着口罩穿梭在轰隆隆的机床车间；我也想起那个天不怕地不怕的年轻女孩，为了追求梦想，第一次一个人走出家门坐上铁皮火车，看见外面的世界。

我遇见了所有的遇见。欣喜于遇见了就再也没有分开。分开的也便欣欣然地挥挥手。

一念之间，就有了码字的冲动。在码字的一念之间，我不曾思念，我忘了所有，我坠入无我之境。原来投入地做一件事是多么酣畅淋漓的痛快！我需要投入，需要投入地自救。一年多时间，我伴随一次又一次的一念之间敲击了二十余万字，我把长长的半生浓缩进小小的好看的方块字里。这些文字，或为散文，或为诗歌，或为小小说，它们记录了生活的点点滴滴，犹如一幅幅动态的立体的画，铺陈一个女性半生历经艰难却从不止步的足印，读之身临其境，读之会心一笑，读之眼含热泪，读之思我所存。

一念之间对于生活的感悟、感恩与赞美，飘溢在字里行间。譬如写自己和孩子两代人青春岁月求学的挣扎、奋斗与成长，写对教育的热爱对老师的敬意和自己作为人师的虔敬，写亲历的亲情、友情、爱情，写对美好生活的惜福与憧憬……

一念之间，我们看到一个女孩成长为女人的坚韧与执着、痛苦与欢乐，哭过、笑过、苦过、拼过，只要坚持，只要心怀善念，希望永远在，未来无限美好！

一年多时间，较之于长长的一生，不过也就是一念之间；二十余万字，较之于未来停不下来地码字，其实也是一念之间。

很多很多事，都是一念之间。

看到一则招生信息，就来芜湖读书了。一来就是一辈子。

一念之间，结婚吧，就嫁了。一嫁就走过半生。

一念之间，出书吧，真的就要梦想成真了。

一念之间，真好！

宋清平

2016年11月18日